方卫平学术文存

第四卷

享受图画书

方卫平 著

山东教育出版社

图书在版编目（CIP）数据

享受图画书 / 方卫平著 . – 济南：山东教育出版社，
2021.7
　（方卫平学术文存；第四卷）
　ISBN 978-7-5701-1769-7

　Ⅰ．①享… Ⅱ．①方… Ⅲ．①儿童故事 – 图画故事 –
文学研究·Ⅳ．①I058

　　中国版本图书馆 CIP 数据核字 (2021) 第 129662 号

方卫平学术文存　　第四卷
享受图画书　　方卫平 著
XIANGSHOU TUHUASHU

责任编辑：宋　婷　薄子桓
责任校对：舒　心
美术编辑：蔡　璇
装帧设计：王承利　王耕雨

主管单位：山东出版传媒股份有限公司
出 版 人：刘东杰
出版发行：山东教育出版社
地址：济南市市中区二环南路 2066 号 4 区 1 号
邮编：250003
电话：(0531)82092660
网址：www.sjs.com.cn
印刷：山东临沂新华印刷物流集团有限责任公司
开本：710 mm × 1000 mm　1/16
印张：19
字数：234 千
版次：2021 年 7 月第 1 版
印次：2021 年 7 月第 1 次印刷
印数：1-1000
定价：288.00 元

（如印装质量有问题，请与印刷厂联系调换，电话：0539–2925659）

作者简介

方卫平，祖籍湖南省湘潭县，1961年8月出生于浙江省温州市；1977年考入宁波师范学院中文系读本科，1984年考入浙江师范大学中文系读研究生，毕业后留校工作至今。1988年任讲师，1994年由讲师晋升为教授。曾任浙江师范大学中文系副主任、儿童文化研究院院长、儿童文学研究所所长、儿童文学系主任等。

现为浙江师范大学二级教授、博士生导师，中国作家协会儿童文学委员会副主任，浙江省作家协会副主席，意大利马切拉塔大学《教育史与儿童文献》杂志国际学术委员，鲁东大学兼职教授。

主要从事儿童文学、儿童文化研究与评论，出版个人著作多种；在中国、美国、意大利、德国、日本、韩国、马来西亚发表论文和评论文章数百篇，论文曾被《新华文摘》、《中国社会科学文摘》、中国人民大学《复印报刊资料》等转载或摘介。

主编有"中国儿童文化研究年度报告"系列、"中国儿童文学大系"（增补卷10卷）、"当代西方儿童文学理论译丛"、"国际安徒生奖大奖书系"、"中国儿童文学名家论集"、"第六代儿童文学批评家论丛"；选评有"方卫平精选儿童文学读本"、"方卫平精选少年文学读本"、"中国儿童文学分级读本"；主编学术丛刊《中国儿童文化》，合作主编《新语文读本·小学卷》等。

1. 2009 年 8 月，在信谊图画书论坛上发言

2. 2013 年 11 月 10 日，在南京第三届丰子恺奖儿童图画书论坛上，主持幾米讲座

3. 2015 年 11 月 21 日，在浙江金华第四届丰子恺儿童图画书奖颁奖典礼上做评审主席报告

1. 2015年11月20日晚，主持第四届丰子恺儿童图画书奖新闻发布会后与美国图画书作家乔恩·克拉森合影

2. 2017年9月23日，与美国图画书作家大卫·威斯纳在安徽合肥

3. 2018年6月28日，与俄罗斯图画书作家伊戈尔·欧尼可夫在河南登封禅心居

1

2

3

1. 2017年11月18日，在上海国际童书展上，作为顾问在山东教育出版社主办的《布拉迪斯拉发国际插画双年展获奖书系》（第二辑）新书发布会上发言

2. 2018年11月10日，应上海国际童书展组委会邀请，在"近窥国际童书奖项成功的奥秘"论坛上发言，介绍丰子恺儿童图画书奖的历史与特色等

3. 2019年10月26日，在上海奉贤第六届丰子恺儿童图画书奖颁奖典礼和第七届华文图画书论坛上

目 录

第一编　图画书与图画书的艺术

第一章　图画书的概念

图画书是当代童书中最常见的一个图书门类，也是最能体现儿童文学艺术特性的文体样式之一，它在儿童的早期阅读中扮演着重要角色，被认为是"孩子人生的第一本书"[1]。

图画书是将图画作为一个重要的叙事元素运用于文学表现的一个特殊的儿童图书门类。广义的图画书包括各类含有插图的童书，而狭义的图画书则主要指由图画与文字共同讲述一个完整故事的图书。

一、什么是图画书

对于国内读者来说，图画书是从 20 世纪 90 年代起才逐渐被人们普遍熟悉和接受的新兴儿童文学门类；而在这一时期，作为世界儿童图画书源头的欧美图画书已经走过了几个世纪的发展历程，其间，人们对图画书的理解也发生了许多重要的变化。早期图画书的内涵比较广泛，其中包括许多带有插图的儿童读物，比如出版于1744年、被认为是早期图画书代表作品之一的约翰·纽伯瑞的《迷你口袋书》，就是一本配有插图的故事书。然而，尽管"任何一本将插图与叙事体并置的图书都可以被称为图画书"，但是在今天的语境下，"'图画书'作为一个术语通常是指那些主要通过图画以及少量支撑性的文字来讲述故事的图书"[2]。

关于图画书的概念，目前为止并没有一个比较统一的定义。以下是从不同的着重点出发提出的三种有关图画书的理解：

1. 图画书是针对特殊的读者制作的特种书籍。幼儿因为不识字，所以必须由看插图、听故事来了解书中要讲的内容。一本图画书必须具有构思良好的情节、主题、背景和人物；也应选择恰当的编排风格、文字尺寸及版页大小来制作。此外，图画书必须在文字和图画之间做到巧妙的一致性，好让那些还不能流利阅读的读者能够听懂故事。图画书以表达力强的插图来达到让幼小读者了解故事的目的。书中的文字通常不一定要陈述出故事中的动作、过程和意图，作者、插画家和读者应能超越文字而分享一些共同的愉悦经验。[3]

2. 作为图画书，关键在于怎样使文与图相互配合，采取什么形式。换句话说就是：用再创造的方法，把语言和绘画这两种艺术，不失特性地综合在一起，形象地表现为书这种独特的物质状态。[4]

3. 图画书是用图画与文字共同叙述一个完整的故事，是图文合奏。说得抽象一点，它是透过图画与文字这两种媒介在两个不同的层面上交织、互动来讲述故事的一门艺术。[5]

这里的第一种理解比较强调图画书读者对象的特殊性，以及与此相关的图画书的相应特征；第二种理解突出了图画书文本（文本在本书中指作品，包括作品中的文字以及图片）形态的特性，指出它是由"文"与"图"共同构成的一种特殊的"书"；第三种理解则更强调图画书"文学性"的特殊呈现方式，认为它是通过"图画"与"文字"的双重媒介得以实现的一种"故事艺术"。不过，尽管这三种理解所指向的图画书概念有着内涵上的宽窄之分，但它们都强调了构成图画书的三个基本要素。

1. 图画

图画是"图画书"概念的中心词之一，也是图画书最特殊的一个构成部分。由于图画书主要是为幼儿创作的一类图书，因此，形象直观的插图在其中一直承担着重要的意义表现功能。同时，许多图画书中的图画并不同于我们一般意义上所说的插图，它们也是一种特殊的故事语言。如果说一幅普通的绘画所表现的，通常是一个单独的、静止的、瞬间性的空间场景，那么在图画书中，画面与画面之间则是连续的，由特定的叙述线索联结而成的。即便是在一些故事性并不明显的字母类图画书中，先后出现的插图之间也存在内在的时间和逻辑关联。

2. 文字

绝大部分图画书由图画与文字两个部分共同构成，并由二者配合表现特定的内容。尽管图画书中的文字部分篇幅大多十分短小，但却承担着重要的表现功能。很多时候，如果没有这些文字的参与，图画书的"图画语言"便是模糊的、不清晰的，只有在画面与文字的共同配合下，我们才能得到一个完整的叙事过程。当然，也有少量的无字图画书，书中自始至终都不出现一个文字，而是纯粹以图画讲述故事。针对这类图画书，日本学者松居直认为：书中看似没有文字的参与，但却并未离开语言，"它只不过是没有印上文字而已，实际上却仍然存在着支撑图画表现的语言"[6]。松居直的说法可以作为一个参考。不过，对于大多数图画书而言，印在书上的文字仍然是不可或缺的一个部分。

3. 叙事

图画书是"书"，它的图画和文字所构成的是一个具有连续性的语言叙述过程，也就是一种叙事。大多数图画书都包含了一个集中、统一的叙事过程，亦即一个一般意义上的故事，比如童话、动物故事或儿童生活故事。但也有不少图画书的叙述是散点式的，比如一些认知类儿童图画书，往往包含了以某个主题为中心的若干片段性叙事，有别于我们通常理解中的故事，但这些片段都是围绕着同一主题展开的，因此可以说同样指向着一个连续的、线性的讲述过程。

图画、文字与叙事构成了一本图画书必不可少的三个基本要素，而它们自身所具有的丰富表现可能以及彼此之间多样的配合关系，则构成了图画书多元的艺术面貌。

二、形式构成

一本图画书在书籍形式上的构成也是其艺术构成的一部分。对图画书形式构成的充分了解，有助于我们更顺利地进入一本图画书的阅读，也有助于我们更完整地了解图画书的特殊艺术。

作为一种书籍样式，一本典型的当代图画书的文本形式构成包括以下几个基本部分。

1. 封面

图画书的封面是我们在拿到一本图画书时最先"读"到的部分——不错，图画书的封面也是用来"读"的。除了印在上面的书名、作者、出版机构等信息之外，封面上的图画是对作品绘画风格、故事基调、基本情绪氛围等特征的预示。比如图画书《是谁嗯嗯在我的头上》(维尔纳·霍尔茨瓦特/文，沃尔夫·埃布鲁赫/图)，白底的封面上只见一只戴着眼镜的鼹鼠，头顶一坨不那么体面的"嗯嗯"，气冲冲地朝着前方奔去。这个画面本身太富于喜剧性了，我们可以猜到，图画书的情节也一定像它的封面和题目所预示的那样，充满了令人忍俊不禁的幽默和趣味。再比如安东

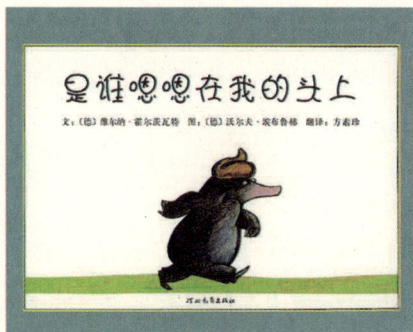

《是谁嗯嗯在我的头上》封面

尼·布朗的《隧道》，封面上画着一个女孩正朝一个黝黑的隧道里爬去，她的上半身已经隐没在隧道的黑暗之中。我们忍不住要猜想：画面上的女孩是谁？黑咕隆咚的隧道里藏着什么样的危险？这会是一个可怕的故事吗？但隧道外面明亮的砖石和童话般鲜丽光洁的树叶，又分明暗示着故事的情绪氛围也是温暖的、充满阳光的。事实上，《隧道》所描述的有关兄妹情谊的故事，正包含了从灰暗走向明亮的情绪氛围的转变。

许多图画书的封面都是从图画书内取出的一个画面，不过也有的

《隧道》封面

《朱家故事》封面

是画家单独创作的，比如图画书《朱家故事》（安东尼·布朗/文·图）的封面，画面上是一位母亲吃力地背着她的丈夫和两个孩子。这幅画所描绘的并不是故事中发生的某个场景。不过，等到读完这本图画书再回过头来看，我们就会知道，原来封面上的图画是一种象征，它所表现的是一家人把打理家庭生活的重担理所当然地全部压在母亲身上的状态。这样，封面的画面就成了对作品内容和精神意旨的一种提炼。

2. 环衬

图画书的环衬是指一本图画书中连接书芯和封面的衬纸。打开书的封面，我们会发现一张连接封壳与内芯的衬纸，它一半粘在封壳背后，另一半则是活动的，这就是环衬。环衬的目的一是保护书芯，二是使封面和内页之间牢固连接，与此同时，在图画书中，它也常常承担着特殊的艺术表现功能。

图画书的环衬有时是空白或单色的页面，这样的页面通常是用作

《第五个》封面　　　　　　　　《团圆》封面

装饰的。不过很多时候，环衬上也会印上与故事内容相关或者从作品中截取出来的一些图案。比如图画书《第五个》（恩斯特·杨德尔/文，诺尔曼·荣格/图），讲述五个玩具"看医生"的故事，其环衬上就是黄底衬出的五个白色空椅子的图案排列。通过与图画书内容的巧妙呼应，这样的环衬呈现了一种具有趣味性的装饰效果。

还有一些时候，一本图画书的环衬承担着特殊的表意功能。比如图画书《团圆》（余丽琼/文，朱成梁/图），其环衬的图案看上去只是一些小色点的装饰，但事实上，这一浅黄底子配小色点的图

案恰恰是故事里"我"、妈妈和爸爸团圆的那个晚上，全家人一起枕着的床单的图案。与故事内容联系在一起看，图画书的前后环衬便带给我们一种格外温馨的感觉和记忆。再比如德国图画书《月亮狗》（纳娜·莫斯特/文，尤塔·比克尔/图），其前后环衬都构成了故事叙述的一部分。前环衬上是白天的天空，它表现的是故事开场时的背景，后环衬上则是夜晚的星空，它延续了故事结尾处小狗"闭起双眼，等待着蓝色月亮狗的来临"时的情节，表现了小狗与月亮狗在夜空中嬉戏的情景。如果错过环衬，尤其是后环衬，这个故事的阅读就显得不够完整了。

3. 扉页

扉页是图画书正文开始前的一页，通常会重复封面上曾出现过的图画书的书名、作者的名字、出版社的名称。扉页上通常也包含图画，它有时是从作品中截取出来的一小帧画面，有时则是画家单独创作的，其功能与封面有所相近，包括向小读者提示故事的主角、基本事件、主要意象等。有的时候，扉页还会成为一个故事的开头。比如日本图画书《鳄鱼怕怕 牙医怕怕》（五味太郎/文·图）的扉页上，是一只右手捂着脸颊、

《鳄鱼怕怕 牙医怕怕》扉页

左手吊握着一根藤蔓的鳄鱼；翻过扉页，我们看到鳄鱼已经从藤蔓上下来，正要无奈地去见一个他不愿意见的什么人（在下一页，我们就会知道他去看的是牙医）。在这里，扉页上的画面才是整个故事起始的第一个画面。

4. 正文

正文包括图画书扉页之后、后环衬之前的所有文字与图画构成的内容，它是一本图画书的主体。图画书的叙事过程基本是在正文内完成的，其主题、情节、情感、意蕴等也是通过正文得到传达的。本书后面将主要就图画书的正文展开详细探讨，在这里先不细谈。

5. 版权页

一本正式出版的图画书中还包含一个版权页，它有时被安排在前环衬与扉页之间，有时则被放置在正文最后一页与后环衬之间，用以呈现与该书有关的基本版权信息。版权页与图画书的艺术表现力之间没有必需的关联，但是它的安排方式有时会影响到作品的艺术表现。一本图画书的版权页究竟应该放在前环衬与扉页之间还是正文最后一页与后环衬之间，应以不打破图画书叙述的整体性为上。比如，如果后环衬还在延续正文的故事，那么版权页就不应当插入正文与后环衬之间，而以放在扉页前为好。

6. 封底

封底是我们最后结束对一本图画书的阅读的地方。图画书的封底除了会印上一些相关的作品推荐文字外，大多是从内文中取来的某个画面，不过也有例外。

有的时候，封底的画面是对故事内容的某种延续。比如图画书《第一次上街买东西》（简井赖子 / 文，林明子 / 图），讲述一个小女孩第一次上街买牛奶的经历。这本图画书正文的最后一页，是等在巷子口的妈妈和

《第一次上街买东西》封底
《奇怪的一天》封面封底

小女孩一起往家里走去的场景。不过在作品的封底，我们看到的是小女孩坐在垫子上喝着牛奶，而妈妈正给婴儿喂牛奶的情景。显然，这是对母女俩回到家中之后发生的情境的描述，它为这个"第一次出门"的故事设置了一个温馨、安然的结局。

还有的时候，封底也可以和封面一起，形成对故事内容的某种补充。比如图画书《奇怪的一天》（艾瑞斯·凡·德尔·海德 / 文，玛丽克·腾·卡特 / 图），

讲述一个大风天里，小男孩杰克因为没有等到绘画比赛的获奖通知，沮丧地到外面走了一圈，却不知不觉做了许多好事。当他终于收到那张被风吹走的获奖通知时，也意外地得到了那些他曾帮助过的人们的祝福。故事结束于小男孩捧着鲜花坐在秋千上，面朝宁静开阔的平原，沉浸在自己的喜悦中的场景。但是从这本图画书的封面和封底，我们却又看到了这样一个场景：小男孩坐在秋千上，向所有前来祝贺他的人们道别。显然，这个从未在故事里出现过的场景，正是在故事结束之前发生的一个片段，也就是说，它构成了对故事正文的一种补充。

与封面相比，封底常常并不显得那么引人注目，因此，另外一些时候，封底上还会藏着有关图画书阅读的一些小小的"机关"。比如无

《黄气球》封面封底

字图画书《黄气球》（夏洛特·德迈顿斯／编绘），其画面上的事物纷繁多样，同时又没有文字的讲解，因而并不是一本很容易解读的图画书。不过，就在图画书的封底左上角，细心的读者会发现四个小小的图像，它们分别是一个黄色的气球、一辆蓝色的汽车、一位坐在红色飞毯上的白袍术士和一个身穿条纹囚服的男子。这四件事物，其实就是串联起画面情节的四个关键意象。如果读者能及时发现封底的秘密，

也就能更顺利地进入到图画书的解读中。

一本图画书是由封面、封底、环衬、扉页和正文共同构成的一个有机的整体，因此，阅读和欣赏一本图画书，也包含了对其各个构成部分的细致观察和品读。这是图画书有别于一般图书的重要特征。

三、分类

图画书并不是一个按照传统的儿童文学分类标准划分得到的体裁，相反，它的形式覆盖了包括儿歌、童话、生活故事等在内的多种传统儿童文学体裁。一本图画书的内容可以是一首或若干首韵文儿歌的衔接，也可以是一则童话或者儿童生活故事。显然，仅以语言文字的类别标准来划分图画书，对这一包含了画面叙事元素的文体样式来说并不合宜。因此，我们在对图画书进行分类时，难以沿用传统的儿童文学分类标准。

人们对于图画书的分类有着不同的标准，其中最易被接受的是按照图画书中叙述文字的有无，将图画书分为一般图画书和无字图画书。

一般图画书是由画面与文字共同完成叙述任务的图画书。图画与文字的功能各有不同，其关系也多种多样，但都需要在双方的配合下，才能完成故事的讲述。市面上出版的图画书大多是一般图画书。一般图画书是一个十分宽泛的概念，按照作品内容的不同、图画与文字之间关系的不同等等，其艺术面貌也存在很大的差异。

无字图画书也称无字书，是指作品正文部分客观上不出现任何文字的图画书（不包括画面中涉及的文字，如画面上出现的文字招牌、站名等）。这类图

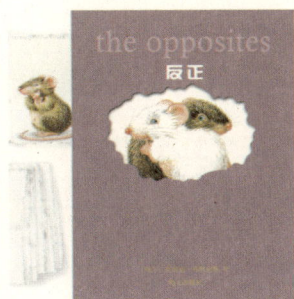

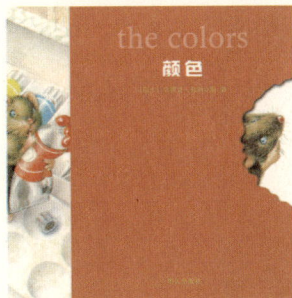

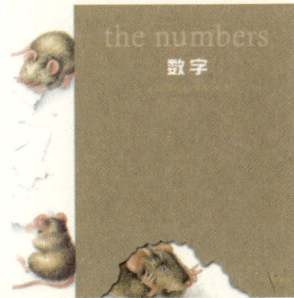

莫妮克·弗利克斯的"小老鼠无字书"系列封面

画书纯以画面完成叙事，因而特别强调画面之间情节上的连续性。在图画书中，无字书的创作具有相当的难度，其数量相对也比较少。较为知名的当代无字图画书包括莫妮克的"小老鼠无字书"系列、雷蒙·布力格的《雪人》、大卫·威斯纳的《7号梦工厂》、伊斯特万·巴尼亚伊的《变焦》等作品。

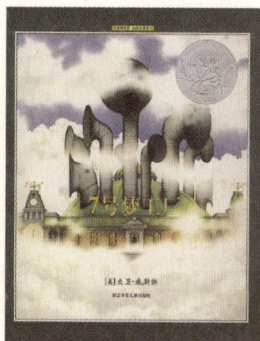

| 《雪人》封面 | 《7号梦工厂》封面 | 《变焦》封面 |

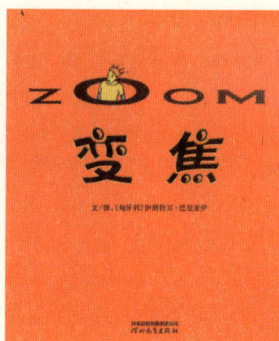

一般图画书与无字图画书之间并不存在严格的界限。事实上，一些文字叙述极少的一般图画书，其许多页面之间的连接都要依靠图画自身的叙述能力，因而在形式上更接近无字书。比如大卫·威斯纳的《疯狂星期二》，除了若干标示时间的文字外，没有关于故事情节的任何文字提示，读者需要从无字的画面上理解和揣摩发生的一切。这样的图画书虽然还带有少量文字，却更多地依赖于无字书的叙述方式。

同时，按照图画书叙事性的强弱，我们还可以将图画书分为故事类图画书和非故事类图画书。故事类图画书是由一个故事贯穿情节始终的图画书，本节前面提到的大部分图画书都属于这一类。非故事类图画书则并没有一个集中统一的故事情节，如安东尼·布朗的《我爸爸》《我妈妈》两本图画书，其中的叙述就是一种散文式的罗列，而并没有一个显在的故事。再比如法国知名的认知系列图画书"第一次发现"中的许多作品，所呈现的主要也是知识的介绍。非故事类图画书在图画与文字的配合叙事方面通常不如故事类图画书那样具有代表性，因此在人们谈论图画书技法时，它虽然不像故事类图画书那样常常被提及，但它却是

《疯狂星期二》封面　　　　　　《我爸爸》封面　　　　　　《我妈妈》封面

图画书的一种重要形态。许多为幼儿创作的字母图画书、识字图画书、数字图画书、概念图画书等，都属于非故事类图画书。

此外，按照图画书叙述任务的分配，可以将图画书分为由文字承担主要叙述任务的图画书（如《想看海的青蛙》，居伊·毕罗特/文·图）、由图画承担主要叙述任务的图画书（如《疯狂星期二》，大卫·威斯纳/文·图），以及图画与文字共同承担必要叙述任务的图画书（如《母鸡萝丝去散步》，佩特·哈群斯/文·图）；按照图画书的不同读者对象，可以将它分为为儿童创作的图画书与为成人创作的图画书等。

需要指出的是，对图画书进行分类的最终目的并不是划分类别，而是使我们更好地认识图画书丰富的艺术面貌。因此，

对于一本具体的图画书，我们没有必要过分执着于其类别的标签，而应更多地关注其特殊的艺术呈现方式。

《想看海的青蛙》封面

《母鸡萝丝去散步》封面

注 释

[1] 彭懿：《图画书：阅读与经典》，南昌：二十一世纪出版社 2008 年版，第 10 页。

[2]Martin Salisbury：*Illustrating Children's Books: Creating Pictures for Publication*, Hauppauge, New York: Barron's Educational Series Inc., 2004:74.

[3]Walter Sawyer, Diana E.Comer：《幼儿文学：在文学中成长》，墨高君译，台北：智扬文化,1996 年版，第 115 页。

[4] 松居直：《我的图画书论》，季颖译，长沙：湖南少年儿童出版社 1997 年版，第 47 页。

[5] 彭懿：《图画书：阅读与经典》，南昌：二十一世纪出版社 2008 年版，第 10 页。

[6] 松居直：《我的图画书论》，季颖译，长沙：湖南少年儿童出版社 1997 年版，第 47 页。

第二章 图画书的艺术特征

图画书的主体部分通常包括图画与文字两个构成部分。然而，当图画与文字共同合成为图画书的艺术时，图画便不再是我们一般意义上的视觉艺术，而文字也不再像它看上去那么简单明了，相反，它们共同构成了一个新的艺术对象。图画书的艺术特征，正是从这个对象的图画、文字及其相互关系的特殊性中体现出来的。

一、图画的时间化

图画书的图画不同于绘画艺术中的图画，它包含了单帧绘画作品所不具有的时间上的延续性。

我们知道，单幅的绘画作品是对某一场景的定格呈现，它所表现的大多是发生在一个固定时间里的景物、环境、动作、氛围等，因此，一幅绘画作品所指向的，总是一个即时性的瞬间，也就是在短暂的时间过程中被凝固了的视觉场景。当然，绘画作品也有可能以其对瞬间时间的呈现，来暗示一个具有一定长度的时间过程。比如达·芬奇的名画《最后的晚餐》，它所表现的是耶稣与其十二位门徒共进晚餐的一个场景，画中每一位角色的动作、神态等都处于一种瞬间性的画面定格状态。然而，对于熟悉这一场景所属的宗教故事背景的观赏者来说，这一瞬间场景也暗示着此前和此后发生的一系列宗教事件。不过就画作本身来说，它所要确认和指证的，仅仅是画面上描绘的这个瞬间，它的最吸引人的艺术魅力，也在于对这一瞬间情景的生动把握和描绘。

图画书的图画则不是这样。与一般意义上的绘画作品相比，图画书的画面被赋予了显在的时间性，也就是说，它不是一个静止的画面，而是处于时间的运动之中，是线性叙事序列的其中一个环节。

我们来看图画书《第五个》。这部作品的正文起始于这样一个场景：昏暗的灯光下，空落落的大厅里，五个不同的玩具分别坐在五把椅子上。第二个画面上，左边透着灯光的门打开了，走出来一个玩具瓢虫；再下一个画面上，坐在第一把椅子上的玩具企鹅从打开的门里走了进去；下一个画面，门合上了，门口剩下四个玩具；又一个画面，门开了，企鹅出来了；再一个画面，第二把椅子上的玩具鸭进去了……就这样，门

《第五个》封面

一次次地打开又合上，玩具们一个个地进去又出来，五把椅子则一把接一把地空了出来。显然，在这些画面之间，存在一个十分确定的故事时间上的关联，它们共同讲述了受伤的玩具们在"医生"那儿先后得到"医

治"的过程。我们可以说，这里的每一个画面，都同时承接着前后两个画面的时间，它们的任务不仅仅是展示一个场景，更是将叙述的时间继续向前推进，从而生成一个具有一定时间长度的故事。

即使在一些故事性并不强的图画书中，这种画面的时间性也内在地存在。例如，在图画书《我爸爸》中，所有与爸爸有关的画面看上去是以一种并列的方式放置在一起的，而并没有一个连贯的情节线索。但是，画面与画面之间仍然存在一种特殊的时间关系。它是一种情感上的时间关系。随着一个画面向着另一个画面的推移，作品中的每一幅画面都吸收了之前所有画面累积起来的关于"爸爸"的情感内容，同时也为后一幅画面提供了新的情感基础。故事正是顺着这样的画面推移和转换，一点点地走向高潮的。如果我们单独地来看这里的每一幅画面，显然产生不了如此强烈的情感效果。只有当它们先后接续在一起，按照

《我爸爸》封面

一定的时间顺序得到呈现时，孩子对爸爸的那份无与伦比的钦佩和爱，才能得到最充分的表达。

因此，图画书的图画是一种具有时间持续性的图画，它必

须通过与前后画面的连续性配合，来呈现一个有序的叙事过程。当然，除了一部分纯以画面叙事的无字书外，图画书画面之间的这种时间连续性，在很多时候还需要文字叙述的配合，才能得到完整的呈现。

二、文字的空间化

正如图画在进入图画书之后，被赋予了不同于一般绘画作品的时间性那样，图画书中与图画搭配出现的叙述文字，也有着不同于一般语言文字的表现力。它主要表现为原本依照时间序列排列的语言文字，通过相应画面的配合，获得了空间的延伸。

让我们先一起来看下面这段文字的叙述：

安娜喜欢大猩猩。她看有大猩猩的书，看有大猩猩的电视，还画了许多大猩猩。但是，她从来没有见过一只真正的大猩猩。

她爸爸没时间带她去动物园看大猩猩。请他做什么，他都没时间。

想一想，从这段文字里，我们"看"到了什么？显然，叙述中提到了一个喜欢大猩猩的女孩安娜，还有她的"没时间"的爸爸。但是，透过这段叙述，我们对于安娜和爸爸这两个角色的印象，始终只有模糊的轮廓。读完这段文字，如果让我们来想象安娜父女的样子，很有可能，十个读者的脑海中会浮现出十种有关他们形象的不同猜测。

但是，安东尼·布朗在他的图画书《大猩猩》的第一个跨页上，用一小一大两幅图画，为上面这段文字提供了一种具体的描绘。我们看到，故事里的安娜是一个金色头发、扎着马尾辫的小女孩，她的爸爸则是一个看上去忙碌而又严肃的中年男人。而且，爸爸好像真的"没时间"，因为即便在早餐桌上，他也在忙着看报纸，而没有时间和安娜说话。平常的时候，安娜只能一个人坐在地毯上看大猩猩的书。

《大猩猩》封面

显然，安东尼·布朗的插图使得文字叙述中原本粗线条的描述，被赋予了一个格外具体的空间广延的存在。它将文字叙述中出现的各种符号安放到了一个个具体的空间形象之上，同时也将文字叙述中的情绪氛围转化为充满这个空间的一种可以触摸的生活感觉。画面上规整的黑白格子地板、同样规整和透着冷调的浅蓝橱柜、空荡平整的餐桌、没有对话的用餐场景等等，营造出一个具象的生活空间，诠释着对应叙述文字的内容。我们可以说，在这里，平面的文字符号得到了空间形象的充实，因而变得生动、立体起来。

这正是图画书文字的特殊性。在画面的参与下，图画书的文字以一种特殊的方式被具象化了。这样，对于一边听故事、一边看图画的幼儿来说，他对语言文字的理解便有了切实的形状、色彩和情景的依托，这显然有助于初学语言的幼儿对故事叙述的理解。

需要指出的是，图画书文字的空间化并不仅仅意味着用画面将文字叙述中提及的事物一一描绘出来，更是对隐藏在文字里的情感的一种具体呈现。比如，也是在《大猩猩》中，当文字叙述部分提到生日前一天晚上，"半夜，安娜醒过来，看见脚边放了一个小小的包裹——里面有一只大猩猩，不过只是个玩具"时，右页面上的插画通过对安娜失望的表情的描绘，传达了"不过只是个玩具"这样一句简单的叙述中所包含的强烈的失落感。同时，画面也通过对安娜的大床栏杆的特殊处理，使它看上去仿佛是将安娜关在其中的一道栅栏，表现了文字叙述部分一直在试图传达却又始终不加挑明的一种情绪氛围，那就是安娜在家所体验到的深深的孤独感和隔离感。通过这样的画面，文字中所包含的微妙复杂的情感内容被巧妙地传达了出来。当年幼的孩子还没有学会直接从文字中体会情感的微妙变化时，这种借助直观的画面完成的情绪的空间转化，能够帮助他们轻而易举地跟上故事情节和情感的节奏与步伐。

三、图画与文字的互动

在图画书中，当图画与文字共同配合来完成一个叙事任务时，图画参与到了一个具有时间性的叙事过程之中，而文字及其内涵则得到了一种空间化的形象呈现，这使得图画书的图与文都不再局限于单纯的视觉或语言艺术，而是从彼此的媒介方式中吸收能量，从而构成了一种特殊美学形态的文学样式。在被加拿大学者佩里·诺德曼称为"最成功的图画书"的那部分作品中，图画与文字之间彼此依靠而又互相激发，如果缺少了其中一方，另一方的功能也将不能得到充分发挥，甚至在意义传达上也有可能是不完整的。这样的作品，在图画与文字的配合方面达到了日本图画书研究者松居直所说的"图×文"的效果，也是最耐人寻味的图画书作品。

让我们一起来看一看日本童书作家五味太郎创作的图画书《鳄鱼怕怕 牙医怕怕》。这部作品讲述了这么一个有趣的故事：鳄鱼去看牙医，不知道会经受什么样的痛楚，心里感到很害怕；牙医知道鳄鱼要来看牙，不知道鳄鱼会对他怎么样，同样感到很害怕。带着这样忐忑的心情，鳄鱼和牙医相遇了，他们硬着头皮努力克服心里的恐惧，进行各自的"任务"，又时时被自己的恐惧吓得够呛，最后总算完成任务，长吁了一口气。

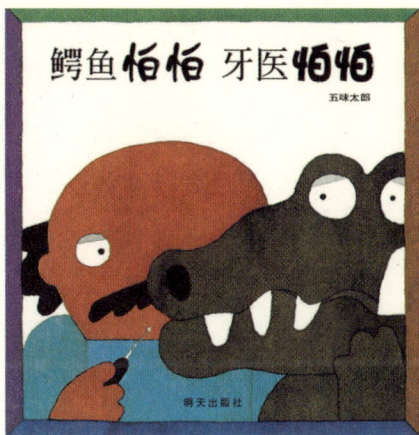

《鳄鱼怕怕 牙医怕怕》封面

作者巧妙地为鳄鱼和牙医各自的心理活动以及他们之间的对话设计了几乎完全一样的表达方式。比如，在故事起始处，捂着脸颊的鳄鱼一边走向诊所，一边怀着这样的想法："我真的不想看到他……但是我非看不可"；而此时，正在诊所里等待鳄鱼到来的牙医一样在想"我真的不想看到他，但是我非看不可"。此后，见到牙医的鳄鱼和见到鳄鱼的牙医同时发出了带着恐惧和不情愿的一声"啊"。当鳄鱼在躺椅上坐下准备接受治疗时,为了鼓励自己克服恐惧,他和牙医都在心里默念着"我一定要勇敢"。整部作品的文字叙述就以这样一种奇妙的平行方式向前推进。如果我们不看画面,仅凭这些看似重复的文句显然难以揣测故事的情节;而如果我们不读文字,仅仅来看故事的画面,那么它看上去就只是一个普通的鳄鱼看牙医的童话故事。而当这些看似平常的画面和文字合成在一起,共同组成一个故事时,我们却强烈地感觉到了从这里面散发出的既贴近幼儿生活现实,又充满奇趣想象的巧思、幽默和快乐。在这里,画面成为文字叙述的意义得以完成的一个必要条件,而文字也反过来成为画面叙述的故事得以实现其情趣的一个重要保证。

前面提到过的《第五个》,也是这样一部作品。这本图画书从头到尾的文字叙述是这样的:

门开了 / 出来一个

进去一个

还剩四个

门开了 / 出来一个

进去一个

还剩三个

门开了 / 出来一个

进去一个

还剩两个

门开了 / 出来一个

进去一个

最后一个

门开了 / 出来一个

独自进去

医生你好

  如果没有与叙述文字相应的画面，仅凭这些文字，我们很难拼出一个意义完整的故事。但是故事一开场，我们就看到了暗淡的灯光下，紧闭的门外，五个受伤的玩具静静地坐在五个位子上。随着"门开了 / 出来一个"的叙述声音，我们看到，从打开的门里走出来一个红色的瓢虫玩具；翻过一页，与"进去一个"的文字叙述相应，画面上坐在第一个位置上的掉了翅膀的发条企鹅往屋子里走去；再下一页，门重新关上了，留下四个玩具，静静地继续等待……故事就在这样的循环叙述中逐渐向前推进，直到轮到最后一个断了鼻子的木偶进去，门里面的秘密才向故事里的小木偶，也向故事外的我们揭晓：原来房间里面是一位和气的玩具修理师。尽管没有文字叙述的辅助，我们也能通过翻看画面大致明白故事的基本情节，但这种阅读却缺少了作品中通过重复的叙述文字所营造出来的那份等待的不安和焦虑，从而也就错过了这部作品以拟物的方式所展开的对幼儿生活心理的传神描绘。

  有的时候，图画书的画面和文字都能完整地讲述一个故事，但是，如果我们把它们各自区分开来，那么，原本两者结合所带来的某种特殊的情韵也会随之丢失。例如，图画书《母鸡萝丝去散步》（佩特·哈群斯 / 文·图）的画面和文字各讲述了两个相关却不同的故事。在文字叙述部分，我们读到的是名叫萝丝的母鸡"穿过院子""绕过池塘""翻过干草垛""经过磨坊""钻过栅栏""从蜂箱下面走过",最后回到鸡舍吃晚饭的散步过程;而在画面叙述部分,我们看到的则是一只狐狸尾随着母鸡一路走过"院子""池塘""干草垛"等地方,却一路遭遇各种"不幸"的过程。分开来看,这两个故事都显得很寻常。然而,当它们组合在一起时,就产生了一个格外精彩的新故事:一边是母鸡萝丝悠哉悠哉、不慌不忙地享受着她的散步时光,另一边则是无时无处不在觊觎着她的那双狐狸的眼睛;一边是萝丝在毫无知觉的情况下面临的一个接一个的危险,另一边则同样是在萝丝不知情的情况下,这些危险自然而然地消解。通过文字与画面的配合,作家营造出了这样一种奇特的故事感觉:它是时时紧张的,因为画面上始终尾随在母鸡身后的危险与文字中没有任何戒备的萝丝,让我们感到她随时都有可能被贪婪的狐狸吃掉;但它又是处处松弛的,因为洋溢在文字叙述间的那份悠然,总是随着画面上狐狸倒霉的遭遇,一而再、再而三地呼应。显然,仅凭画面或者文字的叙述,都无法达到这样别致奇特的故事效果。

《母鸡萝丝去散步》封面

第三章　图画书的画面语言

　　正如阅读一般文学作品首先需要理解文字的意义一样，阅读图画书的条件之一，是我们应当学会理解作品中图画的意义，也就是说，它是如何用画面来"说话"的。事实上，许多图画书的画面并不像它看上去那么明白易懂，而是包含了一套特殊的画面语言。理解这些"语言"，对我们完整地理解和解读一本图画书，具有基础性的意义。

一、图画如何叙事

　　试想一下，如果我们翻开一本书，看到第一页上画着一本合上的书，而当我们把这一页翻过去后，看到下一页上画着同样的一本书，不过书是打开着的，我们会怎么想？

　　通常情况下，我们会自觉地把关于这两本书的两个画面联系在一起，认为从第一页到下一页，一本书完成了一个被打开的动作。

　　这正是图画书能够以图画叙事的一个基本视觉原理。当我们按照正常的翻页顺序来阅读一本含有图画的书时，如果这些画面之间有着内容上的相关性，那么依照习惯，我们会把各页上的图画看作是前后衔接的。由于在我们的阅读习惯中，总是按照从左向右的顺序进行阅读和翻页的，因此，正常的动作也是按照从左向右的方向推进的。

一旦这一方向发生了改变，常常意味着故事的情节、氛围也发生了变化。在一些无字书中，作家经常使用到这样的画面叙事手法。

比如莫妮克的无字书《大风》，第一个跨页几乎完全空白，只有左上角露出一只小老鼠机灵的脑袋和毛茸茸的上半身，到了第二个跨页，空白背景上的小老鼠来到了右页面的中间位置，而在第三个跨页，它又跑到了右页面的右下角。这三个跨页上小老鼠从左向右的位置变化，在我们看来便意味着它越来越走进故事深处，成为其中积极行动的主角。不过，当小老鼠咬破纸页，从纸页背后吹来一阵大风时，我们看到，原本已经站在页面最右边的小老鼠先是被吹回到了右页面的左方，接着又被吹回到了左页面上，而且，它的身体方向也从向右转为了向左倾斜，似乎即将经受不住大风的吹打。此后一页，我们看到不胜风力的小老鼠将身体再度调整回了从左向右的方向，尽管大风仍然猛力地吹着，但从这个画面上角色的行动方向来看，小老鼠已经找回自信了。果然，在接下去的画面上，只见他把纸页咬成风车的形状，再用尾巴一穿，做成了一架天然的"螺旋桨"。此后，小老鼠从左页面再度来到了右页面的画框左边，它的面朝右方的身体姿态预示着它即将继续向前，跃入这个刚

《大风》封面

才还狂风大作的页面——故事的最后一个画面证实了我们的这一猜测。在这部作品中，我们可以十分清晰地看到，作家对画面方向性的利用，巧妙地渲染和推进了故事情节的发展。

同时，图画书的画面也以自己的节奏来叙述故事。比如在前面提到的《母鸡萝丝去散步》中，作品的画面是随着我们的翻页，按照一张一弛的节奏有规律地展开的。在前一幅图中，散步的母鸡正从一个钉耙边走过，而狐狸似乎正要扑到母鸡身上，画面气氛显得有些紧张；但就在下一幅图中，狐狸一下扑空，正好被他自己踩上的钉耙耙柄打中，母鸡则继续悠闲地向前漫步。又一幅图，母鸡正从池塘边走过，狐狸在她的身后作追扑状；而一个翻页过去，我们看到母鸡仍然不慌不忙地向前走着，倒霉的狐狸则扑进了池塘里。这样一松一紧的画面语言节奏，不但推进了故事情节的发展，也造成了故事气氛有节奏的变换。与此同时，我们也能够注意到，故事里的母鸡始终沿着从左向右的方向散步，而不曾转头他向，这一画面语言事实上一直在暗示读者，母鸡身后的危险并不会对她构成真正的威胁。

《母鸡萝丝去散步》内页

二、图画如何传情达意

图画是一种具有丰富的情感表现力的媒介，在图画书中，插图的色彩、线条、构图方式等，都能够传达故事中特殊的情感内容。画面的情感内容不像文字那样需要经过符号的转换，而是能够直接作用于我们的感知，因此，对于儿童读者来说，理解图画书中的画面语言有时比理解其文字叙述更生动、更直接。

1. 色彩

色彩的情感含义对我们来说毫不陌生。一般说来，灰暗的、冷调的色彩所传达的往往是忧伤、恐惧、难过等不愉快的情感内容，明亮的、暖调的色彩所传达的则往往是愉悦、安全、温暖的感觉。饱满度高的明亮色彩通常意味着欢快的气氛，而暗淡的色彩基调则更多与阴郁的氛围相关。

比如在图画书《隧道》中，当妹妹为了寻找哥哥钻进隧道里，却发现哥哥变成了空地上的石像时，整个画面的基调是灰暗的。近景中石像僵硬的灰色与远景中天空阴沉的灰色突出了笼罩着整个画面的灰色调子，再加上画面中的黑色木桩以及画框外包围和衬托着画面的大片黑色，透着莫名的荒芜感，连画面中灰绿色的草地也显得诡秘异常。接下去的一个翻页上，作家用一连四幅插图来表现妹妹搂着哥哥的石像大哭，从而使石像重新变回哥哥的过程。我们看到，这里的第一幅图仍然是灰调子的，而随着妹妹"大声地哭起来"，画面的色调发生了变化。草地上的石像逐渐褪去灰色，变成一个衣着鲜亮的男孩，他的影子也由黑色变成了深绿色。与此同时，哥哥和妹妹站立着的草坪由暗沉的绿色逐渐变成了明亮的嫩绿，还有树木背后最远处那片灰暗的天空，最后也由浅淡的蓝灰转为碧蓝。显然，随着画面色彩的上述变化，故事的氛围和角色的情感也发生了明显的转变。

作为一位图画书作家，安东尼·布朗十分善于利用不同色彩所具有的上述情感效果，来配合营造作品的情感氛围。在图画书《大猩猩》中，有这么一幅令人印象深刻的插画，画中的安娜一个人坐在房间一角，除了她面前地板上一台打开着的电视机之外，包围着她的尽是空荡荡的四壁。在电视屏幕光芒所及的一小片空间里，作家以明亮的色彩调出了高光的感觉，照亮了安娜坐着看电视的那个角落，让我们可以看出背景壁纸上绽放的金色葵花、青绿的枝叶、红底白点的蘑菇等。而在这个小小的光圈外围，则是一大片的灰暗。这样的色彩处理一方面生动地表现了安娜内心的孤独，但另一方面，作家仿佛又不忍心让一个小女孩承受如此的孤独，因此特意为她留下了那么一小片明亮的色彩区域。这一片色彩既传达出了作家和读者内心对于安娜的那份同情，同时也预示着故事接下去愈见明亮柔软的情感质地。

2. 线条

在图画中，画笔的线条也是一种语言。通常情况下，弧形、柔软的线条总是给人以安稳、温暖的感觉，而过于不规则或棱角分明的线条则有可能带来一种压抑、紧张的气氛。

美国童书作家维吉尼亚·李·伯顿在她的许多图画书作品中，就十分擅长运用一种具有装饰性的柔软的弧形线条，来制造一种清新怡人的田园风情。在她的作品《小房子》中，带着生命感觉的小房子一出场，就被包围在一圈圈层叠的弧形色线中央。甚至连小房子的屋角、窗户、门楣和烟囱处本来应有的平直线条和尖锐的棱角，也被处理成了比较圆润的形状。随着小房子周围的地上造起越来越多的工厂和住房，不但画面鲜丽的色彩变得越来越灰暗，板直的线条和带着尖锐感的棱角也越来越多地出现在画面上。一直要到最后，当小房子被它的主人重新移回到山上，柔软的弧形线条才伴随着明亮的色彩，重新完全占据了画面。在这样的线条变化过程中，作品中所包含的对现代工业文明的复杂体验和对乡土自然的某种怀旧情愫，得到了生动的传达。

《小房子》封面

《生气的亚瑟》封面

　　在写给低龄儿童的图画书中，柔软的线条往往扮演着画面线条的主角，而很少出现大幅的硬线条。《生气的亚瑟》(希亚文·奥拉姆/文，北村悟/图) 或许是个例外。这部图画书用夸张的手法，描写了男孩亚瑟因为妈妈不允许他看美国西部牛仔片而发脾气的过程。故事里，亚瑟的气先是"化作一片乌云，爆发成闪电、雷和冰雹"，接着"形成强劲的旋风，掀走了屋顶，掀走了烟囱和教堂的尖塔"，继而"转为台风，把整个城市扫进大海里"，更"引起地球一阵颤动"，导致地球像一个被敲破的蛋壳一样裂开来，最后演变成了"一场宇宙大爆炸"。在这部作品中，画家采用了大量不规则的、带有棱角的线条，来表现亚瑟"生气"的情绪感觉。亚瑟生气的时候，不但他的头发、眼睛、嘴巴的线条带着尖锐的棱角，他的衣服、袜子、鞋子的花纹线条也有着刀切般的生硬质地。与此同时，他身边的玩具、桌椅、门窗、电器等，其轮廓线也大多带着令人感到颇不舒服的颤动与棱角。在作品的第一个跨页上，我们注意到，不但蹲在亚瑟身边的猫咪突起着一对尖尖的三角形耳朵，就连画面右下角的那盆绿色植物，它耷拉着的叶片也纷纷呈现出尖锐的三角形状。在接下去的画面上，我们又看到了无数带着不规则的折线轮廓的物体，其中包括破损的楼梯、碎裂的碗碟、被震破的门窗、被吹起的树桩，等等。通过这样的线条运用，男孩亚瑟的"怒气"连同他对这一情绪的体验，都得到了淋漓尽致的表现。

3．视角

视角是指画面在呈现物象时所采取的视点角度，比如透视技法中的平视、仰视、俯视等。在图画书中，画面采用不同的视角，往往能够用于表现不同的情感意义。比如，由下至上的视角可以凸显人物或物体的高大感，但也可以造成一种压迫感。反过来，由上而下的俯视在将事物变小的同时，也可以令人产生一种超越于其上的安全感。

美国图画书《一个黑黑、黑黑的故事》（露丝·布朗/文·图），就同时运用了上述两种视角，来表现一种与恐惧有关的特殊的

情感与心理氛围。作品封面的正中央是一只黑猫，它将把我们带入一趟
"黑黑、黑黑"的旅行中。故事的文字部分这样叙述道：

　　从前，有一片黑黑、黑黑的荒野。

　　荒野上，有一片黑黑、黑黑的树林。

　　树林里，有一座黑黑、黑黑的房子。

　　……

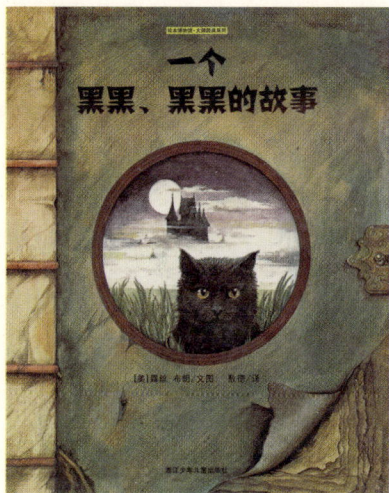

《一个黑黑、黑黑的故事》封面

　　画面的视角随着文字叙述的展开不断向前推进，从荒野来到树林
里、树林里的房子里、房子里的门厅里……为了突出故事题目和文字中
那种"黑黑"的氛围效果，在这个过程中，作者大量采用了角度不同
的仰视。在树林中，画面的视角是从林子底下往上看；到了房子前面，
是从台阶下往台阶上看；进了门，则是从楼梯下向楼梯上看……这些
视角的处理使得每一次出现在我们面前的物象都显得格外庞大、神秘，
同时也令人感到莫名的恐惧。这样一步步地，经过楼梯，来到走廊，

穿过帘子，进入房间，打开橱柜，在里面的一个角落里找到一个盒子。一直要到最后一个打开盒子的场景，作家才将原先由下至上的仰视视角忽然转换成了一个由上至下的俯视视角：原来盒子里躺着一只一脸害怕的小老鼠！这么一来，我们此前阅读这个"黑黑的"故事所积蓄起来的紧张感就猛地消散了——原来让我们"担惊受怕"许久的那个"黑黑"的秘密，不过是一只小小的老鼠！大角度的俯视视角会令阅读这个故事的孩子在看到盒子里那只受了惊吓的老鼠的同时，也像看到了自己心里许多不必要的恐惧那样，会心地笑出声来。这最后一个画面的视角翻转，在一瞬间颠覆了此前仰视视角所造成的压抑感，并转而带给读者一种超越了故事角色的优越感，从而在戏剧性的情节效果中，让孩子们学着克服自己的恐惧。

4. 细节

图画所表现的是视觉性的对象，它不像文字那样，可以直接描写人物的内心世界或者故事的情感内容。但是图画有着自己特殊的细节语言，它们能够传达微妙的故事氛围或角色细小的情感体验。有的时候，这种语言具有比文字更细腻的表现力。

比如，在图画书《大猩猩》里有这么一个场景：大猩猩准备带安娜去动物园，他们一起来到楼下，"安娜穿上大衣，大猩猩穿的是爸爸的外衣，戴的是爸爸的帽子"。在插图中，我们看到穿上大衣、戴上帽子的大猩猩和安娜在门边相视而立，门外是一轮满满的月亮。而就在画面上大猩猩对面的墙上，挂着安娜爸爸的另一套黑色大衣、一双黑色靴子和一顶帽子。这三件衣物的组合在画面上构成了一

享受图画书
第一编
图画书与图画书的艺术
第三章
图画书的画面语言

个高度与大猩猩齐平的形象，同时，它的内在虚空也与大猩猩形象的充盈形成了鲜明的对比。这一细节处理以隐喻的方式表现了爸爸在安娜生活中的情感缺席，以及大猩猩此刻所扮演的父亲代理人的角色。

三、图画如何制造幽默和趣味

儿童在三岁左右就会表现出对幽默的敏感，对他们来说，阅读图画书也提供了对语言幽默和视觉幽默的特殊体验。在许多以幼儿读者为主要对象的图画书作品中，画家往往会利用画面与文字之间的互补关系或者画面自身的细节来制造特殊的幽默或情趣。

比如图画书《我不知道我是谁》（乔恩·布莱克 / 文，阿克塞尔·舍夫勒 / 图）以故事的形式讲述一只名叫达利B的兔子的自我认同过程。达利B因为不知道自己是谁，也就不确定自己应该住在哪里，应该吃什么，又为

《我不知道我是谁》封面

什么有一双那么大的脚。直到他碰上黄鼠狼洁西D，并用自己的这双大脚挡开了洁西D的扑食进攻，他才知道自己原来是一只兔子。这部图画书的第一句叙述便是"达利B不知道他是谁"，然而在相应的画面上，我们却清楚地看到了被称为达利B的"他"正是一只兔子。这样，在文字和画面之间就形成了一种浅层次的反讽幽默。有了这一铺垫，在接下去的情节中，达利B设想自己是猴子、无尾熊、豪猪等动物的过程，对孩子来说就充满了滑稽的幽默。从图画中得到的关于达利B"明明就是一只兔子"的认识，给了孩子们一种超越故事主角的认知优越感，它使得故事里达利B模仿其他动物的各种行为都显得那么逗趣，从而极大地增强了作品的趣味性。

有的时候，画家也会通过在图画书的画面上设计视觉细节的方式，来为故事添加特别的幽默。这些细节可能并不是情节必要的构成部分，但它们却可以为图画书增添许多语言文字难以传达的趣味。比如，在图画书《疯狂星期二》中，当一大群驾着荷叶的蛤蟆在夜晚时分从城市上空飞过之后，第二天白天，街道上满地的荷叶和目击证人的描述惊动了警局。在表现警察巡逻现场的那幅插图上，我们看到近景中，一位警员

《疯狂星期二》封面

蹲在地上，捡起一片还带着露珠的荷叶若有所思；在他背后是四下勘察或带着警犬搜寻的同事，以及正在采访目击者的媒体记者。显然，没有人知道这场狂欢的主角究竟是谁，它又是如何发生的。但就在这幅插图背景的最远处，遥远的天空中，被有意处理成蛤蟆轮廓的白云悄无声息地泄露了这一秘密。当然，画面上显然没有人注意到这一点，这就使得这一细节成了掌握故事进程的作者与目睹故事进程的读者之间彼此心照不宣的一个秘密，它像一个藏在作品中的会心的微笑，为故事阅读带来了特殊的幽默情味。

再如《朱家故事》中，在妈妈离家出走之前，屋子里的墙纸是红色花蕾的图案，而从朱先生看到妈妈离家出走的条子开始，墙纸图案上的花蕾全都变成了猪头，就连客厅墙上挂着的那幅画像，其中的人物也像故事里的朱先生和他的两个儿子一样，变成了猪的模样。此外还有朱先生西装翻领上的猪形领章、儿子上衣口袋上的猪形图案、酷似猪脑袋的电源开关、月亮上的猪头阴影、窗外灌木形成的猪头轮廓等各种出其不意的小细节，仿佛嘲讽般地围绕着朱先生和他的两个儿子，从而增强了故事的讽刺和幽默效果。

《朱家故事》封面

第四章　图画书的特殊功能

图画书是一种文图结合的特殊的童书样式。优秀的图画书除了能够承担起一般儿童文学作品所具有的认知和审美教育的作用外，还有着它自己独特的艺术功能。

一、审美和艺术熏陶

与主要以语言文字为媒介的文学作品不同，图画书将绘画艺术纳入了文学作品的表达手法中。图画书是"孩子最早接触的绘画和艺术作品"[1]。图画书的插图以具有艺术美感的视觉画面呈现，对儿童进行最初的艺术和审美熏陶。它与一般配图童书的区别在于：优秀图画书在绘画的色彩、线条、构图、媒材选用等方面，都包含了较高层次的艺术要求。与此同时，上述艺术层面的考虑又是以符合儿童艺术接受能力的形式加以呈现的，从而比一般绘画艺术更容易进入孩子的心灵世界。从这个意义上说，图画书为儿童打开了属于他们自己的视觉艺术欣赏世界。

1. 纯正的审美熏陶

图画书的图画是一种直接作用于儿童视觉的欣赏对象，它有别于儿童通过语言文字的听读所接收到的文学讯息。就后者来说，儿童在听到或者读到某一词句的时候，首先需要借助于已经培养起来的语言理解能力，将这些词句的声音或书面符号转化为形象的想象，接着才能在想象中建构起相应的内容对象。也就是说，儿童对语言文字的理解接受要经过一个想象的中介，而这一中介又是以语言理解能力为前提的。这就使得较低年龄段儿童的文学接受可能会受到语言层面的较大限制。但就图画书来说，由于图画是直接将直观的形象呈现在读者面前，一般情况下，其内容比文字更易于理解。这也是为什么在幼儿阶段，图画书以及插图读物会成为最常见的书籍样式的主要原因。

但图画书画面的功能不仅仅是呈现场景，它本身也是一种艺术的创造。优秀的童书插画家经受过严格的绘画技巧训练，并对插图艺术有着自己独到的理解，他们的作品在线条的使用、画面的构图、色彩的调配等方面，都包含了艺术方面的严肃考量。因此，这些首先直接作用于儿童视觉感官的画面，能够为孩子提供一种较为纯粹和精致的艺术熏陶。

儿童的心灵像一块亟待吸水的海绵一样，充满了向外吸收信息的愿望和能量。但与此同时，由于年幼的孩子对环境所提供的各种感官信息尚未具备过滤和选择的能力，他们也最大程度地受到外在环境的控制和影响。比如说，我们可以通过自觉的心理行为过滤掉对我们来说显得"不好"或"粗糙"的视觉、听觉等信息，幼小的孩子则做不到这样，他们在生活中所接受到各种信息都将影响到他心灵的发展。视觉信息也是一样。我们都知道，视觉能力正常发展的孩子对色彩有着天然的敏感，在各种各样的颜色中，他们尤其容易对较为鲜艳、亮丽的色彩表现出格外的兴趣。但在英国华德福教育实践者马丁·洛森看来，过多鲜亮的颜色恰恰不利于儿童视觉的健康发展。他指出：

> 就像真正的味觉和嗅觉一样，看到纯净的颜色很重要。孩子对色彩的反应比成人强烈，每一种颜色产生一种内心的反应，会深入影响到孩子的整体感受……孩子长时间逗留的空间应有素净的、温暖的颜色，而不是耀眼、明亮的颜色和杂乱的图形。[2]

马丁·洛森在这里所要求的，事实上是一种具有和谐美感的色彩和构图。而这正是优秀图画书的插图艺术所具有的特点。这些作品的画面在充分考虑到插图作品在色彩、构图方面的基本规律的同时，也融入了作家独特的艺术创意。在日常生活纷繁迷乱的色彩和图像中，它们为儿童提供了一种纯正的视觉欣赏艺术，从而有助于培养孩子纯正的审美感觉。

2. 多样的艺术风格

图画书的画面所呈现的艺术形式既是纯正的，同时又具有丰富多样的风格。

根据图画书所要传达的故事内容和情感的差异，以及画家本人对不同艺术手法的不同理解和偏爱，图画书的画风也各有不同。比如，《好饿的毛毛虫》(艾瑞·卡尔/文·图) 在用色上显得大胆而又丰富，例如作品封面上那只饥饿的毛毛虫的形象，身体是各种深浅不一的绿色，脑袋则用了红色，而脑袋上的眼睛又以绿色来表现。由于作家使用的是水性颜料，这种不同色彩(即使是相对色)之间的并置并不令人感到突兀，倒使画面显得充满了生机，它传达了作品中不断进食的毛毛虫

好饿的毛毛虫

文·图/艾瑞·卡尔
译/郑明进

明天出版社

《好饿的毛毛虫》封面

身上生命的活力。相比之下，《母鸡萝丝去散步》仅仅挑选了暖色系的红色和黄色作为基础色调，其中角色和物体大多使用弧形的轮廓线，给人一种温暖的装饰画的感觉。另一本图画书《黎明》（尤里·舒利瓦茨/文·图）用水彩颜色晕染出中国水墨画的效果，来表现一种宁静悠闲的田园意境。日本图画书"鼠小弟"系列则主要采用铅笔素描的手法创作画面，其整体画风显得十分朴素，但在朴素中又透出一种特别的俏皮。显然，画家对水彩、油画、水墨、素描、蜡笔、版画乃至电脑数字技术等不同绘画手法及形式的运用，都会对作品视觉风格的形成产生不同的影响。

许多儿童图画书常常采用二维平面的画面表现手法，来制造一种富于童稚趣味的绘画风格。例如，《好饿的小蛇》（宫西达也/文·图）在线条和色彩运用上都体现了一种儿童式的朴拙的二维画风。但图画书也常常使用逼真的透视技法，比如《疯狂星期二》这样的作品，其画面就具有明显的透视纵深感，笔触也十分细腻。

许多知名的图画书作家都具有各自代表性的插图风格。比如，莫里斯·桑达克的《野兽出没的地方》《在那遥远的地方》等作品，以厚密

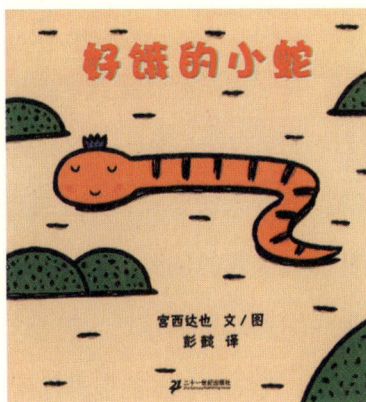
《好饿的小蛇》封面

的笔触堆积出具有纵深感的草地、树林等背景以及人物形象的阴影面，营造出一种带有神秘感的幻想氛围。安东尼·布朗的《大猩猩》《隧道》等作品对日常生活场景的描绘常常显示出某种超现实主义绘画的风格，它也成为安东尼·布朗图画书标志性的插画风格。大卫·麦基的《冬冬，等一下》《花格子大象艾玛》等作品以简单少变化的直、弧线和块状少变化的颜色填充，来表现一种寓言式的故事氛围。而宫西达也的《你看起来好像很好吃》《今天运气怎么这么好》等作品，在线条和色彩的运用上也显得十分简单稚拙，不过与大卫·麦基相比，这些带有童稚气的插图不再是象征性的，而是纯粹趣味性的。

今天，许多图画书插画家都在不断探索着新的画面表现方式，这种探索既是文学的，同时也是艺术的。对孩子来说，在阅读这些图画书的过程中接受其插图艺术的熏陶，本身就是一种天然的艺术启蒙。

42 | 43

享受图画书
第一编
图画书与图画书的艺术
第四章
图画书的特殊功能

二、心理能力发展

一般认为，对于儿童注意力、观察力、想象力等心理能力的发展来说，语言的作用要优于图画，因为对语言的接受显然需要调动起比视觉形象接受更为集中、活跃的感知与想象。然而，优秀的图画书插图并不完全等同于一般的视觉画面，与电视、动画中的移动画面相比，甚至与语言文字相比，它对很多儿童早期心理能力的发展具有特殊的促进作用。

儿童图画书借图画书作家的"眼睛"，将世界及其意义以缩微的方式呈现在儿童读者的面前，它使儿童对生活中那些有意义的形象和现象予以注意，并在注意中学会用心观察和体验这些事物。对儿童读者来说，多种多样的图画书能够为他们提供一个缩小的世界的模型。正如松居直所说：

> 世界上有许多美好的事物，它们或真实或抽象，或知性或感性，例如动物、植物、交通工具、玩具熊，又如友情、有趣的言语、美丽的色彩、多变的形状，还有带领人们进入幻想世界的故事。而图画书替我们缩小视野，定出视觉的焦点，创造出具体的图像世界，将不同的事物清楚而深刻地呈现在我们面前。换句话说，图画书使我们更清楚地看到，更深刻地感受到许多事物。这些事物我们常常不经意地看到、感受到、注意到，而且感兴趣，但是却没有真正用心去体会。

图画书的图画不同于电视、动画中的移动画面。对年幼的儿童来说，那些快速移动的影像并不利于他们早期心理能力的正常发展：

> 眼睛的发育需要时间。应该避免强烈的光线，以及快速移动

的物体，例如通过汽车的挡风玻璃观看外面的景物。应该避免电视屏幕上闪烁的画面，这些图像刺激孩子的反应，使他们变得过度兴奋、神经质和急躁。如果一个孩子不能应付汹涌的屏幕画面，他会产生自我保护的反应：干脆对外界"关闭"。如果这种情况经常性地发生，孩子就会逃避任何压力或具有挑战性的任务，这和我们的期待正好相反，我们希望孩子承受压力、迎接挑战。

人类的大脑和眼睛已经进化了 250 万年，眼睛看到的都是真实的情况，做出的反应也是完全相适应的。然而虚拟的图像（如有些不到 5 岁的孩子已经看了 5000—6000 小时的电视）使孩子的大脑停止反应，因为跟不上。

电视制片人和电脑游戏制造者，在节目中设计出惊人的效果，如突然巨大的响声，闪烁的光亮，或者突然的光强变化，以此来吸引孩子的注意力，至少让他们注意到广告。强烈的刺激引起荷尔蒙的反应，孩子不需要多久就能习以为常，于是需要更为强烈的刺激。[3]

与电视、动画上的画面相比，图画书的画面既是运动的，但同时也是静止的。当我们依照顺序翻看一本图画书时，每一页的情景都在发生推进，但每一个画面自身又是相对静止的，它像一幅静态的绘画作品那样展开在读者的面前，让读者根据文字以及自我图像理解能力的指引，去发现藏在画面各个角落的内容和细节。与急速更替的移动画面相比，图画书的画面为孩子提供了足够的观察时间和空间，只要孩子愿意，他可以长久地停留在故事的某一个页面上，去搜寻他所需要的信息，体味他所发现的意义。而在这方面，许多富于表现力的图画书也的确为他们创造了很好的条件。

因此，阅读图画书的画面并不像人们通常想象的那样，是一种相对消极的形象接受，而是包含了主动、积极的观察和探求因素。阅读无字书《猜猜看——谁做了什么？》（热尔达·穆勒／文·图），儿童读者需要仔细观察画面上脚印的方向，以及脚印周围的各种生活迹象（包括丢在床上的睡衣、卫生间打开的门、搭在凳子上的衣物、铺开的餐桌、敞开的大门等），来推测出故事主角在这一天里干了些什么。在这个过程中，读者不但要学会在单幅的画面上寻找有关故事主角踪迹的那些"符号"，而且需要保持对前后画面不同信息的连续性记忆，以便在想象中建立起一个完整的叙事体。比如，在这本图画书的第一个跨页上出现的一个浅褐色的木箱、一块红布和一圈绳子，在最后一个跨页上再次出现了，不过这时它们已经被组合成了一顶红色的帐篷，其中帐篷的支撑物——一根黑色的长树枝，是第一个跨页上没有出现的事物。只有通过集中注意力的观察和推理，孩子们才会发现，这根树枝正是故事中的"脚印"在雪地上走了一大圈的"目的"所在，而整个故事也是围绕着寻找和搬运这根树枝的过程展开的。阅读这样的图画书，能够令孩子在趣味的故事游戏中训练自己的观察、记忆、想象和心理组织能力，这种能力指向着尼尔·波兹曼在《童年的消逝》中所说的只有通过语言文字才能发展起来的"成熟话语"的特征：理性、有序、具有逻辑性的思维和话语方式。[4] 由于年幼儿童的文字接受能力还十分有限，上述对于图画的阅读便成为促进孩子早期思维发展的一种特殊而又重要的途径。

注 释

[1] 松居直:《幸福的种子》，刘涤昭译，济南：明天出版社 2007 年版，第 31 页。

[2] 马丁·洛森:《解放孩子的潜能》，吴蓓译. 北京：人民文学出版社 2006 年版，第 108 页。

[3] 马丁·洛森:《解放孩子的潜能》，吴蓓译. 北京：人民文学出版社 2006 年版，第 107 页。

[4] 尼尔·波兹曼:《娱乐至死》，第四章"印刷术统治下的思想"，章艳译，桂林：广西师范大学出版社 2004 年版。

第五章　画面的视角升降技巧

当代图画书的艺术进步，很大程度上体现在其画面叙事层面的拓展和革新上。对当代图画书的发展来说，如何利用绘画艺术的特征进一步开掘画面的叙事表现能力，是许多图画书作家一直在思考和探索的一个问题。这其中，画面的视角升降技巧作为图画书从摄影和电影镜头中吸收灵感而发展起来的一种新的视觉叙说技法，推动了图画书的当代艺术创新，也为我们思考原创图画书的艺术发展提供了有益的启示。

一、　一种新的画面叙事技巧

莱辛在他知名的文艺论著《拉奥孔》中对诗与画的界限做了如下区分：以颜色和线条为媒介的画，其各部分是并列在空间中，铺开在一个平面上的，因此宜于表现静止的事物；而以语言为媒介的诗，其语言各部分是在时间中先后承续，沿着一条直线发展的，因此宜于表现动作的叙述。从这个意义上说，当代图画书的出现指向着一种内含矛盾的艺术样式。在典型的图画书创作中，画面与语言文字共同参与到静态的呈现与动态的叙述中。于是，原本宜于表现动作的语言文字不得不服从画面空间的停顿要求，在下一个翻页得到继续之前截断语流，以便融入对应画面的空间表现之中，而原本宜于表现静态的画则必须突破单个画面的静止、凝固倾向，转而同时承担起线性的动作叙述功能。

尽管加拿大儿童文学研究者佩里·诺德曼并不赞同在图画书的插画与文字之间做出平面与线性、空间与时间的简单对立和区分，但他指出，图画书的文字与图画确乎承载着不同类别的信息，主要表现为前者比后者更能突出表现的焦点与中心，而后者在表现内容上较前者更为具体和细致。它们在意义上既相互限制，又彼此合作，由此形成了一种"争斗式的关系"，它们的互补正在于凭借彼此的差异展开相互的"竞技"。"这样，图画书的文字与图画之间的关系就倾向于是反讽性的：一方有所言说处，正是另一方沉默时。"[1] 看得出，诺德曼的这一论说除吸收了"文字／抽象－形象／具体"的传统认识外，归根到底仍然与主要诉诸时间的文学和主要诉诸空间的绘画这两种艺术形态通常所适用的不同表现对象及表现效果联系在一起。

因此，作为一种将空间性、静态性的画面与时间性、动作性的语言结合在一起的艺术样式，当代图画书创作面临的主要课题之一，是如何在对立的画面和文字间实现相得益彰的补充与扩容。而这又包括两个方面的任务，一是如何解放文字的空间感觉与整体呈现能力，二是如何解放图画的时间感觉与线性叙述能力。

如果说文字的空间表现能力早已在 19、20 世纪的各类文学作品中获得长足的发展，那么对于当代图画书创作者们来说，如何发掘图画本身的叙述能力，或许是一个更具难度的课题。事实上，画面叙述及其技法的创新已经成为当代图画书实现自我艺术提升的一个重要途径。整个20 世纪，就图画书的画面叙事能力展开的创作探索吸引了众多图画书读者与研究者的目光，包括莫里斯·桑达克、李欧·李奥尼、安东尼·布朗等在内的一大批插画家都为图画书画面叙事能力的开拓做出了重要的探索与贡献。

20 世纪 90 年代，一种新的画面叙事技巧进入了图画书作家与读者的视野中。这一近似于摄像镜头推移的视觉变焦手法，在英语拟声词"zoom"一词中得到了生动的传达。"zoom"一词原本是对飞机升空时发出的噪音的模仿，在机械学上，它特指飞机借助动力在短时间内呈大角度上升的运动，继而被用作指称与这一运动过程相类的视觉变焦过程。1995 年，匈牙利裔插画家伊斯特万·巴尼亚伊的《变焦》与美国插画家史蒂夫·詹金斯的《一直一直向下看》两本无字图画书的出版，较为充分地诠释了这样一种由视角升降带来的视觉变焦游戏的快感。这是两本完全借画面来传达叙事的图画书。巴尼亚伊的作品采取由近及远的视角推移手法，画面从一个小小的鸡冠开始，视角慢慢上升，画面所容纳的场景也慢慢增加，最后，读者的视角被拉伸到浩渺的宇宙中，地球则随之愈去愈远，终于变成一个细小的黑点。詹金斯的视角推移则正好相反，由远及近地变焦，从遥远的太空开始，将读者的视线最后带

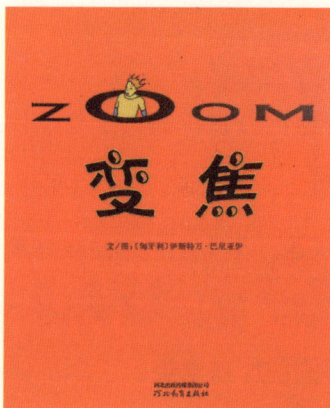

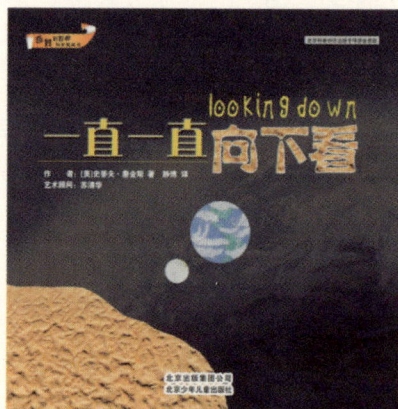

《变焦》封面 　　　　　　　　　《一直一直向下看》封面

到地球上一个男孩手中放大镜下的一只瓢虫上。

这是一种奇妙的图像游戏，它沿视角的升降安排画面，从而使前后画面之间既有同一的关联，又存在出人意料的颠覆，由此制造出许多阅读的惊喜。例如，在《变焦》中，许多画面都构成了对前一个画面读者认知的嘲弄与颠覆：我们关注了许久的"农场"原来是一个小女孩的玩具；小女孩又成了轮船上打瞌睡的男孩手中画报上的图像；而男孩和他的轮船竟又是公共汽车上的招贴画；公共汽车在电视里；电视与看电视者又在邮票上……《一直一直向下看》也是如此，一些画面上出现的某个并不那么引人注目的小物件，到了下一个画面则出其不意地成了主角。比如前一页人行道上一个不起眼的小点，到了下一页，原来是一个手拿放大镜的男孩。这样的视角升降借助于同一对象的变焦来制造视觉游戏的乐趣，也有助于让孩子在读图的惊喜中获得对于空间相对关系的认知，一时引发了许多大小读者的热情和兴趣。而更为重要的是，借助于一个看不见的"镜头"的运动，原本分开的、相对静止的画面之间建立起了一种明显的逻辑关联，它使得画面在完全脱离文字的情况下，

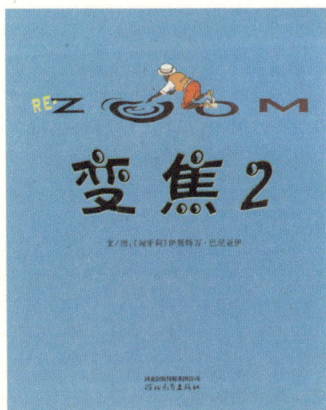

《变焦2》封面

也能够完整地讲述自己的故事。换句话说，它使画面获得了一种独立的叙事能力，而这正是不少图画书作家渴盼已久的。毫无疑问，它受到了一部分插画家的青睐。例如，巴尼亚伊在《变焦》之后，又以同样或近似的手法创作了《变焦2》和《视觉快速运动》两本图画书。2003年，挪威插画家克莉丝汀·萝斯凯特在图画书《帽子视觉游戏》中也使用了相近的视角拉伸技巧。

二、流动的时间与静止的画面空间

但上述视角升降技巧在图画书创作中的应用也很快暴露出它的弊端。我们看到，20世纪后期的视角缩放型图画书借一个不可见的观察镜头的升降，大大解放了图画自身的叙事生产力，甚至常常赋予静止的画面自身以一种近似于文字般的叙事能力，甚至能够脱离文字单独叙事。然而，这一技法同时也构成了对于图画叙事功能的某种限制，因为在这些画面之间，真正起到叙事连接功能的并非画面所叙述的场景或事件，而是那个处在故事之外的无形的升降动作。就其构成而言，这类作品更多地呈现为一系列横截画面的连续组合，而往往缺乏一个在时间中推进的完整、连续的故事。例如，不论是在巴尼亚伊的《变焦》还是萝斯凯特的《帽子视觉游戏》中，依次出现的各个场景不过是对同一表现对象在同一时间内的不同视角呈现，其时间是凝滞不动的。严格说来，它只是一种单一的视觉游戏，尚不具备真正的故事讲述功能。无怪乎影响极大的英语书评月刊《学校图书馆杂志》对《变焦》一书做出了如此苛刻的点评："视角的转换的确有趣，但这种新奇的技法很快就不再新鲜了，而从其他方面来说，这部作品并无值得流传之处。"

或许，也正是因为意识到了这一问题，巴尼亚伊在出版于 1997 年的图画书《视觉快速运动》的后半部分，除了以视角拉伸的画面切换制造线性叙述的时间感外，还将另一种故事时间导入画面内部。我们看到，随着焦距的拉长，书中小男孩的世界越来越完整地出现在我们眼前；但仔细阅读，我们会发现，这里前后画面的切换造成的不仅仅是视角的远近以及随之而来的画面内容的多寡，还有画面里玩具姿势的变化。例如，小男孩刚醒来时，床头的两个玩具娃娃面朝着他坐在床沿上，黄衣小丑背对着观众，右手撑在手杖上，红裙女孩的黄气球飘在半空中；到了下一个画面，男孩从卧室走向浴室，被拉远的背景上，床头的玩具娃娃改为了跨坐的姿势，小丑把身子转了过来，举起的右手中，手杖已经不见了，女孩的黄气球也落在了地上……这一切都提示我们，上述页面之间变化的不仅仅是视角，也包括故事里的时间，它使画面在无声的平面呈现中讲述出一个线性的故事。因此，同样是无字图画书，虽然《视觉快速运动》与巴尼亚伊的前一部作品《变焦》相比，在画面技巧方面并无多少提升，但因为有了这些时间性的画面细节的参与，它所编织的故事显然要生动得多了。

或许，如何使画面能够参与编织和传达真正意义上的故事时间，是视角升降类图画书进一步寻求艺术突破的一个关键。

2004 年，法国画家赫内·梅特勒出版了他的"自然情景认知"图画书之四——《由近到远 由远到近》。这是一本显然采用了视角升降技巧的图画书作品。在这本色彩明丽、光影细腻的图画

《由近到远 由远到近》封面　　《由近到远 由远到近》内页

书作品中，梅特勒把读者带入到一次"由近及远"又"由远及近"的视觉推移游戏中。我们的视角先是随着画面聚焦的变化逐渐上升，画面也随之被慢慢拉远：从一枚樱桃到整株樱桃树再到种着樱桃树的小院，继而是小院所在的整个村落、村子所在的连绵平野，以及平野周围更为辽阔的江河土地。在云雾缭绕的高远的上空，我们的视线被转移到了村子附近的另一方自然原野上，接着便开始了视角的下移；慢慢地，我们看清了这片原野上的河流、树木、禽鸟、草叶、昆虫，直至细小的浆果和浆果上的茸毛。末页上那因视角的过分贴近而变得硕大无比、光鲜亮丽的覆盆子果，与首页上占据了一整个跨页的红樱桃之间形成了巧妙的画面与视角的呼应，整个视觉运动也由此告一段落。

显然，梅特勒在这本图画书中所使用的视角升降的表现技巧，在图画书的当代历史上远不是最新奇的例子。与巴尼亚伊、詹金斯、萝斯凯特等人相比，他在这方面的创新之处不过是将视角的上升与下降同时运用在了一本图画书作品中。然而，如果我们仔细翻阅《由近到远 由远到近》便会发现，与一般的视觉缩放图画书相比，它至少尝试了两个方面的创新：一是实现了截面的图片与连续的故事之间的结合，二是完成了静止的空间与流逝的时间的结合。而正是来自这两个方面的创新尝试，为图画书中视觉升降技巧的艺术突围提供了富于意义的参考。

在《由近到远 由远到近》中，通过许多沉默而又生动的细节，梅特勒把流动的时间导入静止的画面空间中，从而使画面不再是单纯的视角拉伸或收缩的结果，而是具有了丰富的叙事内容。尽管从总体上看，它的图画和文字都是可以一一分列的、带有知识介绍性质的页面，但这些页面之间除了视角方面的关联外，还暗暗指向一个有序、统一的时间过程。例如，在这本书的第二个大跨页上，我们看到结有樱桃的树枝中央爬行着一只红色甲壳的瓢虫；在画面右上方的树枝上，还有一只不易被察觉的黑色蚂蚁。到了下一个跨页，关于樱桃树的画面除了因镜头的拉伸而进一步扩大外，在总体上并未发生更多的变化。但仔细观察，我们会发现，原本停在樱桃正上方的瓢虫显然已经在树枝上行走了一小段路程，正张开它的翅鞘，露出白色的翅翼，似乎准备振翅飞去；而黑色蚂蚁则已经爬行到另一段枝杈上。再一个翻页，我们又看到在前一页中正仰起喙来啄食樱桃的紫翅椋鸟已经带着它的"战利品"飞出树丛，而原本飞行着的蝴蝶则停歇在了樱桃树梢；在由于镜头的拉远而进入我们视野的屋门口，走出来一只虎视眈眈的猫。又是一个翻页，镜头再度拉远，前一页上还在门口举步的猫已经来到草坪上扑捉乌鸫，使它不得不飞离了自己刚刚还在享用美食的草坪；画面右侧则出现了一个站在木梯上摘樱桃的人。又是一页，猫儿已经离开草坪，慵懒地趴在围墙上；樱桃树丛中木梯还在，摘樱桃的人却已经带着他的樱

享受图画书
第一编
图画书与图画书的艺术
第五章
画面的视角升降技巧

桃筐消失在画面之外……

　　显然，所有这些变化着的小细节使这本图画书不再仅仅是关于空间视角的推移的，也是关于时间之流逝的。这或许与梅特勒是一位对时间表现有着浓厚兴趣的画家有关。他在同一系列的《四季》和《晨昏》两本作品中，通过同一场景在不同时间里的不同景致来表现不可见的"时间"。而在这本《由近到远 由远到近》里，他把表现的焦点转移到了空间概念上，却仍不忘将时间的元素融入其中。在充满游戏趣味的视角缩放过程中，不论是图画书前半部分关于小村生活的描摹，还是后半部分对于自然世界的表现，都融入了许多指向时间的细节。这样，静止的画面获得了一种连续的动作性与时间感，而文字则通过画面拥有了更具广度的内容与空间感。对于视角升降类图画书来说，这无疑是一种重要的艺术提升。

　　与此同时，从《变焦》到《由近到远 由远到近》，发生变化的不仅仅是画面的时间元素，也包括技法本身的艺术提升。《变焦》出版时，尽管入选了当年度《纽约时报》与《出版人周刊》的年度最佳童书之一，但它的招贴画式的平板画风，也引来了不少批评的声音。《学校图书馆杂志》评论其插画"并无任何特别的魅力，其留存也不会久长"，并称同样是视觉游戏，它在画面艺术的丰富性方面还不及 20 世纪 80 年代末与 90 年代初大卫·威斯纳的《梦幻大飞行》、大卫·麦考利的《黑与白》以及安·乔纳斯的《倒影成双》等作品。相比之下，梅特勒的《由近到远 由远到近》在绘画艺术上显然有更多可以圈点的地方。20 世纪 80 年代末 90 年代初，梅特勒曾参与法国知名儿童科普丛书"第一次发现"系列的插图工作。他的精致、细腻、逼真的插画风格在《由近到

《由近到远 由远到近》内页

远 由远到近》一书中得到了更为充分的发挥。他笔下光影分明的果实、枝叶等,乍看之下有一种高清摄像般的视觉效果,但他的画面所具有的那种统一的恰到好处的色彩、形式美感以及"工笔"般细致入微的画面间穿插的"写意"表现笔法,又远非实录性的摄影摄像作品所能相媲,更何况它们还指向着另一个由丰富、有趣的细节设计所构成的阅读发现的旅程。据说梅特勒为创作这本图画书花去了整整三年工夫,三年间几乎每天以十二个小时的强度进行创作,以求尽可能逼真、细致地表现视角升降的画面效果。他的这一努力是成功的。在西方当代运用视觉升降技巧的图画书作品中,就画面艺术而言,《由近到远 由远到近》显然是十分令人赞叹的一部作品。

三、从技法的层面到艺术的层面

目前为止,视角升降技巧对于中国的图画书创作来说,仍然是一个十分新鲜的艺术话题。本书所提到的这些运用视觉升降技巧的图画书,部分已被译介到国内。但这并不妨碍我们站在本土图画书创作的立场上,对这一创作技法展开艺术上的探讨与反思,尤其是西方图画书作家发掘、运用视角升降技巧的长处并针对其短处探寻新的艺术突破的经验,能够为本土图画书的创作提供富于意义的启示。

当代西方图画书所运用的最为典型的视角升降与缩放的技巧,是一种与摄影摄像中的镜头推移有着密切渊源的艺术表现手法。它别出心裁地将同一个对象置于依次上升或下降的观察视角下,借空间视角的垂直变换与画面内容的缩放来制造阅读的趣味，其最初的主要功能有二：一是作为一种较为纯粹的视觉游戏，二是向儿童传达特定的空间认知。对图画书的艺术发展来说，这一技法使原本静止的画面因视角的推移产生出一种运动感，从而使其艺术表现力由平面的空间拓展到线性的时间里，也使图画书的画面得以摆脱对于文字的叙事依赖，获得独立的叙事可能。正因为这样，这类图画书作品较多地采用了无字书的形式，通过取消文字存在的必要性来凸显画面的叙事能力。这是 20 世纪后十年间西方图画书领域发生的其中一个引人注目的叙事革新。[2]

但我们也看到，作为一种单纯技法层面上的创新，视角升降技巧带来的艺术冲击力尽管强烈，却也是短暂的。如果图画书作家们仅仅满足于这一技法的挪用，那么可以想见，在一个很短的时间内，伴随其新鲜感而产生的阅读激情就会冷却下来。因此，在技法的借鉴和挪用取得初步的成功之后，如何在技法与图画书丰富的艺术表现可能之间实现富于生产力的结合，使之从技法的层面向着艺术的层面推进，是这一类图画书创作在其艺术探索过程中需要思考和克服的问题。

事实上，这种艺术层面的探索在视角升降技法进入图画书时，就已经不自觉地开始了。如果说在詹金斯的《一直一直向下看》中，由远及近的视角推移所追求的主要还是一种视觉上的惊奇带来的阅读快感，那么巴尼亚伊的《变焦》在由近到远地拉伸视角时，除了带给读者视觉游戏的快感外，还隐约包含了一种开阔的宇宙观念与哲理意识。我们看到，随着图画书画面视角的上升，在每一页中占据主要位置的各种物象被慢慢推远，变成了整个大背景的一小部分，房屋、陆地、海洋、地球一一缩小、退后，最终融入了浩瀚的宇宙中，从那里望去，地球也不过是一个小而又小的黑点。在这样的视角推移中，一己之狭窄的生存欲望被慢慢忘却，一种辽阔远大的生命感觉和宇宙之思则慢慢地浮现在心底。这样一种印象的产生赋予无言的画面以一种思想的积蓄力，它使我们在体验到画面所带来的视觉快感的同时，也领略到了蕴含于其中的那一份豁达、深远的哲思。

在梅特勒的《由近到远 由远到近》中，作家并未将画面视角上升到地球之外，而是在并不高远的半空中便开始了视角的回缩。显然，与巴尼亚伊不同，梅特勒不是将目光伸向遥远的天穹深处，而是始终着落在具体的生命之中。他在这部作品中所关注的空间变换与时间流逝，总是与各种各样的生命活动联系在一起：小村里，树林间，各样的植物在生长，各样的禽鸟在觅食，树木、甲虫、蚂蚁、蜂蝶、鸟雀、猫儿与人，共同在一个彼此交互的时空中依循各自的生活轨迹，其间流动着一份安宁、蓬勃而又日常的生命气息。因此，尽管这部作品的文字主要指向的是知识性的介绍和描述，它的画面却暗藏着一个个无时不在人间和自然世界里发生着的生命故事。这些故事绘出了一幅幅在空间之域与时间之流中缓缓展开着的丰富、真实、活泼、温暖的生命图像，在这里，人与自然和谐相处，一切生命安然享用着各自的空间与时间；那在许多页面上被用作主色调的浓淡不一、疏密有致的绿色，正是书页间流动着的勃勃生机的象征。

宇宙意识与生命意识的参与，使这两部采用视角升降技巧的图画书作品在视觉游戏与空间认知教育之外，又增添了更为丰富的文学与艺术内涵。特别是，这一蕴含不是由作者从画面之外添加进去的，而是与作品的绘画技法紧密结合在一起的。在《变焦》中，正是画面视角的垂直上升引发了我们关于大与小、前景与背景、主体与部分、无限与有限之相对性的感性体验；同样，在《由近到远 由远到近》中，对于自然和人类生命愉悦的体验是与画面在空间视角的上升和下降过程中所巧妙地传达出的时间感觉紧紧相贴的。显然，在这两部作品中，视角的升降不仅仅是一种单纯的插画技法，而是真正参与到了图画书独特的艺术建构过程中。这样，原本倾向于普遍化的技法转变成了独特的风格，作为一种艺术样式的图画书也借技法实现了有价值的艺术提升。

这种由绘画技法向图画书艺术的转变，为中国当代图画书的创作提供了艺术反思的素材。近十年来，中国本土图画书经历了一次前所未有的艺术跨步，在图画书插画质量的提升、文图关系的丰富、叙事能力的拓展、民族元素的发掘等方面，均取得了非常大的进步和收获。一方面，我们没有必要否认，正是在不断借鉴和汲取世界优秀图画书所提供的艺术养料的基础上，原创图画书较为迅速地走完了这一段路程的艺术迈进。例如，从西方诸多优秀的图画故事书中得到启发，原创图画书正在愈来愈重视画面自身的叙事功能，重视其既逾越文字而又与文字相勾连的艺术表现张力。另一方面，在这个过程中，图画书作家们也愈来愈意识到从本土文化中发掘艺术资源的重要意义。今天，一部分原创图画书已经以其所呈现的富于民族文化气息的艺术面貌，引起了国内外读者与研究者的注意。但无论是向外的学习、借鉴还是向内的吸收、发掘，都不应当仅仅是一种技法性的模仿或创作，而应当把技法的追求与对图画书艺术的深入认知结合起来。

日本图画书研究者松居直在《我的图画书论》中曾这样评价 20 世纪 70 年代的日本图画书创作：在画图本身的美感方面，

受益于民族传统的日本插画拥有令许多欧洲读者赞叹不已的艺术优势，但"日本插图的构成力却差，虽有意境，然而表达的东西很少"；"日本人的东西非常美，但是讲述的内容却很少"[3]。松居直的这段点评涉及了图画书的插画技法与图画书艺术的区分。他在这里所说的"构成力"与"讲述的内容"，我把它理解为对于图画书画面在参与某一文学叙事时被赋予的艺术能力的概括，它既包括画面叙述故事的能力，也包括它们作为一个指向一致的整体传达富于感染力的情感和意蕴的能力。只有实现了从技法向着"构成力"的转变，一本图画书才真正完成了其独特的艺术身份书写。

事实上，松居直所提出的这个问题并不仅仅属于日本图画书，它道出了当代东西方图画书创作都需要面对的一个艺术课题，即图画书作为一种同时涵盖绘画与文学艺术领域的童书样式，如何才能在两种不同的艺术形式之间实现相互的克服与转化，使画面所铺开的空间与文学所暗含的时间较好地结合在一起，并且彼此丰富、交融。这就又回到了本书开头所提出的图画书的艺术特质问题。以视觉升降技法在图画书中的运用为例，西方图画书作家化用这一技法并将它融入图画书独特的叙事、表现过程中，使画面在页与页之间产生一种有别于文字的特殊的"构成力"，从而使之由一种不无新意的插画手法转变为图画书整体艺术构成的一个部分；正是在这样一个过程里，技法的成分逐渐淡出，而图画书的艺术则被凸显了出来。即便像《由近到远 由远到近》这样一本并不具有显在故事情节的儿童认知读物，也借视觉升降技巧的创造性使用展示了图画书的艺术魅力。如果我们只把它当作一般的知识性书籍来阅读，而忽略了作者安放其中的诸多创作心思，那么就未免太可惜了。

对于图画书的画面艺术而言，技法创新的意义是显而易见的，但仅是技法却并不足以涵盖画面艺术的全部。一种技法只有深入到图画书的叙事整体中并成为其中不可或缺的一个部分，它对于图画书创作的意义才能够真正得以彰显出来。

注 释

[1]Perry Nodelman. *Words about Pictures: The Narrative Art of Children's Picture Books*, Athens and London: The University of Georgia Press, 221(1988)

[2]Salmo Dansa. "Narrative in Textless Books." 该文系作者于 2008 年在德国慕尼黑国际青少年图书馆完成的一个短期研究项目成果。

[3] 松居直：《我的图画书论》，季颖译，长沙：湖南少年儿童出版社 1997 年版，第 139 页。

62 | 63

享受图画书
第一编
图画书与图画书的艺术
第五章
画面的视角升降技巧

第六章　图文之间的权力博弈

　　图画书首先是一种文学和艺术形式，与此同时，它也是一种特殊的文化产品。因此，在图画书作品中，不但烙有作家和艺术家创造天分的记号，也留有这些创作者共同的文化基因痕迹。在了解图画书艺术规律的基础上，学会以一种批判的立场进入对作品所蕴含的文化内容的解读中，是图画书阅读和研究的另一个重要课题。

　　长期以来，作为一个文类的儿童文学也是对成人与儿童之间权力关系的某种演绎，这一关系的变动常常造成儿童文学基本美学方向的转变。儿童图画书天然地继承了这一儿童文学的精神传统，它部分地体现在图画书对于童年成长中的"禁忌"问题所给予的美学关注上。我们可以看到，图画书对于童年"禁忌"以及与此相关的"成人－儿童"权力关系的表现，既顺应和体现了现实童年观的变化，同时也传达出对于一种理想童年观的期待。它为我们提供了一个探讨成人和儿童之间交互作用、影响，并思考其中之权力关系的图文世界。

一、童年禁忌与儿童文学

　　"禁忌"在不同文化体系及人类的日常生活中，常常表现为人们普遍遵从的一种文化心理和行为习俗。作为人类文化发展史上普遍存在的文化现象，"禁忌"在人类学、民族学、民俗学等领域的研究中常用一个专有名词："塔布"。"塔布"原为南太平洋波利尼西亚汤加岛人的土语，其基本含义是"神圣""不可接触"的意思。此后，在相关学科的学术研究中，"禁忌"一词的含义被逐渐地界定为：人们对神圣的、庄严的，或神秘的、不洁的、危险的事物所持的或敬畏、或规避态度而形成的一种禁制系统。危险和具有惩罚性的警示作用，是"禁忌"的两个重要特征。

同样，在人类文化发展史上，禁忌也与童年的生活、命运息息相关。在本书所设定的童年语境中，我将"禁忌"一词的含义进一步做出与童年有关的界定。所谓"童年禁忌"是指：在特定的社会和历史环境中，成人基于特定的童年观及对儿童成长的文化期望、价值要求等所建立并存在、渗透、体现于儿童日常生活中的种种禁制的统称。

回顾历史我们可以看到，童年从被发现之初，就开始了它被禁忌、被限制的过程。弗洛伊德在他那本试图在人类学、民俗学与精神分析学之间架起一座连通桥梁的《图腾与禁忌》一书中，就试图阐述图腾与禁忌的起源、发展及其与童年心理和生活之间的深刻联系。他结合对原始初民心理状况、心理病人心理病因等分析，并且通过对今天儿童生活中的图腾崇拜与禁忌文化遗迹的勾勒，来推导、分析图腾崇拜与禁忌文化的原始形态和意义。[1] 事实上，作为人类生活的一个有机组成部分，童年从来就没有逃脱过成人社会和文化的统治和塑造，包括禁忌文化的规约和形塑过程。

借用法国哲学家、历史学家福柯的说法，我们也许可以说，童年史上成人与儿童之间"权力的纠结状态"也由此出现。福柯在其《规训与惩罚》一书中以谱系学的历史研究方法替代了他早期研究中所青睐的考古学方法，虽然两者都是对主流的线性历史观的解构，但是谱系学方法不仅关注历史的断裂，而且研究断裂的原因，即将历史上的"权力"斗争作为历史发展的动因引入到了历史研究之中。福柯认为，历史研究不是对于历史源头的线性回溯，历史由一系列断裂的事件构成，所以，谱系学方法关注、研究的重点是事件的"出现"。出现即"事件涌现出来的那一刻"，这一刻"产生于权力的纠结状态"。换句话说，研究"出现"，就必须关注、研究权力的产生和活动，研究权力和力量之间相互角逐、斗争的方式，承认两种力量之间的对抗和挣扎——力量斗争的历史"舞台上演出的戏剧总是千篇一律的：统治者和被统治者反复上演的戏剧"[2]。而从童年史的角度来看，童年禁忌的设置与存在，就逐渐演化成了一条由成人与儿童之间的权力对抗与博弈交织而成的历史线索。

因此，童年的历史场域内始终交汇着童年与成年之间的权力关系，这一关系随着历史的推移而不断发生着种种变化，但它们从来不曾消失。最终，这一过程也历史地投射、积淀、体现在了不同时期的儿童文学作品中——我们看到，在童年与禁忌、在儿童文学与童年的禁忌之间，历史地建立并存在一种既彼此对立又相互依存的微妙关系。

首先，从童年与禁忌的关系上看，禁忌是成人对童年的一种限制，反映的是成人社会对于童年成长路径的一种格式化的文化要求，是历史上成人权力运用的结果。另外，从特定意义上，我们也可以说，童年起于禁忌；对于儿童和成长而言，童年禁忌的存在是必要的——正是禁忌的出现和存在，也正是因为成人为童年的成长设置了诸多不可触碰的

"秘密"和"遮蔽",才为我们提示了童年的存在,划定了童年的边界。

其次,在儿童文学与童年禁忌的关系上,我们发现,历史上儿童文学创作的最初启动,总是隐藏、反映着成人社会对于儿童成长的文化期待和伦理诉求。因此,儿童文学与童年禁忌之间的历史纠缠很早就参与了儿童文学的历史书写。从这个意义上我们甚至可以说,儿童文学的起源与童年禁忌的文化渗透和参与密不可分。

例如,欧洲儿童文学最初的诞生源于一批作家对民间童话的改编。在这一改编过程中,被认为不适合于儿童的那部分禁忌性的话语内容被小心地剔除;与此同时,童话的许多主人公都曾因为违反禁令而受到相应的惩罚。

普罗普在《故事形态学》一书第三章"角色的功能"中,提出了民间故事角色的三十一种功能,其中第二、第三种为"对主人公下一道禁令""打破禁令"[3]。流传已久的"小红帽"的故事,就明确包含了这两种角色功能(母亲告诫小红帽"要走正路";小红帽没有听从这个告诫,走入森林),而主人公也因为打破禁令获得了相应的惩罚(被大灰狼吃掉)。它最初的含意据说是给予年轻女性的性危险的告诫。凯瑟琳·奥兰丝汀在《百变小红帽——一则童话的性、道德和演变》中认为,格林兄弟努力想删除"源文本"中的性暗示,把《小红帽》"从性寓言转为家庭寓言"[4]。这个故事在格林兄弟编写的《儿童与家庭故事集》中,有关性的那部分暗示内容被剔除了,只留下一个比较纯粹的儿童违反禁令,继而获得惩罚和教育的故事。

从这个西方儿童文学史上人们耳熟能详的例子中,我们可以看到,为儿童的成长设置"禁忌"不仅是成人惯用的一种权力，而且是传统童话故事表现的重要内容之一。而从小红帽故事的演变过程中，我们也会发现，儿童文学的诞生竟然在某种程度上也是各种禁忌合围的一种结果。从原始形态的民间童话到供儿童阅读的传统童话，小红帽故事的不断删改和演变，把成人之于童年和儿童文学的权力运用也演绎得淋漓尽致。

二、图画书中的童年禁忌与权力之争

图画书特殊的图文组合和表现能力使它成为展示与禁忌有关的童年－成年权力关系以及对于这一关系的思考的一个十分独特的场域。

从 18 世纪后期到被称为英国儿童文学黄金时代的整个 19 世纪，我们从西方儿童文学作品中读到了大量表现童年生活中的禁忌文化的作品，从贝洛和格林兄弟改编的民间童话，到科洛迪的名著《木偶奇遇记》等。但是，这些作品大多表现的是童年禁忌对于童年的无可置疑的权威性和统治力量，而几乎看不到对于童年禁忌的挑战或对于这种挑战的肯定性的价值评判。

从现代图画书的创作历史看，英国女作家比阿特丽克丝·波特出版于 1902 年的《比得兔的故事》，或许是第一部有意识地展示了童年对于成年世界所设定的禁忌的冲撞及其后果的图画书作品。

有趣的是，这部作品也常常被认为是欧洲现代图画书创作的真正发端之作。这是因为，波特在这部作品的创作中，第一次让文字和图画共同参与了对于故事的讲述，从而确立了现代图画书艺术的基本叙事形态。但是，我们在这里更感兴趣的是，这本关于一只穿着蓝色外套的小兔子的作品，以禁忌的"设置—冲破—惩罚"这样一个完整的情节构架，演绎了一种与禁忌有关的童年现实。小兔比得违背妈妈的告诫，钻进农夫古里古先生的菜园里偷吃，差点被抓住，最后不但丢了新外套和小鞋子，也没能吃到"香喷喷的晚餐"。

在这个故事里，我们很容易发现禁忌与惩罚的含义。从一开始，比得兔就显示出了与另外三只被称为"听话的乖孩子"的小兔子完全不同

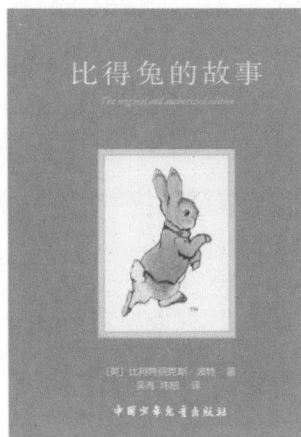

《比得兔的故事》封面

的装束与个性。波特用图画书的叙事语言，让比得兔穿上了与其他兔子的红外套迥然不同的蓝色外套，并勾勒了他"满不在乎"的神情与姿势。然而，兔妈妈的所有忠告被比得兔置之脑后的结果，是他很快就发现自己陷入了一种极其尴尬和危险的境地之中。在历经惊恐、绝望之后，触犯禁忌的比得兔受到了身体与精神的双重惩罚。而在另外三个"听话的乖孩子"的衬托下，这种违禁而受到处罚的意味就显得更加突出了。

很明显，在这个故事里，掌控着文本的叙述方向及其基本价值评判权力的成人叙述者声音，始终带着一种居高临下的姿

态"看管"着比得兔的言行。可以说，在比得兔的违禁行为实施之前的种种"征兆"里，叙述者就已经暗示了他所必然会遭遇的挫折。事实上，比得兔的行为远没有构成对于成人世界为童年所设置的禁忌的一种实质性的冲击，它更多的是以一种寓言式的方式，否定和取消了来自童年的对于禁忌挑战的尝试及其合法性。

因此，在现代图画书所展现的成人与儿童之间围绕着禁忌与惩罚所展开的最初的权力博弈过程中，《比得兔的故事》向我们展示的是成人权力对于儿童来说所具有的毋庸置疑的文化上位优势和彼此对抗时的力量强势。

20世纪中期以后，随着现代童年观的变迁，图画书中所呈现的童年与禁忌的关系也慢慢发生着改变。它所反映的是文本内部童年与成年之间权力关系的一种转变。一些时候，禁忌不再被呈现为不可碰触或与惩罚相关的，而是通过儿童主角对于禁忌的冲破，来表现童年对于权力的反抗和争取。

作为一位深谙现代童年精神，也对童年怀着真诚与尊重的图画书作家，美国的莫里斯·桑达克的许多图画书作品都表现了对于童年自由力量的肯定。在他初版于1963年的图画书《野兽出没的地方》中，小男孩麦克斯因为调皮和恶作剧遭到妈妈的惩罚，由此开始了用自由、狂野的幻想来表达、宣泄和对抗的心理过程。在这部作品中，童年相对于成年的自主权力在作品的幻想层面获得了肯定与强调——作品没有因为主角麦克斯对于禁忌的挑战而对他施加现实的惩罚，相反，麦克斯的"野兽"行为在非现实的情境中所得到的肯定，也在一定程度上暗示着它在现实世界里的合理性。同时，我们也可以说，作家对待童年与禁忌的态度仍然是模棱两可的，因为他把童年冲破禁忌后所争得的权力和能量处理成了一段幻想，也就是说，童年冲破禁忌的合法性是借助于一个幻想故事得到表现的。这样，作品就避开了它所可能引发的现实中的童年与成年之间的权力冲突。

尽管如此，这依然是一部具有历史转折意义的图画书作品。童年生命和情感的丰富性第一次在图画书创作中得到了正面的表现和肯定，童年权力的独立性、合法性也第一次在图画书创作中得到了正面的理解和诠释。无怪乎这本书被形容为"美国第一本承认孩子具有强烈情感的图画书"。朱迪思·希尔曼在《发现儿童文学》一书中认为，这部作品开拓了现代童年的意义。艾登·钱伯斯更是不无夸张地说道："因为这本书，图画书成年了。"[5] 我们或许也可以说，现代图画书的成年，是以发现和尊重童年的世界和权力为前提和基础的。

如果说《野兽出没的地方》是把儿童世界对于成人权力抗争的可能性交给了儿童的幻想世界的话，那么童年与成年之间的这种权力之争在约翰·伯宁罕（又译为约翰·柏林罕）的图画书《莎莉，离水远一点》中，被放到了一个更为对立、更接近现实，冲突也因此更为尖锐的层面上。在一个平常的夏日，莎莉跟随父母前往海滩度假。当父母方面不断发出"禁令"，如"莎莉，水太冷了，不适合游泳"，"你可不可以小心一点，不要把新鞋子弄脏"，"不要打那只狗，它可能是一只野狗"等时，莎莉却以自己的方式在一个完全属于童年的想象世界里，逐一颠覆了这些"禁令"。作品以左页面白底衬托下的浅色画面来呈现莎莉父母所代表的成人世界的慵懒、苍白与乏味，还有成人对于儿童世界的想当然的管制和支配；右页面则以重彩绘就的画幅来展示莎莉

70 | 71

享受图画书
第一编
图画书与图画书的艺术
第六章
图文之间的权力博弈

《野兽出没的地方》封面

《莎莉，离水远一点》封面

想象世界中惊险、紧张的海上冒险与寻宝故事。尽管莎莉对于父母提出的各种禁令的"违背"是以想象的方式展开的，但这种想象却被明确地表现为对于现实禁忌的悖反。透过乏味的父母与充满活力的莎莉之间的对比，莎莉对于以父母为代表的成人权威的反抗和解构，被完全地合理化了。

约翰·伯宁罕的另一本同样带有幻想色彩的图画书《迟到大王》，以童年与成年世界之间的相互错位和冲撞，尖锐地呈现了成年人对于儿童世界与儿童言说极度不信赖的现实，同时质疑了来自成人世界的对于儿童的种种禁制的正当性。约翰派克罗门麦肯席连续三天在上学的路上先后遇到了鳄鱼、狮子和大水的侵扰，因而耽误了到校的时间，成为一名无奈的"迟到大王"。虽然约翰诚实地向老师陈述了自己的见闻和遭遇，却未能得到老师的理解和认同，反而不断遭到惩处。在这里，约翰的见闻和遭遇是否具有真实性并不重要，作者试图表达的是，童年的世界、童年对世界的感受和理解，是与成人世界完全不同的。当成人以自己的权力和逻辑对儿童滥加惩处的时候，我们会发现，"不许迟到""不许说谎"等成人设置的种种禁令，在这个无视童年生活、童年逻辑的故事中，其本身的合法性也已经不能令人信服。换句话说，这部作品不仅质疑了成人世界对童年施加的禁令内容的合法性，而且也动摇了成人权力运用本身的现实合法性，尤其是当这种权力的实施是以漠视、否认童年世界的独特性为基础的时候。作品结尾处，约翰的无辜、无奈最后演变成了一场不无夸张的反制和令人发噱的"报复"，作者约翰·柏林罕为儿童代言的创作立场也在这本图画书中得到了最鲜明的表达。

《迟到大王》封面
《大卫，不可以》封面

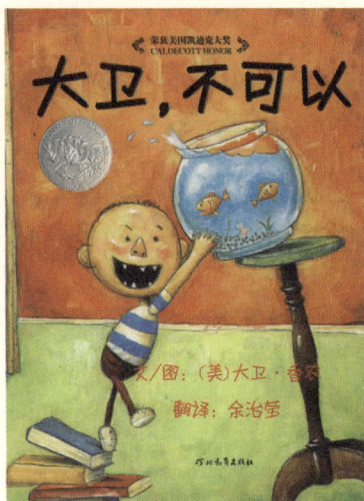

在大卫·香农的图画书《大卫，不可以》中，我们看到，童年与成年之间的权力之争全部展开在现实的场景里，而且彼此之间构成了直接的对立。故事里的大卫对于每一个现实禁忌的快乐的冲破，突出地表现了童年相对于成年的权力的增加及其合理化。特别引起我们注意的是，在作品的结尾，妈妈的一句"大卫乖，我爱你"，仿佛是一个触目的象征，把成人与儿童之间围绕着"童年禁忌"所产生的所有历史对抗和权力博弈，化解在了温馨的图文之间。

72 | 73

享受图画书
第一编
图画书与图画书的艺术
第六章
图文之间的权力博弈

从不无尖锐的对抗到和谐的相融，究竟意味着20世纪图画书中所展示的童年权力抗争最终被成人权力所收编，抑或暗示着童年的抗争走过了一个偏激的自我扩张阶段，最终走向了一个与成人世界在业已重建的文化权力格局中握手言欢，并达成新的文化契约的历史新阶段？我认为，现代图画书艺术所呈现的图文之间的权力博弈，也许已经向历史和人们昭示了这样一个童年文化逻辑：童年世界借由与成人世界的对抗来争取文化权力的过程，其最后的目的并不仅仅在于改变某种权力对抗的关系，而在于将对抗本身转变为一种良性的权力分配与互动格局。

　　以上四部图画书作品是从20世纪下半叶的不同年代中提取的。而20世纪的下半叶正是西方儿童文学中的童年观开始发生重要变化的时期。维多利亚时代延续下来的视儿童为天真、纯洁同时又亟需导引的卢梭主义童年观，在20世纪逐渐为更贴近当代社会发展现实的童年观所取代。尤其是20世纪60年代以来，更多的创作者和研究者开始关注儿童在日益被物欲和消费主义文化浸染的当代社会的现实生活境况及其命运，承认和关注来自成人世界的"恶"的内容及其对于童年世界的影响和压制。在这个过程中，儿童自身独立的尊严乃至权力，在现实和美学的意义上，都得到了前所未有的强调；相对说来，成人世界原本所占据的权力上位则明显向下位移动。其时在欧美儿童文学创作领域出现的"新现实主义"潮流，正是这一童年观转变的一种美学体现。《野兽出没的地方》《莎莉，离水远一点》等图画书作品的先后出现，也从一个方面折射并参与了这样一次童年观的反思和美学重建过程。

　　作为一种成年人的创作，图画书对童年禁忌及其所呈现的权力之争的图文表现，其实是一种成年人自身的"代言式"写作和思考的产物。

作品中所表现的童年对于成人作为统治者所拥有和展现的种种"暴力"的或公开或隐秘的反抗和解构努力，其实也是创作者基于理解和尊重童年的立场所表达的哲学和美学诉求。

在我看来，承认和接纳童年欲望、想象和要求的合法性，保持和维护童年与成人之间某种"生存－文化"权力关系的平衡，才是破解成人统治与儿童成长之间的权力迷思和文化焦虑的一剂良药。

三、童年禁忌与童年美学建构

从借助幻想冲破禁忌，到在包含了想象的现实中挑战禁忌，再到现实中的禁忌对抗和冲撞，在冲破禁忌的过程中，儿童的情绪呈现也从困惑、无奈逐渐向着宣泄、狂欢的方向转变——20 世纪后期图画书中所呈现的童年与成年之间的权力关系似乎一直在朝着质疑禁忌、解放童年的方向位移。但是，从童年美学的范畴来看，是否可以说，禁忌的最终消除，就会使我们抵达当代图画书童年美学建构的艺术巅峰？

对于这样一个提问的回答，其实并不简单。关注童年禁忌题材及其所提供的关于儿童与成人之间权力之争的议题，并非只是涉及童年境况和命运的一种现实关怀，事实上，对于图画书乃至整个儿童文学的童年美学建构来说，它同样具有一种重要的理论意义。

长期以来，童年与禁忌的关系、成年与童年权力关系的不同维度，为儿童文学表现提供了丰富的挖掘和表现童年美学的空间。这种表现一方面是对于现实生活中童年－成年权力关系的反映，另一方面，也影响着这一现实关系的面貌。但除了这种社会学方面的联系之外，就本文的思考而言，其间的美学联系是更值得我们关注和思考的。

首先，离开了"禁忌"这一童年成长过程中儿童与成人权力纠结的重要"事件"，儿童文学中的童年美学或许也将无从谈起；正如前文所说，对于童年及其成长过程来说，"禁忌"是对于童年存在及其物质和精神特质的一种重要的提醒和界定。事实上，没有"禁忌"的存在，也就没有童年的存在，童年美学也就失去了赖以建构的根据和依托。美国儿童文学学会的发起人之一、《儿童文学》杂志的创刊人弗兰西莉娅·巴特勒在 1972 年《儿童文学》创刊号的"编者按"中，曾提出儿童文学最初的产生源于成人恐吓儿童，以使他们不敢从事某些行为的意图。巴特勒是以较为主观的方式提出这一观点的，但在我看来，这一说法也不无参考价值。

其次，围绕着"禁忌"而产生的儿童与成人之间权力关系平衡点的不断历史变迁和位移，图画书以及儿童文学获得了它无限丰富的童年美学表现可能。儿童与成人之间文化位阶的不断转换，禁忌设置的领域、范围、程度及其文化内涵的不同变化，禁忌故事本身所具有的不同的美学意味和潜能……都为童年美学建构提供了无比丰富的历史、文化、审美方面的素材、灵感和内容。

最后，图画书的发展历史已经表明，"禁忌"话语与童年美学建构之间业已构成了一种相反相成的张力结构：一方面，"禁忌"的存在成全了童年美学；另一方面，迄今为止，童年美学在图画书文本中的存在，又呈现为一个不断尝试消解禁忌、或者说不断开拓禁忌边界的过程。这种看似悖谬的双向关系使图画书中作为一种题材的"禁忌"

和作为一个审美范畴的"童年",获得了持续的历史和美学建构的活力。

今天,图画书的创作者们或许已经意识到,"禁忌"所引发的权力之争事实上并非一定会衍化成作品中激烈的权力对抗和充满硝烟气息的画面传达与故事讲述。在一个儿童与成人之间的权力关系结构不断趋向多元的文化背景中,关于"禁忌"题材的美学呈现,也拥有了多元面貌的表现可能。在许多作品中,儿童与成人间的上述权力抗衡往往并不是以显在、激烈的对抗形态出现的,而表现为一种较为隐蔽,或者较为轻捷、幽默的艺术表达。同时,批判的锋芒也已悄悄收起或不再那么刀光毕露,而是被转化为一种更加趋向并回归艺术和美学自身价值的文本策略和诉求形态。我想说,在这样的隐蔽、轻捷、幽默的艺术表达之中,童年的天性和创造力却往往可以得到更加自然和充分的发掘和表现。

以玛努拉·奥尔特的《尿尿》为例。在这部作品中,并不存在童年与成年之间紧张的权力角逐、抗争和由此引发的鲜明的对立关系,但成年施加于童年的禁忌仍然存在于故事的图文呈现之间,比如作品中涉及的"男孩子在家里也不能站着尿尿""吃饭的时候是不许上厕所的""便后不能不洗手"等生活禁忌和规则。而"我"对于这些禁忌和要求的冲破、遗忘,并不被表现为一种童年对于成人权力的有意的消解和对抗,而成为作品天真、诙谐、富有戏剧性的童年美学建构的重要支撑和来源。

或许,因为禁忌而生的童年与成年之间的权力博弈,正是图画书乃至整个儿童文学童年美学一个永恒的源泉。

注 释

[1] 西格蒙德·弗洛伊德：《图腾与禁忌》，赵立玮译，上海：上海人民出版社 2005 年版。

[2] 福柯：《尼采·谱系学·历史》，载福柯《福柯集》，上海：上海远东出版社 1998 年版。

[3] 弗拉基米尔·雅可夫列维奇·普罗普：《故事形态学》，贾放译，北京：中华书局 2006 年版。

[4] 凯瑟琳·奥兰丝汀：《百变小红帽》，杨淑智译，北京：生活·读书·新知三联书店 2006 年版，第 34 页。

[5] 彭懿：《图画书阅读与经典》，南昌：二十一世纪出版社 2006 年版，第 108 页。

第二编　原创图画书鉴赏

第七章　图画书在中国的发展

一直到 20 世纪 90 年代后期，在中国的出版界和儿童文学界，图画书都还没有成为一种受人特别关注的出版现象和创作热点。尽管人们通过各种途径，或多或少地了解了一些国外乃至境外图画书创作、出版、阅读的繁盛状况，但是，在中国，对图画书创作、出版和推广的自觉关注与实践，无疑是近年来才逐渐兴起并越来越引人注目的。

一、近年来的"图画书热"

任何一个时代、任何一种生活，在需要人们进行思考的时候，就总会有一些人不可救药地开始了他们的思考和探索。图画书这一儿童艺术品种在当代中国大陆的现实发展及其历史展开，同样也是如此。

近些年来，人们开始从"文学插图"或"插图本"等概念的统治中脱身，试图打量和了解作为一个独立门类的"图画书"艺术样式。但是，不仅公众和普通读者对此缺乏基本的关心和常识，即使是在专业读者圈，当时的许多人也普遍缺乏相应的职业警觉和知识准备。就是在这样一个起点上，我们看到了近年来图画书在中国的大幅度、大面积的关注和推广行动。这一行动波及了儿童文学、儿童美术、儿童出版、儿童教育、儿童研究等领域的许多专业工作者和业余爱好者。其中，关于图画书的思考和不同声音也陆续展开并传递出来。或许，这是一个图画书开始风光传播的时代，也是一个需要人们做出相应探索和思考的年代。

事实上，这样的探索和思考这些年来一直就没有中断过。例如，早在2004年，江苏少年儿童出版社就在南京主办了"中国原创图画书创作研讨会"；2007年8月，在曾经作为元、明、清三代皇家苑囿南海子一部分的北京麋鹿苑，由中华全国妇女联合会《超级宝宝》杂志和浙江师范大学儿童文学研究所联合主办的"第一届中国本土原创图画书研讨交流会"在这里举行。这些会议聚集了来自儿童文学、儿童美术、儿童出版、儿童教育等领域的专业人士和图画书爱好者，围绕着经典图画书、原创图画书的文学、美术、出版等方面的专题，进行了认真和比较深入的交流和探讨。

2008年5月，这种以专业会议形式展开的图画书研讨达到了一个小小的高点。由中国作家协会儿童文学委员会主办、明天出版社承办的"首届中国原创图画书发展论坛"在山东济南举行。一百多名来自各地的图画书创作、研究和出版界人士聚集在一起，共同讨论中国原创图画书的现状，探索原创图画书的价值及发展策略。这是在以往民间力量不断探讨、积累和推动的基础上，作为儿童文学"官方"的中国作家协会儿童文学委员会首度正式介入并组织的较大规模的全国性的学术研讨活动，它意味着原创图画书从此成为整个儿童文学界普遍关注的具有时代性的共同话题。

仅以 2008 年为例，还有许多相关事件是一定会留在这个年度我们关于图画书的记忆之中的。

6 月，由方卫平、保冬妮主编的《图画书的中国想像》一书由《超级宝宝》杂志以内部发行的方式出版，这是北京麋鹿苑会议留下的一份激情与思想的纪念。虽然是内部出版品，但是在近年来"图画书热"的背景下，作为图画书研究者、创作者、爱好者们一次热情、智慧与想象的结晶，这本资料集的出现仍然是值得珍视的。

《图画书的中国想像》封面

7 月，"丰子恺儿童图画书奖"在中国香港地区设立。这是一个由丰子恺儿童图画书奖筹备委员会主办，书伴我行（中国香港）基金会有限公司协办，陈一心家族基金会、陈范俪女士赞助，以鼓励、表彰、促进全球范围内的华文优质原创儿童图画书的创作、出版、阅读为宗旨的奖项。鉴于著名艺术家丰子恺先生毕生关爱儿童，并以儿童为题材创作了大量独特的文学和美术作品，在其女儿丰一吟女士及其家属的支持下，该奖遂以丰子恺先生之名命名。

7月，一群热爱图画书创作的富有激情的年轻人在北京成立了"五色土原创图画书创作研究中心"。该机构的目标在于引导高校美术专业的大学生们进入图画书创作，并帮助出版他们的优秀作品，以鼓励年轻人加入原创图画书创作的艺术领域——"我们希望我们的新一代作者是生长在中国肥沃的土壤上，在自己的文化土壤上汲取营养，长出奇异的中国图画书之花"。

12月，由作家保冬妮主编的以发表、鼓励原创图画书创作为宗旨的《超级宝宝》杂志，在坚持了26个月（2006年11月至2008年12月）之后，由于经济和生存压力而被迫停刊。作为中国原创图画书作品发表的一份专业性刊物，《超级宝宝》不幸由"先驱"变成了"先烈"，这也在某种程度上向我们提示了原创图画书生存土壤还相当贫瘠的现状。

由此我们看到，对于原创图画书来说，这是一个交织着生长与幻灭、激情与失落的年代。但是我更相信，"保冬妮们"和《超级宝宝》、"五色土原创图画书创作研究中心"等所代表的一群理想主义者对于中国原创图画书的梦想，是会在不久的将来逐步化为现实的。

在近年来的"图画书热"中，大量优秀的外国图画书作品被译介给了中国读者。这些译作不仅为读者提供了精美的图画书佳作，而且为中国原创图画书创作打开了艺术视野，提供了相应的美学参照。作为中国图画书创作者、出版者、研究者、爱好者，我们自然会关注原创图画书创作的现状，想象本土图画书的未来。我们看到，近年来，关于图画书的研讨和推广活动如火如荼。我们庆幸能够成为其中的一员，也许，这些关注和思考还是初步的，但我相信，它们是我们这个时代所需要的。正是在这样的关注和思考中，我们开始想象和创造中国图画书的今天和明天。

我们相信，中国图画书的美好明天，就在我们共同的想象和描画之中。

作为中国图画书的创作者、出版者、研究者、爱好者，我们自然会关注原创图画书创作的现状，想象本土图画书的未来。我相信，这样的关注和思考是我们这个时代所需要的；正是在这样的关注和思考中，我们开始回顾和追溯中国图画书的往昔和历史，想象和创造中国图画书的今天和未来。

如果细细追寻中国原创图画书的创作和出版历史的话，那么我们会发现，在历史发展的许多时刻，我们都能够探寻到中国图画书创作、出版所留下的历史足迹。

以中国当代图画书 [1] 创作、出版为例，早在 1950 年 5 月，商务印书馆就出版了《一个蚂蚁》（署名石英著）、《牧羊狗》（署名童之友著）、《人民的合作社》（署名沐绍良著）等早期的图画书作品；1957 年 10 月，由少年儿童出版社（上海）编印的内部刊物《儿童文学研究》总第三期发表了方轶群的文章《谈谈图画故事》。这些出版物和文章，可以说构成了当代中国图画书创作、出版和理论研究最初的模样。此后，除了"文化大革命"这一特殊历史阶段之外，作为中国当代童书创作、出版和研究的一个组成部分，图画书的早期实践一直就没有中断过。

进入 20 世纪 90 年代，日本出版家松居直先生（日本福音馆书

82 | 83

享受图画书
第二编
原创图画书鉴赏
第七章
图画书在中国的发展

店原总编辑）曾数次到中国传播、推广图画书创作。湖南少年儿童出版社于1997年出版了他的著作《我的图画书论》（季颖译）。在松居直先生的资助下，国际儿童读物联盟中国分会（CBBY）还创设过两届专门奖励优秀图画书作品的"小松树奖"。[2]

作为近年来中国图画书热的重要历史铺垫，20世纪90年代出版的几套图画书丛书是必须提到的。

一是由湖南少年儿童出版社1994年12月出版的"黑眼睛丛书"（10种），包括《梦里的小汽车》（孙幼军/文，王祖民/画）、《小青虫的梦》（冰波/文，周翔/画）、《地图上的绿房子》（郑春华/文，王晓明/画）、《梅花鹿的角树》（葛冰/文，吴尚学/画）、《踢拖踢拖小红鞋》（金波/文，陶文杰/画）等，这套丛书获得过全国"五个一工程奖"。二是由海燕出版社1996年12月出版的"小鳄鱼丛书"（10种），包括《苹果小人儿的奇遇》（金波/文，王晓明、王䓍䓍/画）、《阿呜喵》（周锐/文，郑建新/画）、《蘑菇熊》（郑春华/文，李全华/画）等，这套作品获得过"国家图书奖"。三是浙江少年儿童出版社1997年5月出版的"绿蝈蝈丛书"（4种），包括《当心小妖精》（任溶溶/文，周翔/画）、《滚滚和蹦蹦》（木子/文，蔡皋、翱子/画）等，这套书获得过"小松树奖"。

但是，另一方面，一个耐人寻味的现象是，直到20世纪90年代，在中国的出版界和儿童文学界，图画书都还没有成为一种普遍受人关注的出版现象和创作热点。例如，1999年，辽宁的春风文艺出版社一次性从德国引进、出版了雅诺什编绘的《噢，美丽的巴拿马》《我说，你是一头熊》等10本图画书作品时，它们主要只是在专业领域引起了一阵小小的兴奋，而并未进入公众的阅读视野。在中国，对图画书创作、出版和推广的自觉关注与实践，特别是图画书成为家庭、学校和社会普遍重视的阅读资源，无疑是近年来才逐渐兴起并越来越引人注目的。

图画书在中国的兴起，有着多方面的原因。

第一，近三十年来中国经济的迅速发展，中产阶层的逐步形成，城乡居民收入的普遍增长，使相对处于印刷读物消费高端的图画书市场拥有了较大的具有一定购买力的潜在消费群体。

第二，随着中国图书出版和印刷业的逐渐发育和成熟，人们也在不断寻找新的印刷品种和图书市场。大约七八年前的"六一"国际儿童节前夕，一些报刊在谈论中国出版业的前景时，就曾用了类似的标题——"图画书：中国出版业的最后一块蛋糕""图画书：出版业的新宠"。

第三，"读图时代"降临的社会共识的形成和阅读心理支撑。据说，1998年，花城出版社（广东）的一位编辑在推广其策划出版的一套漫画丛书时，第一个提出了"读图时代"的概念。"令策划人自己都未想到的是，这一次并不成功的商业运作却促成了一次成功的'概念推广'"[3]。图画书的兴盛，无疑是这个以图形、图像为阅读主体内容之一的所谓"读图时代"的一个合乎逻辑的创作、出版和阅读结果。

第四，从中国儿童文学界内部看，图画书概念及其创作的整体性缺失，在新的文学视野和创作背景下，也已经到了必须面对和补救的时候了，何况图画书本身还拥有独特的美学魅力和巨大的艺术空间。

二、译介与借鉴

从中国图画书兴起的内部原因看，近年来，中外儿童出版界的不断沟通和交流，特别是有越来越多的中国少儿出版界人士出国参加各种儿童书展、进行版权交易，都使中国的少儿出版人、创作者、发行人等对图画书的艺术特性和商业潜质有了日渐清晰和深刻的认识。近年来，越来越多的中国出版社，尤其是一些少年儿童出版社将国外图画书的翻译和出版作为自己的出版重心之一。这一出版策略的确定和实施，使外国及中国台湾地区的不少优秀图画书作品在数年间以十分密集的方式在中国大陆得以出版。河北教育出版社、明天出版社、浙江少年儿童出版社、二十一世纪出版社、少年儿童出版社、外语教学与研究出版社、贵州人民出版社、南海出版公司、春风文艺出版社、中国少年儿童出版社、接力出版社、新疆青少年出版社、上海译文出版社、人民邮电出版社童趣出版公司、南京师范大学出版社、人民文学出版社等中国内地的众多出版社纷纷加入到了对外国优秀图画书作品的译介和出版工作之中。在此过程中，德国、日本、美国、英国、法国、加拿大、比利时、荷兰、丹麦等国家的优秀图画书作品，其中包括许多获得过国际安徒生奖插画奖、美国凯迪克奖、英国凯特·格林纳威奖的作品，都陆续被译介了进来。

1999年，春风文艺出版社出版了德国雅诺什编绘、皮皮翻译的10本图画书，其中包括《噢，美丽的巴拿马》《小老虎，你的信》《我会把你治好的》《兔孩子一点也不笨》等。这套书的首印数量大约在一万套左右，出版后似乎并未引发预期的市场反应。但是对业内人士来说，人们在稍感失望和抱怨的同时，也开始领略到了图画书的艺术魅力。在稍后的一段时间里，至少在专业人士那里，雅诺什的作品成了人们反复谈论和玩味的图画书标本。

此后，二十一世纪出版社于 2000 年开始陆续出版了德国图画书系列，其中包括米切尔·恩德的图画书系列、彩乌鸦系列等，又于 2002 年出版了日本矢玉四郎编绘、彭懿翻译的"晴天有时下猪"系列共 6 种。上海译文出版社于 2002 年出版了美国苏斯博士编绘、任溶溶翻译的《戴高帽的猫》《1+26 只戴高帽的猫》《我看见了什么》等 5 种图画书。人民邮电出版社童趣出版公司自 2002 年起陆续出版了荷兰迪克·布鲁纳编绘、童趣出版有限公司编译的迪克·布鲁纳丛书，现已出版 50 种，其中包括"兔子米菲"系列等。南海出版公司于 2003 年出版了美国谢尔·希尔弗斯坦的《爱心树》《失落的一角》《失落的一角遇见大圆满》等作品，并于 2004 年又出版了日本中江嘉男撰文，上野纪子绘图，赵静、文纪子翻译的"可爱的鼠小弟"系列。明天出版社于 2003 年出版了瑞士作者莫妮克的小老鼠"无字书"系列共 8 种、"袖珍精品图画书（外国卷）"共 10 种，又于 2005 年出版了英国托尼·罗斯编绘、余治莹翻译的"小公主幼儿成长图画书"系列共 4 种。南京师范大学出版社于 2003 年至 2004 年陆续出版了"幼儿园早期阅读系列丛书"共 30 种，均为外国或中国台湾地区的作家、画家所创作。人民文学出版社于 2004 年出版了法国让·德·布吕诺夫编绘、伊犁翻译的"小象巴贝尔"系列 2 种，美国路斯·克劳斯著、克罗格特·约翰逊绘、大志翻译的《胡萝卜种子》等。中国少年儿童出版社于 2004 年出版了英国比阿特丽克斯·波特编绘，吴青、陈恕翻译的"比得兔的世界"系列共 23 种。接力出版社于 2004 年出版了美国克罗格特·约翰逊编绘、孙晓娜翻译的"阿罗"系列共 7 种，日本佐野洋子编绘、唐亚明翻译的《活了 100 万次的猫》。

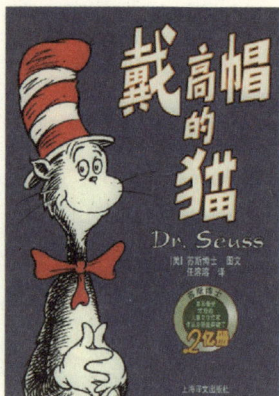

《小老虎，你的信》封面
《戴高帽的猫》封面
《爱心树》封面
《失落的一角》封面
《失落的一角遇见大圆满》封面

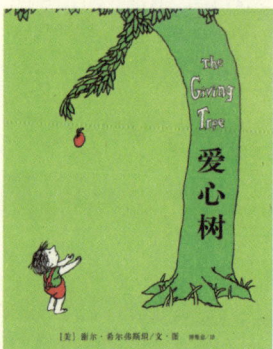

近年来，明天出版社与信谊基金会合作，陆续推出了多种外国及中国台湾地区的优秀图画书作品，如英国山姆·麦克布雷尼文、安妮塔·婕朗图、梅子涵翻译的《猜猜我有多爱你》，日本五味太郎编绘、台北上谊出版部翻译的《鳄鱼怕怕 牙医怕怕》，加拿大菲比·吉尔曼编绘、宋珮翻译的《爷爷一定有办法》，美国玛格丽特·怀兹·布朗撰文、克雷门·赫德绘图、黄廼毓翻译的《逃家小兔》，美国佩特·哈群斯编绘、

台北上谊出版部翻译的《母鸡萝丝去散步》，中国台湾李瑾伦编绘的《子儿，吐吐》，等等。

此外，自20世纪90年代末期以来，中国台湾作家幾米的系列图画

《猜猜我有多爱你》封面
《爷爷一定有办法》封面
《逃家小兔》封面

书如《月亮忘记了》《地下铁》《微笑的鱼》《向左走 向右走》等在中国大陆风行一时，制造了世纪之交中国大陆公众阅读领域的一大奇观。

在近年来的"图画书热"中，大量优秀的国外和境外图画书作品被译介给了中国读者。网上有些观察人士称，2008年是中国图画书出版的"井喷"之年。从各家出版社的图画书出版清单来看，翻译作品依然是这一图画书"井喷"之年出版的大头。

88 | 89

享受图画书
第二编
原创图画书鉴赏
第七章
图画书在中国的发展

从近年的引进和出版情况看，其特点大致可以概括为如下几点。

一是进一步重视和加强了对于获得过各类国际知名或重要的图画书奖项的作品的译介和出版。如获得过美国凯迪克大奖的西姆斯·塔贝克编文、绘图的《约瑟夫有件旧外套》，美国杨志成编文、绘图的《狼婆婆》；先后获得过英国凯特·格林纳威奖大奖的英国约翰·伯宁罕编文、绘图的《宝儿》《和甘伯伯去游河》（以上均为河北教育出版社出版）；获德国图画书大奖的英国托尼·罗斯编文、绘图的《我要来抓你啦》（浙江少年儿童出版社），获得德国青少年文学协会图画书大奖的德国沃尔夫·埃布鲁赫编文、绘图的《一只想当爸爸的熊》（二十一世纪出版社）；获得过奥尔登堡青少年儿童图书奖的德国玛努拉·奥尔特编文、绘图的《真正的朋友》等梦幻童年书系共 4 册（中国电力出版社）；获得过日本绘本奖的日本佐野洋子编文、绘图的《熊爸爸》（南海出版公司）；获得 2010 年美国凯迪克大奖的杰里·平克尼编文、绘图的《狮子和老鼠》（江西科学技术出版社），等等。

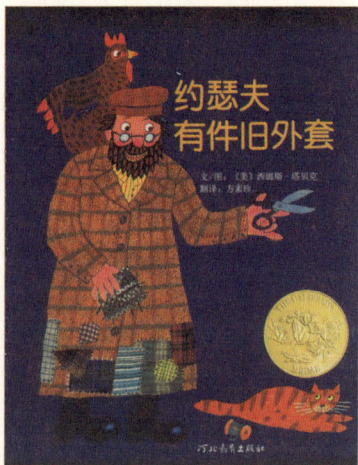

《约瑟夫有件旧外套》封面

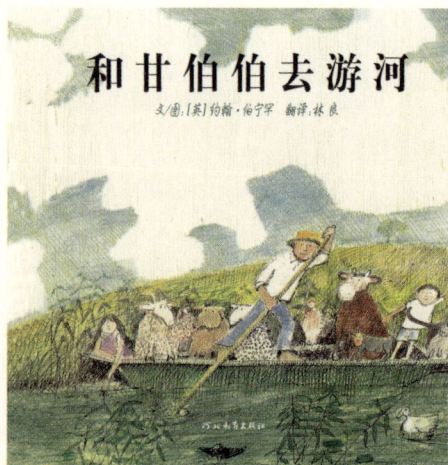

《和甘伯伯去游河》封面

二是引进图画书的国别越来越多样。除了继续引进美国、英国、德国、日本等国的作品之外，俄罗斯、荷兰、丹麦、奥地利、澳大利亚、韩国等国家的一些儿童图画书佳作也不断地进入了我们的出版视野。比如俄罗斯安德雷·乌萨切夫编文、德国亚历山大·容格绘图的《方格子老虎》（上海人民美术出版社），丹麦索伦·杰森编文、绘图的《会飞的箱子》（上海人民美术出版社），瑞士费里克斯·霍夫曼编文、绘图的《睡美人》（连环画出版社），韩国李惠兰编文、绘图的《奶奶来了》（贵州人民出版社），朴允奎编文、白希娜绘图的《红豆粥婆婆》（连环画出版社），希腊贝琪·布鲁姆编文、法国帕斯卡·毕尔特绘图的《一只有教养的狼》（二十一世纪出版社），等等。

三是引进图画书的题材、风格、创意、类型等越来越丰富。图画书作为一种主要在 20 世纪的欧美各国逐渐培育和成熟起来的儿童文学门类和现代出版品种，其艺术潜能和美学形态在欧美各国得到了较为充分的认识和相当成熟的开发，因此，引进版图画书在艺术的丰富性和创意性等方面，常常会令我们瞠目结舌，甚至叹为观止。近年来的引进版图画书，还在继续着这样的故事。

我们可以发现，在进入 21 世纪以来一个不算太长的出版周期里，中国的儿童文学界和出版界对境外图画书的译介和出版显示了极高的热情。在这一热情的持续驱动之下，一批又一批外国和中国台湾地区的优秀图画书作品得以与中国大陆读者见面。引进图画书的持续出版不仅为读者提供了精美的图画书佳作，而且对于虽有一定积累和积淀，但对在现代美学和现代出版意义上还处于起步阶段的中国图画书创作和出版界来说，无疑是一种重要的美学提供和打开，它们为原创图画书创作打开了艺术视野，提供了相应的美学参照。

很显然，在这样的阅读和打开过程中，我们的图画书阅历和素养，也在一天天地添加和丰富起来。对于读者来说，他们不仅有机会接触到一大批优秀的图画书作品，同时也开始逐渐接受了图画书的现代概念，初步培养和积累了图画书的阅读习惯与经验。对于创作者们来说，这些优秀作品也给他们带来了诸多的刺激和启迪。人们从中感受到了图画书最经典的艺术形态和魅力，发现了文图结合所带来的最独特的想象力和趣味性，换句话说，对于中国的图画书创作者们来说，阅读这些优秀的图画书，不仅仅只是一种"欣赏"，更是一种"学习"。

三、想象能走多远

也许人们可以把中国原创图画书的出版历史一直上溯到很久以前，但是，直到这个世纪的最初几年，图画书这一在 20 世纪西方和东方的许多国家被开发得相当成熟的出版门类，对于中国的创作者和出版人而言，仍然是相当陌生的——我们对图画书的文化认知和审美感受程度，在整体上还十分有限。

记得 2000 年深秋，我与几位友人在北方的一座大城市里聚会讨论中国图画书创作和出版的前景时，心里涌起的是一种兴奋而又朦胧的憧憬。坦率地说，当时的大多数人对于图画书的感性期待是远远超过其理性认知的积淀的。而报刊上关于"图画书将是中国出版业最后一块蛋糕"的预言，显然更强化了人们对图画书的某种莫名的激情。但是，真正的图画书展示的是怎样一个图文交融的审美世界，它会带我们走向一个怎样的文本空间，这一切，似乎还不完全在人们普遍拥有的想象力所能抵达的范围之内。

毋庸讳言，从某种程度上说，是近年来的引进版图画书，在一点一点地塑造着我们对于图画书的感受器官和欣赏趣味，在一点一点地拓展着我们对于图画书的理解能力和想象空间。在这个方面，明天出版社近七年来引进版图画书的出版策划和运作，或许已经构成了一个非常典型、值得我们仔细玩味的出版个案。

自 2000 年 8 月以来，明天出版社陆续从欧美引进出版了十余套各类图画书，其中包括"彩绘世界童话名著珍藏版"（共13册，引自美国）、"童话手工乐园"（共8册，引自西班牙）、"无字书"（共8册，引自美国，作者为瑞士的莫妮克·弗利克斯）、"袖珍精品图画书·外国卷"（共10册，引自德国）、"365宝宝睡前故事"（共6册，引自荷兰）、《安徒生童话》（共2册，引自德国）、《格林童话》（共2册，引自德国）、"快乐智慧大搜寻"（共5册，引自德国）、"幼儿生活概念认知故事绘本"（共8册，引自西班牙）、"小公主幼儿成长图画书"

《安徒生童话》封面

《格林童话》封面

（共4册，引自英国）、"兔子帕西一家的奇妙故事"（共20册，引自法国）等。

　　这些图画书，为我们打开了一扇认识了解图画书艺术世界的奇妙窗口。通过它们，我们会发现，图画书的阅读天地竟然如此的丰富、奇妙。从内容上看，它们既有安徒生、格林等经典童话的现代呈现，有"小公主幼儿成长图画书"系列、"兔子帕西一家的奇妙故事"系列等充满童趣和巧思的图画书新经典，也有如《别的地方现在几点了？》《一年有多长？》等将知识性巧妙地融入文学性、艺术性的作品，或如《购物中心》《动物园》这样着重培养幼儿的观察能力、比较识别能力、逻辑思维能力、集中注意能力和推理判断能力的益智类作品。从形式上看，除了图文结合的图画书常规形态之外，还有将经典童话阅读与手工制作结合起来的"儿童手工系列"作品，更有不着一字而尽显图画书魅力的"无字书"……原来，图画书的艺术舞步可以腾挪得如此眼花缭乱，如此富有想象力。

　　从具体作品看，英国图画书大师托尼·罗斯的"小公主幼儿成长图画书"是一套将生活化的取材、率真的童趣、个性化的绘画语言都发挥到淋漓尽致的图画书经典作品，它由《我要小马桶》《我长大以后》《我要我的牙齿》《我不要睡觉》4本书构成，取材无非是"方便""长大""换牙""睡觉"这样的幼儿生活中的平常事件和寻常心思，作者的高妙之处在于，他把一个个看起来十分琐碎甚至是不登大雅之堂的成长细节，编织成一个个画面充满趣味、想象和叙事智慧的图画故事。读这套作品，我们都会经历一场从"平淡"切入，到唤起好奇，再到被作者的灵感和构思彻底征服的心灵历险过程。

　　法国作家热纳维耶芙·于里埃创作、洛伊克·茹阿尼戈绘画的"兔子帕西一家的奇妙故事"系列由20册作品组成，围绕兔子帕西家五只

我要小马桶

我长大以后

我要
我的牙齿

我不要睡觉

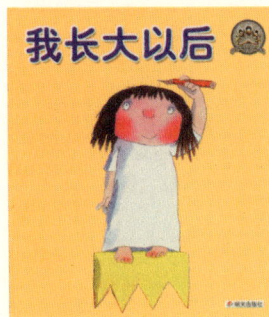

"小公主幼儿成长图画书"封面

性格迥异的小兔子展开故事。如果说"小公主幼儿成长图画书"是以非凡神奇的灵感、简洁生动的构思和画面令人拍案叫绝的话，那么，"兔子帕西"则是以相对丰富细腻的叙事和精致活泼、充满浓郁的西方传统绘画风格和韵味的画面呈现让人难忘。这两套书分别以简洁传达丰富，以富丽表现单纯，分别为我们展示了图画书美学运思迥异而又殊途同归的艺术想象可能。

而更令人感到新奇和震撼的，也许是从美国引进的瑞士籍世界著名图画书大师莫妮克·弗利克斯编绘的"无字书"系列。这套由《大风》《飞机》《小船》《房子》《字母》《数字》《颜色》《反正》8册构成的不用一个叙述文字、仅用巧妙的图画展开叙事的无字书，为我们带来了一种十分新颖的阅读体验。与中国古代美术创作讲究的"留白"艺术相类似，无字书也为唤起读者的审美观察力、想象力和思考能力提供了诸多的"空白"。这套书以其异想天开的构思和对读者想象极限的挑战，为中国的图画书编绘者、出版者、爱好者提供了一种新的想象选择、一个新的美学空间。

明天出版社近年来的引进版图画书，每一套都凝聚着出版者独特的拣选眼光和独到的出版思考。因此可以说，这些来自异域的图画书出版物，每一种都从不同的方位和角度，为我们展示了图画书编绘的不同灵感和奥秘，为我们呈现着图画书神奇多变的艺术想象和空间。我们会真切地感受到，想象能走得多远，图画书的美学边界就能延伸得多远。

四、原创图画书的兴起

如前所述，作为一种自觉的、成规模的创作和出版行为、作为一种受到读者普遍关注的文学现象，原创图画书的兴起显然是世纪之交的一道新的创作和出版风景。在"读图时代"社会文化氛围的诱惑和境外图画书作品的启发下，中国的创作者和出版者们对图画书的艺术领地充满了跃跃欲试的好奇和冲动，于是，一批原创的图画书作品，也以前所未有的密集度进入了人们的阅读视野。

1994年，新蕾出版社出版了郑春华撰文、沈苑苑等绘画的"大头儿子系列故事"共4种。海燕出版社于1996年出版了由多位作家和画家合作创作的"小鳄鱼丛书"共10种。北京少年儿童出版社于2000年出版了梅子涵撰文、赵晓音等绘画的"李拉尔故事系列"共4种。浙江少年儿童出版社2001年出版了汤素兰撰文的"笨狼的故事"系列共6种。中国少年儿童出版社2003年出版了"睡前十分钟·2~4岁"故事绘本共6种、2004年出版了"嘟嘟熊"系列丛书共8种。明天出版社2003年出版了"袖珍精品图画书·中国卷"共10种。中国人民大学出版社 2003 出版了"关爱生命"绘本系列共 6 种，其中熊磊、熊亮编绘的《小鼴鼠的土豆》等 4 种系原创图画书。

江苏少年儿童出版社在推出原创图画书方面用力甚勤。他们于 2003 年出版的"我真棒"幼儿成长图画书系列共 20 种，其中包括多位作家、画家联袂创作的《城市的麻雀》《你还小》《奇妙伞》《胖胖猪感冒了》《让我送你回家》《他有点白》《调皮鬼恐怖心》《下雨了》《杂毛猫》《再见，老蓬》等。这套丛书分别围绕儿童社会性发展的 20 个构成要素，借用图画书的形态予以艺术诠释，从整体上看，它们在一定程度上代表了目前中国原创图画书的艺术水准。

2006 年 6 月，二十一世纪出版社出版了周翔编绘的《荷花镇的早市》。这是一本从取材、编文到绘图都充满了浓郁的中国江南水乡生活气息和人情味的原创图画书。作者周翔在《抹不去的记忆》一文中说，对童年生活的"一种追忆和思念的心情，促使我画出了《荷花镇的早市》。它是我童年记忆的再现"。学者、作家曹文轩教授对该书的推荐评语是：

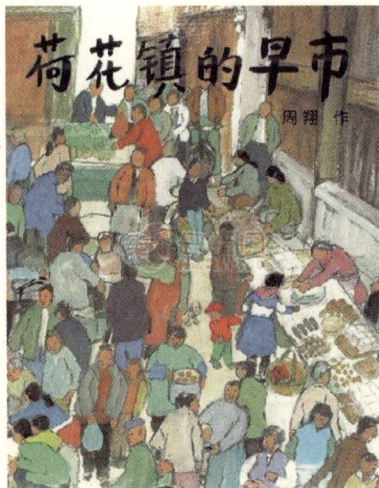

《城市的麻雀》封面

《荷花镇的早市》封面

96 | 97

享受图画书
第二编
原创图画书鉴赏
第七章
图画书在中国的发展

"这是一本具有中国风格的绘本，它是中国绘本的优美开端。"也许，从这本图画书中，我们可以感受到一种相对成熟的图画书创作理念和创作手法；甚至，一种能够体现现代图画书设计、装帧和印制观念的图画书文本形态正在中国进一步形成和明晰。

近年来引人注目的原创作品还有明天出版社出版的"小肚兜幼儿情感启蒙故事"系列、海燕出版社推出的"棒棒仔·品格养成图画书"系列等。其中，"棒棒仔·品格养成图画书"系列包括王早早编文、黄丽绘图的《安的种子》，萧袤编文、李春苗和张彦红绘图的《西西》，王一梅编文、陈伟和黄晓敏绘图的《蔷薇别墅的小老鼠》，王一梅编文、黄缨绘图的《蜗牛的森林》，肖定丽编文、刘瑞和汪海霞绘图的《小花鼠》5册。其中《安的种子》借助本、静、安三个小和尚分别面对一颗千年前的莲花种子时不同的行事态度和方法，以及他们最终获得了不同结果的故事，诠释了关于自然与生长、行事与天性的哲理与人生智慧。《西西》则以巧妙的构思和画面镜头感的调度和运用，讲述了出人意料而又在情理之中的故事，显示了颇高的图画书叙事智慧和想象力。这两部作品同时获得了"第一届丰子恺儿童图画书奖"的"优秀儿童图画书奖"。

《安的种子》封面

《西西》封面

"五色土原创图画书创作研究中心"与安徽少年儿童出版社合作出版了"五色土原创图画书第一辑"共3册，包括朱李霞编文、绘图的《听奶奶的话》，王子豹编文、绘图的《森林的诞生》，钟兆慧编文、绘图的《食梦貘》。这套以图画书创作新人为创作阵容推出的作品，让我们对这些新人的创作潜力充满了惊喜与期待。

此外，接力出版社出版了马怡编文、翱子绘图的《登登在哪里》，翱子编文、绘图的《登登的一天》；新疆青少年出版社出版了缪惟改编、王洪彬绘图的《要什么就给你什么》；少年儿童出版社出版了郑春华编文、陈舒绘图的《不是方的　不是圆的》，海燕出版社出版了王一梅著文、李春苗和何萱绘图的《兔子萝里》，吕丽娜编文、黄丽和陈伟绘图的《卡诺小镇的新居民》；二十一世纪出版社出版了张玲玲编文、刘宗慧绘图的《老鼠娶新娘》等，也都是值得关注的作品。

与此同时，一些报刊也开始越来越注重图画书的创作与评介工作。例如，江苏少年儿童出版社主办、周翔主编的《东方娃娃》就以发表和推广图画故事作品作为其基本的办刊定位。作为一本以引进、介绍国外优秀图画书作品为主的杂志，该刊是中国图画书创作者、研究者、爱好者了解国外优秀作品的一个重要窗口。一些研究者也开始在图画书的研究和导读方面投入自己的激情和才华。2006年5月，二十一世纪出版社出版的由彭懿编著的《图画书：阅读与经典》，就是这种激情和才华的一次出色表演。

与许多国家和地区相比，中国大陆的图画书创作、出版和推广都还处于起步阶段。但是，我们都能强烈地感受到参与这项事业的人们所拥有的激情。我们希望并且相信，这样一种激情可以为我们带来无穷的艺术想象力和文化创造力，为我们带来中国图画书创作、出版和传播的广阔前景。而这一切，必将造福我们的孩子，造福我们自己，造福我们共同的明天。

五、两个创作群体

在当今原创图画书的创作版图上，有两个创作群体十分引人瞩目。一个是以周翔、朱成梁、蔡皋等为代表的《东方娃娃》杂志与南京信谊创作群体，另一个是熊磊、熊亮兄弟与他们曾经主持的"奇异堡"工作室。后者于2008年7月与中央美术学院教师杨忠、北京航空航天大学教师庄庄、儿童阅读推广人王林、红泥巴网站的阿甲和萝卜探长等合作成立了"五色土"原创图画书创作研究中心和系列图书编委会。两个图画书团队，一个生长在南部，一个活跃于北方。2008年，这两个创作群体分别推出了自己的重要作品。

在南京信谊儿童文化发展有限公司策划下，明天出版社2008年连续出版了由余丽琼编文、朱成梁绘图的《团圆》，由周翔改编自北方童谣并绘图的《一园青菜成了精》，由心怡改编、蔡皋绘图的《宝儿》，由萧袤编文、周一清绘图的《驿马》，由张晓玲编文、潘坚绘图的《躲猫猫大王》等作品。这些作品以厚重的历史与人文内涵、出色的图画书艺术造诣，甫一出版，便引起了原创图画书界的关注和许多图画书爱好者的好评。

《团圆》从当代中国社会生活取材，讲述了一个富有人情味的有

《团圆》封面   《团圆》内页

关过年团圆的故事。作为一部图画书，这部作品的成功主要在于作者和画家的成功配合与艺术处理，使作品显示了图画书作为"文 × 图"的叙事艺术的独特力量。文字作者余丽琼以个人的童年生活和情感记忆为基础，从童年视角切入，把一个关于父女、家人的聚散故事描绘得细腻感人。这本书在图画书的编辑和整体制作上显示了相当深厚的素养。例如，封面与环衬色彩、图案之间的呼应，一开始就为作品营造了一种温馨的叙事氛围；跨页图的处理、大图和小图的交替运用、所有小图均以圆形呈现，等等，都显示了作品在图像语言运用上的娴熟技法和深厚功力。而画家朱成梁对于日常生活画面的独特捕捉和图像语言呈现能力，也使得整部作品气韵生动、充满张力。比如，爸爸去剪头发的画面，画家选择的是理发师一抖围裙，而"我"静坐一边、手持棒棒糖、专心凝望着眼前"陌生而又熟悉"的爸爸背影的瞬间，整幅画面在静与动的对比中呈现出细腻而富有表情的情感张力。此外，在画面的细节处理方面，《团圆》也提供了许多可圈可点、耐人寻味的精彩亮点。比如故事开头，爸爸对于一年未曾见面、年幼的"我"来说，无论在现实感受还是心理记忆上，都是陌生和模糊的。作品用一个整页来表现一家三口最初团圆的情景，此时，画家在画页的右上方，画了一幅挂在墙上的全家福照片，并别具匠心地让这幅照片四分之一左右的画面"落"在了整页画幅之外，于是，父亲的形象在画面中仅出现了半张脸。画家借此巧妙地暗示了虽然团聚，而父亲于"我"还是一个陌生人的生活和情感逻辑。到了故事的结尾部分，爸爸又要走了，墙上则出现了一幅完整的全家福照片，这一画面细节设计不露声色地传递了"团圆"这一生活事件所带给"我"的心理印象和情感体验，同时也透着淡淡的生活况味……尽管图画书的文字叙述并没有直接描述"我"的这一情感变化，但我们却可以从它的画面细节中，"读"出这样一种自然而又真切的情感过程。

由周翔改编自北方童谣并绘图的《一园青菜成了精》也是一部颇有创意的作品。有研究者认为，作者独具眼光地选择、改编了这首趣味十足的童谣作为文本，并用看似单纯实则功力匪浅的写意手法，结合现实与想象情境，活灵活现地表现了青菜及各种蔬菜的姿态、动作，并不刻意添加五官，拟人化的手法运用得十分巧妙、自然。

《一园青菜成了精》封面

《宝儿》是根据清朝作家蒲松龄《聊斋志异》中的《贾儿》改编而成的。此前画家蔡皋曾创作了《荒原狐精》（即《宝儿》的前身），并获得了第14届布拉迪斯拉发国际插画双年展（BIB）金苹果奖。画家蔡皋女士熟读《聊斋》、喜爱《聊斋》，在《宝儿》的创作中，她选择了具有强烈对比关系的颜色：红与黑。她认为，"民间大红大紫呈现出的是一种大俗，这种大俗走向极致，即是一种大雅"。图画书《宝儿》的色彩运用颇受赞誉，尤其是黑色的运用。蔡皋在《黑色底蕴里走出的明艳》中提出："黑，中国人又称之为玄色，深不可测。而一切的可知都是从不可知而来。黑，是中国人观念中的一种颜色，西洋的色彩学不大认可它，但中国人认可，它是中国人的颜色，是与《聊斋》故事内涵契合的颜色。"《宝儿》把传统故事所蕴含着的民族文化心理和审美意识演绎得淋漓尽致，同时在画面呈现上也显示了图画书特有的一些"机关"和"秘密"（如作品中商人儿子眼睛描画时的色彩运用），《宝儿》是近年来原创图画书创作民族化追求进程中出现的一部值得重视的作品。

《躲猫猫大王》是一部以智力落后儿童为主角的作品，它的题材是原创图画书乃至整个原创儿童文学领域都较少涉足的。作者创作这部

《宝儿》封面

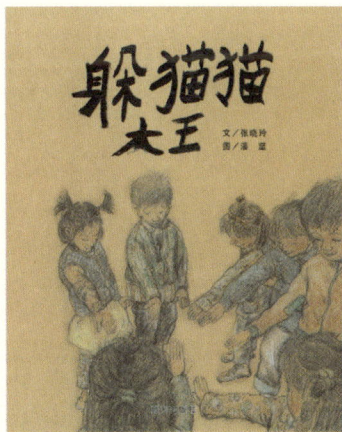

《躲猫猫大王》封面

作品时所表现出来的睿智和情怀让我感动。自始至终，作者几乎没有告诉我们，小勇是一个智力上有缺陷的孩子。尤其是在孩子们所组成的世界里，天真的关爱、自然的帮助、真挚的赞赏、难舍的别离，成为一段童年生活和记忆的最质朴、最温暖的内容，也构成了这部作品轻轻打动我们的一份纯净而又深刻的力量。

《驿马》所演绎的是一个关于"寻找"和"返乡"的寓言。一次古楼兰的美丽相遇，衍生出一个世代相传、生生不息的关于"返乡"和"梦寻"的传奇。很显然，在这个故事中，作者融入了自己关于民族、关于历史、关于文化的诸多情感和想象。正如作者所说的那样，这部作品通过相似的场景、重复的句型、朴实而深情的语言，营造出了一种回环往复的旋律。而我想说，正是这种"旋律"的不断响起，使我们感受到了一种属于我们古老历史的绵延诗意，一种属于我们独特文化的磅礴之气，一种属于我们民族精神的坚韧不拔。而这一切，又恰如其分地表达并诠释了作品关于"寻找"和"返乡"的内在主题。

《驿马》封面

2008 年，对于《东方娃娃》和南京信谊的创作群体来说，是一个丰收的年头。事实上，《团圆》等作品的出版，不仅是这一群体的重要艺术收获，同时也是持续推进的中国原创图画书创作的一个重要收获。当笔者在写作本书时，引人瞩目的"第一届丰子恺儿童图画书奖"已经在中国香港地区揭晓。《团圆》获得了该届"最佳儿童图画书首奖"，《躲猫猫大王》获得了"评审推荐文字创作奖"，《一园青菜成了精》获得了"评审推荐图画创作奖"。也就是说，南京信谊创作群体囊括了本届丰子恺儿童图画书奖三个最重要的奖项。这是南京信谊创作群体的殊荣，也显示了2008年原创图画书创作所取得的突出进展。

继2007年出版《小石狮》《兔儿爷》《年》《灶王爷》等作品之后，熊亮等人在2008年又在连环画出版社陆续出版了"情韵中国图画书系列"6册，包括《京剧猫·长坂坡》（熊亮编文，熊亮、吴翟绘图）、《京剧猫·武松打虎》（熊亮编文，熊亮、吴翟绘图）、《苏武牧羊》（蒋荫棠歌词、熊亮绘图）、《荷花回来了》（熊亮编文、马玉绘图）、《我的小马》（熊亮编文、绘图）、《纸马》（熊亮编文，熊亮、李娜、段虹绘图）。

可以看出，熊亮等人的创作也是坚守民族文化和中国气派之传统和立场的。熊亮曾在《我为什么做中国绘本》一文中坦陈："我侧重于传统和本土性，因为文化记忆同样也是我们儿时的回忆，就像城市的历史同样与个人命运息息相关一样。相比之下我偏爱通俗文化，戏剧、评书、歌谣，它们能深入街头巷尾，深入我们生活点滴中，这与创作图画书很像，都是与读者靠得很近的艺术。"他还说，自己从中国传统故事中"学到了中国童话的奥妙——'万物有情'，在写这些故事时会自然地将什么东西想象成有灵性的生命。事实正是如此，在富有感情的心里，任何事物自有它的价值，小石狮、兔爷、树神、灶神、土地、京剧猫，一切事物变得热闹又和气，这就是我想

104 | 105

享受图画书
第二编
原创图画书鉴赏
第七章
图画书在中国的发展

要给孩子的童话世界，而真正倾注于关怀的永远是人"。熊磊、熊亮在《中国美学看绘本》一文中进一步提出，中国图画书应该有与西方审美标准不一样的特质，即"注重神而忘形、万物有情、注重内在的音律节奏、气韵生动、虚实相生"。

对于熊亮、熊磊等原创图画书创作者在民族化追求方面的理想和坚持，我个人是十分赞赏的。但是另外一方面，如何把图画书创作的民族化语言、特色与图画书特有的艺术规律更好地结合起来，仍然是我们面临的一个重要话题。对此，我曾经在2008年5月于济南召开的"首届中国原创图画书发展论坛"的大会发言中指出：我们有许多很好的画家，但是，从一个好的画家到一本真正好的图画书之间，中间还有一段很长的路要走。

六、两个奖项

在近年来中国内地的图画书热兴起的过程中，也出现了两个以推动华文原创作品创作、出版为宗旨的图画书奖项。

第一个是"丰子恺儿童图画书奖"。该奖项由丰子恺儿童图画书奖筹备委员会主办，书伴我行（中国香港）基金会有限公司协办，陈一心家族基金会、陈范俪女士赞助，以鼓励、表彰、促进全球范围内的华文优质原创儿童图画书的创作、出版、阅读为宗旨。第一届评奖工作于2008年7月启动，评奖范围为2004年至2008年间出版的华文原创图画书作品。

经过约半年时间的征集，筹委会共收到参评作品330件。其中中国内地 50 件，中国香港地区 90 件，中国台湾地区 190 件。在通过了筹委会组织的初评之后，158 本原创华文儿童图画书作品进入了决审阶段的评审。经过七天紧张的评审工作，最后，由余丽琼著文、朱成梁绘图的《团圆》(明天出版社、南京信谊儿童文化发展有限公司策划，信谊基金出版社出版) 获得了本届"最佳儿童图画书首奖"；由张晓玲著文、潘坚绘图的《躲猫猫大王》(南京信谊儿童文化发展有限公司策划；明天出版社出版) 获得了"评审推荐文字创作奖"；由周翔改编自北方童谣并绘图的《一园青菜成了精》(南京信谊儿童文化发展有限公司策划；明天出版社出版) 获得了"评审推荐图画创作奖"；《我和我的脚踏车》《安的种子》《我变成一只喷火龙了》《星期三下午捉蝌蚪》《荷花镇的早市》《现在，你知道我是谁了吗？》《想要不一样》《池上池下》《西西》9 部作品获得了本届"优秀儿童图画书奖"。首届获奖作品颁奖仪式于 2009 年 7 月 23 日在中国香港地区举行。

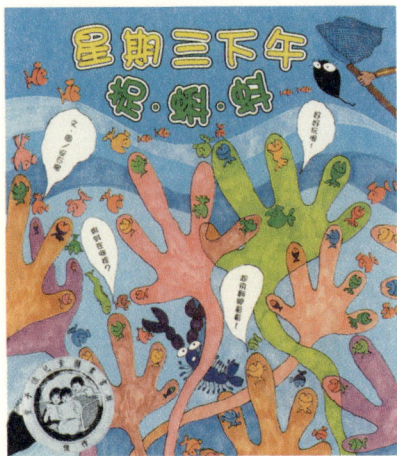

《星期三下午捉蝌蚪》封面

　　第二个是"信谊图画书奖"。该奖项由中国台湾地区的信谊基金会设立，旨在促进原创图画书的发展，奖励图画书的创作，

106 ｜ 107

享受图画书
第二编
原创图画书鉴赏
第七章
图画书在中国的发展

培养儿童文学和儿童图画书人才，提升图画书和儿童文学的创作质量和欣赏水平以及从业人员的专业标准。2009 年 8 月 14 日，在上海中国福利会少年宫召开了"中国原创图画书论坛暨信谊图画书奖征奖发布会"，与会的多位专家学者就中国原创图画书的现状及发展前景展开了探讨。发布会上正式公布了首届"信谊图画书奖"奖项详情。首届颁奖典礼于 2010 年 12 月 19 日在南京举行。

注释

[1] 在中国，"当代"一词通常指 1949 年 10 月 1 日中华人民共和国成立以来迄今的整个历史时期。

[2] 孙建江：《从陌生到热捧——图画书出版在中国内地》，转引自《中国儿童文化》，总第 5 辑，杭州：浙江少年儿童出版社 2009 年版。

[3] 孙晓燕：《解读"读图时代"》，《编辑学刊》2004 年第 3 期。

第八章　艺术思考

中国的图画书创作、出版和阅读已经进入了一个活跃而蓬勃的时代。但是，与图画书创作和出版的先进国家和地区比较起来，我们在业内人士的专业修炼和社会公众的阅读素养等方面，总体上说还处于一个入门、学习的阶段。真正的图画书展示的是怎样一个图文交融的审美世界，它会带我们走向一个怎样的文本空间，这一切，似乎还不完全在人们普遍拥有的知识储备和想象力所能抵达的范围之内。因此，我们在图画书创作的艺术创意、文学水准、美术水准，一句话，在图画书创作的综合艺术水准方面还需要突破瓶颈，实现全面的艺术提升。

讨论原创图画书怎样才能做得更好，在思考上会触碰到丰富的理论话题，在实践上则是一个漫长而艰辛的过程。本文选择的几个思考点是：画面细节的趣味和力量；画面和故事里的巧思；主题及其表达方式；图画与文字间形成的张力。

一、叙事和创意

几年前，北京一家报纸上载文说，图画书将是中国出版业的最后一块蛋糕。这几年，图画书的创作、出版、研讨和阅读推广都十分活跃，但是，我的判断是：从整体上看，现在整个行业对图画书的了解还是不够的，很多现象也证明了这一点。我们图画书的典型形态是故事加图画，这是错误的认知，这样的创作是有问题的。日本学者松居直在《我的图画书论》中谈到20世纪70年代初日本的图画书创作情况时认为，日本画家的风格、水平都很出色，但图画书的故事"构成力却差"。这种情况和我们目前的创作现象很相似。我认为，图画书创作中如何利用图画的特性来展开富有创意的叙事，或者说，如何发掘图画书讲故事的各种可能性，这是非常核心的一个问题。比如有些国外的无字书，如伊斯特万·巴尼亚伊的《变焦》，就是依靠视觉的变化及其规律，用一幅幅画面来展示一种奇妙的图像景观。李欧·李奥尼的《小蓝和小黄》利用了色彩的特质，用两个不同的色块及其变化来讲述一个关于友情、亲情和人生的故事。热尔达·穆勒的《猜猜看——谁做了什么？》一书也很典型，运用留在雪地上的脚印来讲述故事。图画书的叙事特性很重要，最根本的就是要有奇思妙想，充满想象力，这是那些优秀图画书给我们的启示。

《小蓝和小黄》封面

我很喜欢约翰·伯宁罕的作品，如《迟到大王》《莎莉，离水远一点》，还有杰侯姆·胡里埃的《有色人种》等，国外有不少这样简洁有力同时又充满想象力的作品，国内的作品和他们的差距还是很大的。这也是有多种原因的：图画书本身的内在规律就在于它的奇思妙想，国内的创作、美术、研究人员对这种图画文字相结合的作品都还了解得不够。国外的图画书创作常常是故事、绘图由同一个人完成，而我们国内常常是一个人写故事，出版社再找人画，这样很难创作出有整体感和创意的图画书来。当然，一部作品的文字和图画也可以分别由两个人来创作，但是我觉得他们之间要有充分的创作沟通，有相通的艺术灵感和火花，而不是作家和画家两相分离，各自只管自己的一摊子事儿。

事实上，我们的差距在一定程度上可以说是整体性的，包括在儿童哲学、美学观念上的差距。以《亨利徒步去菲奇堡》为例，主人公小熊亨利和他的伙伴相约去四十公里外的菲奇堡，亨利一大早就徒步启程，一路上赏鲜花、摘野果、采草莓、掏鸟窝，充分领略生活的美妙和乐趣；而另一只小熊却努力挣钱，搬木箱、除杂草……终于赚到了一张车票钱，他乘坐火车抵达了目的地。尽管他比亨利早一刻钟到达，亨利

《亨利徒步去菲奇堡》封面

却兴奋地说："我采到了草莓。"两只小熊完全不同的旅行方式呈现了两种不同的生活方式和人生态度。这就是我们的作品

在哲学、美学上的差距。优秀的图画书都具有相当的思想深度和情感力度，饱含着人生的智慧和生活的哲学，同时，儿童文学是以儿童哲学观为思想底座的，所以我们在创作中要真正理解孩子，真正地为孩子代言。2006年9月，在澳门举办的国际儿童读物联盟第30届世界大会期间，我曾向当时的国际安徒生奖评委会主席、美国西北大学的杰弗里教授提过一个问题：安徒生评奖委员会判断和选择作品的最重要的标准是什么？他说，他们最看重的是作品有没有普遍而永恒的价值。

图画书要发展，还需要做很多的推广工作。公众的接受习惯养成确实是一个长期的过程。但是我们认为对的和有价值的东西，就要努力去推广。一个民族总需要有些人去保护"火种"，做些"傻事"。读书现在是全社会的问题，不只是儿童阅读。我认为时代和社会发展是有内在规律的，当物质文明达到一定程度后，书香社会的重要性就显现了。我个人从2000年开始比较注重把我们的学术工作与基础教育结合起来，例如参与主编了《新语文读本·小学卷》，也常常给老师们讲儿童文学，讲图画书的鉴赏和推广。我们首先要影响老师，我在台湾给研究生讲课时，问起一些在职攻读学位的小学老师，他们家中都会有一千多本图画书。当然，现在儿童阅读中，图画书也只是一种选择。

近十年来，图画书在各种合力作用下得以加速度发展，但关于图画书的研究，我们现在还处于初级阶段。因为目前的研究者大都是文学专业背景出身，对文本的关注更多，从美术角度的关注还不够，整体的专业素养也还不够。我自己的认识也是在不断深化，不要说和三五年前的认识比，就是一年前的，可能现在也已经更进一步了。我会考虑写图画书基础理论方面的书，首先要做的是一些翻译、引进性的工作，要引进有益于学术研究的资源。希望我们好好努力三五年，能有一个较大的改观，能够和国际上的图画书研究者对话。

二、细节的趣味和力量

图画书的画面除了完成故事主干的叙事意图之外，通过细节的增添、设计和隐藏，来增加画面的趣味和表现力，这是图画书叙事的一个基本策略。

我们过去的图画书插图就是图画，图画跟文字之间的关系就是一一对应的关系，或者图画并没有比文字添加更多的东西。我们在优秀图画书当中不断发现非常丰富的图画里面的意义、图画里面的趣味和图画里面的构思。对画者来说，如果你拿到了一个文字脚本，你就根据文字脚本去提供画面，这是远远不够的。所以，怎么样通过细节，通过画面的设计来增加画面的趣味和表现力，可以说是图画书叙事非常基本的一个策略。

我们来看一个原创的图画故事，叫《小熊巴巴布的周末》，这是一本杂志上发表的图画故事。周末了，小熊巴巴布一家打算去海边玩。爸爸、妈妈正在收拾东西，小熊巴巴布说："我不喜欢去海边。"巴巴布说得很大声，小熊爸爸和小熊妈妈好像没听见。我们看到画面做了分割，爸爸妈妈在计划，画面上增加了一些东西，比如说一只鸟衔着一个包，还有一只蜗牛，这里有设计在里面。熊爸爸给巴巴布穿了蓝色的背带裤。"我不喜欢穿背带裤。"巴巴布说得很大声。

小熊爸爸好像没听见，他亲亲巴巴布，告诉他到了海边要乖乖听话。到了海边，我们看到一个小车，爸爸妈妈背着他们准备的东西出发了。这个含义到底是什么？大家可以想象。巴巴布远远地落在画面的另一端，这表示他对此次出行的一种抗拒，或者是一种疏离，对父母安排的一种疏离，画面上还是有讲究的。

　　巴巴布一家子看到三只穿着花花绿绿的熊向他们挥手，原来是杰克熊一家。巴巴布说："我不喜欢和杰克熊玩。"巴巴布说得很大声，但是熊爸爸和熊妈妈好像没听见，他们在没完没了地聊天，巴巴布只好和杰克熊一起玩。杰克熊很强壮，他看不起所有比他瘦小的熊。杰克熊斜着一只眼睛看巴巴布，还嘲笑说你大概是一只小猪吧，于是巴巴布和杰克熊打了起来。这里画家画了一只小蚂蚁，拿着一根长矛。如果没有这只蚂蚁，这里就是空白了。这只蚂蚁和具体的故事场景上没有什么具体的联系，他本身不是一个角色，可是作者设计这个画面细节就制造了一种好斗的，或者是一种孩子之间打闹的氛围。这里我们还看到了画面上伸出的橄榄枝，而这边就是长矛，这样的设计我认为并不是很高明。巴巴布很努力，可还是被打败了。他哭着去找妈妈，妈妈给他擦干眼泪，递过塑料桶和铲子让他自己玩沙子。巴巴布说："我不喜欢玩沙子。"巴巴布说得很大声，但是爸爸妈妈好像仍然没听见。

　　天哪，巴巴布再也受不了了，爸爸妈妈根本不在乎他的想法，他再也不要见到他们了。既然爸爸妈妈不理解他，他就一个人孤独地跑开了。巴巴布跑到海边，在一块大岩石上躺下来，他又累又伤心，在月光下的海边睡着了。熊爸爸和熊妈妈很快发现他们的巴巴布不见了，他们害怕极了，一边喊着巴巴布的名字，一边到处寻找。终于找到了，巴巴布缩成一团，睡在那里，看上去那么小，那么可怜。爸爸妈妈这才明白，巴巴布过了一个多么不开心的周末。故事最后，巴巴布发现爸爸妈妈正在旁边笑眯眯地看着他。爸爸说："巴巴布，下个周末我们去哪儿？"故事完了。

这个故事在文学性方面可能有一些值得讨论的地方。首先，这个故事的主题是什么呢？是讲父母成人对孩子缺乏尊重和了解，用自己的意志去安排控制孩子，孩子拒绝，父母突然领悟到什么。一个陡转，一个完美的结局。我觉得，虽然主题可能不错，但是在这个故事本身的设计当中，情节比较生硬，主题表现比较直白，对不对？趣味性不够，这是第一。

第二，巴巴布形象的塑造我认为不可爱。孩子有他的尊严，有他的需求，有他的个性，我们要尊重，可是当我们进入图画书叙事的时候，就必须做一些改造和经营。我们看到很多国外表现同类主题的例子，完全不一样。巴巴布其实很可怜，可是这个孩子只有宣泄：我不喜欢去海边玩，我不喜欢和杰克熊玩，我不喜欢怎么怎么。当孩子用这样的形式来表达情绪的时候，他作为一个文学形象已经不可爱了，他引不起我们的怜爱，引不起我们更多的同情。生活当中确实有很多孩子是这样发泄他们的垃圾情绪的。可这是文学，这是艺术，这里的人物就应该有一些文学化的加工和提升。

第三，从情节看，最后一个转变是我们常见的大团圆式的结尾。父母突然领悟到孩子这么柔弱，于是问下个周末他要去哪里。第一，父母转变的契机和原因，故事中并没有做更好的交代，缺乏了一点叙事上的智慧。第二，结尾比较生硬，落入了一个俗套，就

114 | 115

享受图画书
第二编
原创图画书鉴赏
第八章
艺术思考

是大圆满的俗套。

举一个国外的例子，我们来看看英国的安东尼·布朗的《大猩猩》。作品写一个女儿对父爱的渴望。这本书可以从很多角度来解读，比如说从图画书创作理论上、从人物心理分析上等。作品里面的文化背景、宗教背景，也有大量的东西可以解读。对西方文化有更多了解的有经验的读者，也许可以从故事和画面中读到更多的东西。

我们来看《大猩猩》画面中的细节设计和隐藏。安娜喜欢大猩猩，我们发现，画家在画面中设计、隐藏了许多大猩猩的形象。其中有一页的细节是这样的：夜里，大猩猩穿戴上爸爸的衣帽，准备带安娜出门；墙上有一幅大猩猩的画；门外远处像是起伏的山峦，其中也隐藏着大猩猩的形象；安娜身后的墙上，有一个电灯开关，其中简单的一笔，勾勒出一个微笑的脸庞，就是这么一笔，暗示着安娜此刻的心情。孩子们发现这个笑脸的时候，他们一定知道，安娜有多么开心。对画家来说，只是简单的一笔，可是对于人物心情的揭示，对叙事氛围的营造，以及对图画书阅读乐趣的设计来说，这些设计和隐藏就变得十分重要了。

《大猩猩》封面

还有一个很重要的细节引起我们的注意。我们看到，安娜家的门上，有两个门把手。有人曾分析说，这里一边是现实之门，一边是幻想之门。

那他们到底是从哪边出去的呢？屋里有两个门把手，屋外边我们只看到了一个把手。读者稍不注意，就不会发现这样精细的设计和画面安排。这样的安排到底有什么含义在里边？实际上是提供了一个思考和讨论的空间。所以，图画书常常把阅读玄机不露痕迹地隐藏在画面里，而在文字部分根本没有做任何交代。事实上，图画书之所以经得起反复的阅读，其部分原因就在这里。

我们再看，大猩猩和安娜走到屋外，这里是动物园。动物园已经关门，他们就翻墙进去，终于看到了好多的大猩猩。我们注意刚才安娜和爸爸在一起的时候，她和爸爸就没有这样亲昵的动作。这样的动作画面的设计，大猩猩的手指头都好像在说话。我们看她和大猩猩相处时所做的动作，他们相互之间的关系；再看故事开头她和爸爸坐在餐桌前时，刻板的长条桌把他们分隔在两端，爸爸看的报纸还遮挡住了他们之间交流的视线。安娜的眼光怎么样，这需要我们去想象。而她跟大猩猩在一起的画面中，我们看到连电影中的超人也被设计成了大猩猩。这就是所谓的互文性理论，就是创作者把其他的故事、其他的形象嵌进正在讲述的故事之中，比如你在创作一个小熊故事，突然把孙悟空的形象放进去。有人说这是一种后现代的手法：借助拼接、嫁接、转移。这本书里就把美国的元素——超人放进去了。

前面我们看到安娜和爸爸在餐桌前吃东西的画面。这里再看安娜和大猩猩是怎样吃东西的。首先我们看色彩和构图，大猩猩和安娜之间的距离很近，饮料、食物的颜色丰富温暖，还有背景墙上为什么是两颗樱桃，我想这些都有讲究。大猩猩很绅士，他把穿的爸爸的衣服脱下来时，领结还在。还有杯子是鲜红的，桌布是红色的，所有这些信息，都向我们传递了一种温馨的友情和氛围。

在爸爸陪安娜过生日的画面中，请注意一下，爸爸送的生日蛋糕，包装盒上有大猩猩的形象，旁边还有猩猩玩具。爸爸的服装也变得随和轻松、温暖鲜艳，与前面严肃、呆板的形象形成了强烈的对照。大家再注意比较一下画面的细节：故事开头时是安娜趴在爸爸的身后，爸爸只知道在暗处的灯光下面工作；前面还出现了大猩猩在吃香蕉的情节。安娜过生日时，爸爸来到了她的身后，安娜接到了生日礼物，手上拿着的是关于大猩猩的一幅图画；爸爸的裤袋里面有一根香蕉。这里面有什么含义？是暗示爸爸变得像大猩猩一样充满慈爱和善解人意了吗？它也许是一个暗示，一个隐喻，借助画面让你联想，让你琢磨。

这个故事的文学构思不是我们通常的一个故事的叙事，可是它有完整的叙事框架，这个叙事框架表现了关于家庭、关于父母、关于长幼、关于亲情、关于人生的许多含义。最后一幅画面的文字是：安娜好快乐。这时候爸爸牵着她的手，她牵着一只小猩猩玩偶。我们看到了安娜和爸爸的背影，而安娜牵着的小猩猩却是一个正面的形象。

我们再来看看《疯狂星期二》。这本书的英文名称就是"星期二"，中国台湾地区出版的版本加了"疯狂"两个字，我觉得也还传神。作者大卫·威斯纳是美国人。这本图画书里面的文字非常少，加起来只有大概二三十个汉字。星期二晚上快八点，这里是一幅连续的画面，黄昏来临。你看这样的画面，我们可以从构图、逻辑性、表现力、视觉的冲击力等等很多方面来分析。画面上的乌龟、鱼儿们的惊异表情，仿佛预示着一个不平常的夜晚即将来临。再看，一群蛤蟆，驾驭着荷叶飞起来了，画面显示了很强的视觉冲击力。一位正在吃夜宵的男子仿佛感觉到了什

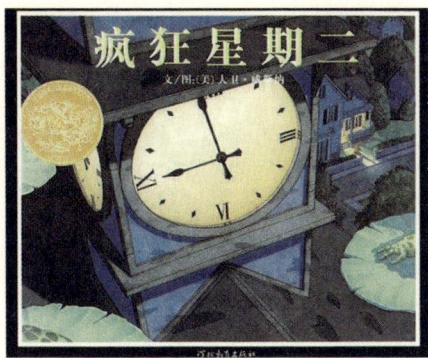

《疯狂星期二》封面

么，露出了惊讶的神色。据说，这位男子是作者的自画像。这也是一种隐藏，画家把自己画进去，其实也有无穷的解读乐趣。它是一个关于蛤蟆飞起来的神秘、疯狂的夜晚故事。

我们看细节，或者说是细节设计上隐藏的故事情节。蛤蟆们飞入老奶奶家这个片段很有意思。这里有一只猫，其实猫在这里都有叙事意义。蛤蟆飞起来了，他们从沼泽、池塘飞起来进入了社区，进入了一个家庭，老奶奶在电视机前面打盹，她没有发现，可是她的猫看到了。看到这只蛤蟆在按遥控器看电视呢。这是个有趣味的设计。有一只蛤蟆跑得最快，冲在了最前面，被一条巡夜的狗看到了，撞了一个满怀，这个蛤蟆势单力薄，调头返回。这时已是清晨四点多了，蛤蟆大军赶到。这种叙事到底讲什么？狗到底是打完架带着伤逃呢，还是没打落荒而逃，我们在解读时是开放的。

天慢慢亮了，这些蛤蟆又回到了水塘。后来天已经大亮，侦探、警察都赶到了掉落了很多荷叶的马路上侦查。这里出现了一只狗和一只猫，这只狗是警犬，就是昨天晚上那只狗，而这只猫可能就是昨天老奶奶家里的那只猫。所有的记者、侦探、警察，他们不知道，为什么一夜之间，这条路上会散落那么多的荷叶，这变成了一个事件。你看，那个中年男子正在面对摄像机叙述昨天晚上隐约的感觉。我觉得这只猫和狗在这里其实是有一种叙事的意义和作用的。世界在我们毫无察觉的时候不知道会发生什么。我们还可以注意天上的那片云彩，我们发现云彩里也隐藏着蛤蟆的造型，似乎在暗示着星期二夜晚所发生的一切。

最后的结尾：另一个星期二晚上 7 点 58 分。画面中出现的是天上飞舞的猪们。这里是一个暗示，让我们猜测，它的另外一个故事要出场了。这个结尾的设计也是开放的，可以引发读者的想象和期待。

从这些例子可以看出，对于图画书来说，画面细节的设计和隐藏很重要。它不仅凸显了图画书的叙事特色，丰富了图画的叙事容量，也可以引发读者发现的乐趣，激发读者反复阅读的欲望。因此，对一本图画书来说，如果说它的构思是作品的骨骼的话，那么，画面细节则构成了作品的艺术肌理。图画书最重要的艺术面貌是通过画面细节呈现来完成的。

三、画面和故事里的巧思

画面细节的设计和表现十分重要，但是另外一方面，细节的设计只有当它服务于图画书的总体叙事要求，成为其艺术整体的一个有机组成部分的时候，它才可能成为一种成功的艺术创造。所以我们再来谈谈关于画面和故事里的巧思问题，就是说除了细节以外，一个图画书作者是怎样创造性地用画面来讲故事的。我认为故事的创意和巧思是我们需要长期学习和探索的一个突破口。我个人觉得，文学构思的创意很重要。可以说，它是保证一部图画书创作达到优秀境地的文学基础。

记得有哲学家说过，凡是人类应该思考的问题，前人都已经思考过了。文学作品也一样，应该表现的主题，都有人关注和表现过了，接下来就是怎么样表现，一个属于巧思的问题了。我们来看一本优秀的原创图画书作品《荷花镇的早市》，这是南京画家周翔创作的。他边画边写，据说创作这个作品花了好几年的时间。他写他童年记忆当中的南方小镇生活，呈现的是一幅小镇百姓的生活画面，也是反映江南水乡民俗生活的风情画。

中国原创图画书的历史，今后肯定是绕不过这部作品的。原因很多，第一，比如说它的形式，是大开本的、精装的形式。图画书的画面展开，画页形式的大小，是有讲究的。《荷花镇的早市》做得很大气，其外在形式根据内容需要做了相当合适的开本选择。第二，我们也知道这部作品的创作，从作者到出版者都想用心做，都在为中国原创图画书的当代提升做着自觉的努力。

第三个原因就是它的特色。这本原创图画书反映了我们本土的生活，而且是很有特色的一种乡土生活，一种关于乡土生活的记忆。书里面流露出来的怀乡情感和记忆，以及它的画面呈现等，都打上了鲜明的当代中国的文化和审美的印迹。

但是，我觉得这部作品在文学构思上比较散文化，还缺少了一些童趣和故事。对中国的儿童文学和图画书创作来讲，我个人认为，我们缺乏的不是文学的感觉，而是编织故事的智慧和能力，或者说，我们缺少的是一种自然、简单、质朴又充满童趣和表现力的故事，我们缺的是这个东西。

这里还有一本外国的图画书作品《猜猜看——谁做了什么？》。这部作品的构思也是一种典型的图画书的构思形态。脚印要到哪里去？他通过脚印来叙事，一个人物都没有出现。作者居然用脚印来说明所有的问题，这就有意思了。这本图画书的构思和叙事极其巧妙，它的表现方式富有创意，同样能让我们的阅读充满惊喜和想象。这是图画书构思上的智慧和成功。

今天中国的原创图画书，肯定要从这样一类图画书的构思和呈现当中获得一点启发。如何把我们中国人应有的想象力、创造力，我们对当代生活的感觉、感受也用一种富有创意的方式呈现出来呢？

图画书的构思与文学的构思既有相通之处，又有许多不同。图画书构思之巧，首先在于它要充分运用画面的可视性特征，来创造充满奇想和机趣的艺术构思。同时，文学灵感与文学语言运用上的创意，也可以为图画书带来天然的妙趣。

四、主题及其表达方式

我再讲讲图画书的主题。

一部文学作品打动人的力量，往往来自它所传达的思想和情感。同时，对于一部艺术品，包括图画书作品来说，重要的往往不是它试图表现什么思想，而是它以何种创意和方式来表现。如果我们表现的主题，就是孩子要讲卫生，要有礼貌，这当然也是主题，图画书当中有大量这样的作品，可是我认为我们也应有一些作家去考虑一些个人化的，更具有超越时空价值的主题。

刚才我们已经看了《小熊巴巴布的周末》，它的主题是关于亲子关系的。一对不了解孩子的父母，他们没有注意到孩子的感受，他们安排了孩子的一切，造成了对孩子的伤害，最后，他们突然醒悟。这个主题在儿童文学当中是大量存在的，尤其是在国外。有一本图画书叫《冬冬，等一下》，故事也许大家都了解，那个故事是很有震撼力的。主题也是讨论父母对孩子的了解和态度问题的。同样表现父母对子女的漠视这个主题，这个作品构思的力度和表现力就不一样。在这个故事当中，我觉得它最有力度的构思表现在，作者让怪兽直接进到冬冬的家里，可父母亲还是浑然不知。作者用这种方式凸显出成人对孩子的漠视到了何等地步。这样，主题的力度也陡然增强了。作者把荒诞情景和现实情景一下子衔接在一起，很有力地表现了这样一个主题。这个作品当中有荒诞，也有主题的力度，并且，在荒诞的故事当中把这个主题表现得更加深刻，更加沉重。所以，我认为这个作品的成功，绘画固然重要，可是，它的情节构思和讲述方式可能更重要。

我们再看一本译介的表现成人误解孩子主题的图画书作品，约翰·伯宁罕的《迟到大王》。约翰派克罗门麦肯席走路去上学，人物名字很长，我们就省略作约翰了。他简简单单去上学，文字上没有装饰。他走着走着，突然下水道里钻出了一只鳄鱼，一口咬住他的书包，约翰用力拉，但是鳄鱼不肯松口。约翰急中生智把他的一只手套一扔，鳄鱼一看手套，赶快去抢，约翰就脱身了。这是他的小智慧。约翰急急忙忙去上学，但是这只鳄鱼害他迟到了。约翰的老师说，约翰，你迟到了，还有你的另外一只手套哪里去了？约翰说，老师，我迟到是因为路上有一只鳄鱼从下水道钻出来，咬住我的书包不放，我扔了一只手套给他，他吃了我的手套这才放了我的书包。约翰如实把他路上的奇遇，或者说险境讲了，老师完全不相信地说，这附近的下水道哪有鳄鱼，你给我留下来，罚写三百遍"我不可以说有鳄鱼的谎，也不可以把手套弄丢"。老师对孩子的叙述很武断地就否定掉了。可怜的约翰，放学以后留下来，写了三百遍"我不可以说有鳄鱼的谎，也不可以把手套弄丢"。

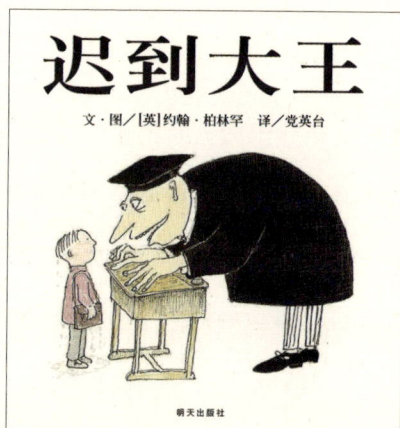

《迟到大王》封面

第二天，约翰急急忙忙去上学，他走着走着，突然从树丛里面钻出一只狮子咬住了他的裤子。这当然是很大胆的一个构思。他好不容易爬上一棵树，在树上一直等到狮了对他不感兴趣，走开了，他才下来。你看他匆匆忙忙去上学，可是狮子害得他上课又迟到了。老师说，约翰，你又迟到了，还有你的裤子怎么破了？这里作者一定要设计约翰身上还有其他物证，他手套怎么丢了，他的裤子怎么破了，这也是叙事的一种需要。如果没有这个设计的话，就差很多。比如说老师没有什么发现，没有证据，无端责备，故事就没法进行，所以故事必须这样设计。如果狮子来了，他躲了，不咬他的裤子的话，那也差很多。面对老师的责问，约翰只好又回答说，老师，我迟到是因为有一只狮子从树丛里钻出来，把我的裤子咬破了，我后来爬到树上等他走开。这时候老师一听，怒不可遏，哪里有什么狮子，你给我站到墙角落里去罚站，大声说四百遍"我不可以说有狮子的谎，也不可以把裤子弄破"。

这个故事的构思采用的是儿童文学的一种经典的叙事形态，即三段式的叙述程式。它在细节上也是很严密的，每次都在固定的框架下有变化，刚才是抄，现在是罚站墙角。于是，约翰站在墙角大声说了四百遍"我不可以说有狮子的谎，也不可以把裤子弄破"。

约翰急急忙忙去上学，这是第三天了。他走着走着，过桥的时候突然巨浪打来，他两脚没站稳，眼看被大水冲走，好不容易抓住了桥上的栏杆，一直等到巨浪停息，才又急急忙忙去上学，但是他又迟到了。老师又责备说，约翰你又迟到了，你的衣服怎么湿了。老师，我迟到是因为过桥的时候有巨浪，他又如实讲了一遍。老师怒吼道，这里哪里有洪水，还有你的裤子怎么弄湿的，去写五百遍"我不可以说小河有巨浪的谎，也不可以弄湿衣服"。你再撒谎，我就用棍子揍你。于是，约翰被关在教室里写了五百遍"我不可以说小河里有巨浪的谎，也不可以弄湿衣服"。

到这里，整个故事的基本叙事意图似乎已经完成了。但是一个构思，结尾是很重要的。很多作品都是结尾出的彩。第四天，约翰急急忙忙去上学，一路上什么事情也没有发生，这下他可以准时到学校了。作者在结尾的陡转出来以前，让我们读者先把心放下来。可是我们知道故事发展到这里，应该是最出彩的时候，对作者来讲却是最困难的时候，包括故事怎样收尾，还有幽默、夸张怎样呈现，主题怎么揭示。伯宁罕设计的结尾是，当约翰走进教室的时候，被大猩猩抓着吊在屋顶的老师大声求救：约翰，我被一只毛茸茸的大猩猩抓到屋顶上来了，你快想办法救我下来！约翰一边转身一边说：老师，这附近哪里会有什么毛茸茸的大猩猩。结尾最后的内容是：约翰走路去上学。表现了不管生活中发生了多少故事或奇迹，日子还在继续下去。

大家看，同样是表现成人对孩子的不信任、不尊重，这个作品在故事的构思上、在主题表现上是不是比我们刚才讲的小熊巴巴布有趣得多，有想象力得多？

图画书可以以自己的特殊方式呈现主题。在伯宁罕的另外一本图画书《莎莉，离水远一点》中，莎莉未发一言，但是童年生命所遭遇的限制及冲破这种限制的内在生命力，却通过画面语言得到了淋漓尽致的呈现。富有创意的主题呈现方式，会使作品的思想表现得更加别致，更具有震撼力。

五、图画与文字间形成的张力

最后我觉得图画书与文字间的张力也很重要。图画书的图画和文字既相互配合，又彼此独立，它们之间不是简单的一一对应、相互说明的关系，而是彼此呼应、交错，形成一种更具张力——更简洁、更丰富的叙事可能和空间。

这里我们看明天出版社的原创图画书"小肚兜幼儿情感启蒙故事"系列，我觉得它是近年来原创图画书最重要的收获之一。其中每一本都有关键词。我们看这一本《男孩和青蛙》，其关键词是"认识自己"。这本图画书在绘画语言方面有一点意识，故事也有一点意思。一个小男孩遇见一只青蛙。青蛙说，我会蹲。小男孩说我也会蹲。青蛙说我会跳。小男孩说我也会跳。青蛙说我有手。小男孩说我也有手。文字、画面非常简洁，也很有韵味，有幽默感。青蛙说我有脚。小男孩说我也有脚。青蛙说我的眼睛亮。小男孩说我的眼睛也很亮。青蛙说我的嘴巴大。小男孩说我的嘴巴也很大。他把青蛙和人之间的共性、共同的地方用这样的方式呈现出来了。青蛙说我会叫呱呱。小男孩说我也会叫呱呱。这里有一个巧妙点在于，呱呱叫是青蛙显著的特点。青蛙说，呱呱，好，我终于找到你了，请跟我走吧。小男孩说，去哪儿？青蛙说，去了你就知道了。这里开始有故事，前面交代青蛙和小男孩偶遇，他们走了。

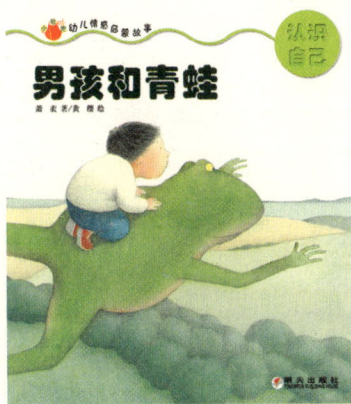

《男孩和青蛙》封面

　　原来，一年前青蛙王子从池塘里跳到岸上再也没有回来，青蛙国王派出三万六千只青蛙找遍了整个世界。国王看到小男孩，说，王子，欢迎你回来。原来这些青蛙派出去搞不清楚王子在哪里，所以发现小男孩有大眼睛，他的眼睛亮，他也会呱呱叫，就把他带回来了。青蛙国王把小男孩当成青蛙王子了。小男孩想，我得赶紧想想办法，他就开始找人和青蛙不同的地方。小男孩说我有黑黑的头发，我有耳朵，青蛙都没有的。小男孩说我有翘翘的鼻子，我的手指是分开的，我不喜欢整天穿绿色的袍子，我不喜欢站在荷叶上，我不喜欢吃虫子，我不喜欢住在黑乎乎的洞里，我喜欢我的家，我要妈妈。小男孩说啊说啊，从春天说到夏天，从夏天说到秋天，从秋天说到外面下雪了……我要玩雪去了，再见。结尾时，小男孩说，我当然不是青蛙，我也不是什么青蛙王子，我不是任何别的人，我是我自己。这个结尾还是稍显生硬了一点。

图画与文字间的配合与交错形态，为作品提供了不同的阐释空间和可能性。阐释空间和可能性越大，则图文之间的张力越大，图画书作品也就越具有自身的解读魅力。例如《疯狂星期二》《母鸡萝丝去散步》中的图文交错；《妞妞的鹿角》最后一幅画面中的图文关系。

图画书是一门综合性的艺术，它潜藏着无穷无尽的艺术趣味和可能性。真正走进图画书的艺术世界，需要我们进行更多的学习、思考、探索和创造。我们都热爱图画书，我们都喜爱它，我们需要有一个图画书的世界，同时我们也分享图画书的快乐。

原创图画书正走在一条充满激情和想象的创作路途之中，有一天，我们会走进真正的图画书创作的丰富而奇妙的世界吗？

第九章　幼儿图画书的创作

　　许多熟悉和关心中国当代幼儿文学发展的人们，一定对这个文学门类在当代所走过的艰辛而又常常充满收获的惊喜与欢愉的路程，怀着很深的感慨。很多时候，这份感慨不仅仅来自对于相应文学现象、文本对象的理性考察和思辨分析，更与铭刻在我们许多人心上的童年阅读记忆真切、贴近地融合在一起。对今天的许多儿童文学作家、读者以及研究者来说，《小马过河》《小猫钓鱼》《小蝌蚪找妈妈》等幼儿童话篇名所勾起的，首先是那样一份难以言传的童年生活记忆的感觉与氛围。我们或许可以说，最早进入当代孩子阅读视野的幼儿文学作品，在对于童年的塑造和影响方面，有着无可取代的先天优势。而我们所看到的是，自 1949 年以来，一批优秀的幼儿文学作品的持续出现，为中国孩子的童年提供了日益丰饶的文学和精神滋养，也不断推动着当代幼儿文学文体面貌的丰富和成熟。

一、记忆里拂过的温暖的风

　　在 2009 年这样一个具有阶段性意义的时间点上，中国少年儿童出版社策划出版了"幼儿文学 60 年经典"系列。该系列由 60 年来中国幼儿文学领域 30 位新老作家的 30 种代表作品组成，同时涉及儿歌、儿童诗、儿童生活故事和童话（包括科学童话）四种幼儿文学的主要体裁。出版方尝试以这样一种特别的方式，来为 60 年来中国幼儿文学发展的总体面貌提供一种十分具体和感性的呈现，同时也在某种程度上为它的这一段十分重要的发展历史，绘出一幅具有一定代表意义的文本地图。

《幼儿文学 60 年经典》封面（其一）

　　这个系列所涉及的 30 位作家的名字，我们一点儿也不会感到陌生。从某种意义上来说，正是这些名字的存在，使我们对于当代幼儿文学在艺术探索方面所走过的历史以及所取得的经验和成就，留下了格外深刻的印象。严文井的《小溪流的歌》、彭文席的《小马过河》、金近的《小猫钓鱼》、方轶群的《萝卜回来了》、鲁兵的《小猪奴尼》等童话，展示了当代幼儿文学在它前期的发展过程中所拥有的较为成熟的艺术面貌，以及在那个时代儿童文学教育功能的较为严格的规约下，它所取得的文学上的成功。在很长一个时期内，《小蝌蚪找妈妈》被认为是当代幼儿知识童话的一个示范作品，它的故事构思和结构方式也为一个时期的幼儿科普童话创作提供了一种重要的参照。即便以今天的文学眼光来看，以这篇作品为代表的一部分早期幼儿知识童话，仍然是经得起文学性的考验和挑拣的。而收入这套丛书的另一部科学童话，即早期幼儿科学童话最具代表性的作家之一叶永烈的《圆圆和方方》，则代表了当代科学童话的另一种典型的创作手法和文学面貌。

随着时间的推移和人们对于幼儿文学美学特征认识的不断深化，这一文学门类的艺术疆域也得到了很大的拓展。尤其是 20 世纪 70 年代末以来，一大批中青年作家的幼儿文学创作在很大程度上参与绘制了幼儿文学的当代艺术版图。收入"幼儿文学 60 年经典"系列的沈百英的《六个矮儿子》、金波的《两只棉手套》、张秋生的《洗四十双袜子的小波波熊》、冰波的《梨子提琴》、葛冰的《梅花鹿的角树》、谢华的《岩石上的小蝌蚪》、周锐的《爸爸和香烟》、白冰的《吃黑夜的大象》、汤素兰的《小树熊出门》、秦文君的《大狗和小兔枕头》、杨红樱的《花瓣瓣风，糖豆豆雨》、王一梅的《书本里的蚂蚁》等童话，高洪波的《我想》、樊发稼的《花儿，一簇簇开了》等儿童诗和圣野的《布娃娃过桥》等呈现出诗体特征的叙事作品，以及郑春华的幼儿生活故事《围裙妈妈的红围裙》等，把当代幼儿文学创作又推进了一片新的开阔的艺术天地里。这些作家和他们数量丰富的幼儿文学作品的出现，不仅给整个幼儿文学创作领域带来了文学题材的拓宽、文学手法的创新和文学感觉的提升，也在不知不觉中表达和参与塑造着一种新的当代童年观和与之相应的儿童文学观。

20 世纪 80 年代以来，幼儿文学在保留它特有的教育意义和功能的同时，不断显示出朝向更为宽广、自由的美学维度的努力。不少作家开始在创作中更多地追求一种天然的幼儿生活情味，它尊重童年游戏的自由精神，注重真诚日常的生命温情。这些作品所传达的，是一种更为丰盈、立体的当代童年精神景观。它们一方面怀着真诚的热情表现、赞颂童年精神，另一方面也以真诚的态度提出对于童年问题的生活、哲学和精神层面的反思，从而使当代幼儿文学具有了属于自己的独特厚度。

如果我们细细翻阅这套"幼儿文学60年经典"系列，就会发现，这里面的许多作品早已不仅仅是一部单一的作品，它所记取的一些历史细节和引发的一些历史探讨，使它们自然而然地成为当代幼儿文学某一历史片断的一次生动的记忆。比如严文井创作于20世纪50年代中期的童话《小溪流的歌》，在艺术上呈现出一种有别于此前幼儿文学创作的风格倾向，这种清新、积极的文风代表了那个时代幼儿童话的一种新的精神面貌。再比如发表于20世纪80年代末的童话《岩石上的小蝌蚪》（谢华/文），曾以其带有悲剧意味的结局，引发人们对于幼儿文学可能的艺术手法的探讨。而更多的时候，一位作家的一部作品或许并不具有多么重大的意义，但它所代表的这位作家的整体创作，却是令当代幼儿文学界印象深刻的一个文学存在。30位作家当然不足以说明当代幼儿文学在60年间所走过的完整的痕迹，但他们的名字的确会让我们联想起60年间幼儿文学最引人注目的那一部分风景。

为了让这些带有历史线索的作品更适合今天孩子们的阅读趣味，出版社在组织这套丛书的同时，也邀请一批插画者为每一部作品配画了丰富的插图。这样，每一个作品都从原先的一首儿童诗、一个幼儿故事、一则童话等，变成了一本"图画书"。从整体上看，丛书插图的主要功能在于对作品的某些内容进行直接的图解。它是一种简单意义上的图配文，与我们今天所倡导的理想的图画书艺术面貌，仍然存在一定的距离。不过，对于天生偏好图像的孩子们来说，这样的形式显然会使他们更愿意进入到这些作品的文字世界中。而这正是我们所期望看到的效果。或许许多年后，这些被今天的孩子们读过了的作品，也会像我们曾经读过的那些故事一样，成为留在童年记忆里的温暖的风，时时拂过成年后的心灵。

二、幼儿成长图画书

在中国，为儿童编绘、印刷图画书的历史至少可以追溯到明代，可是，现代图画书观念的建立和相应的创作、出版及理论研究的展开，却是晚近才发生的事实。今天，随着图画书编绘经验的累积和艺术观念的成熟，以及印制能力提高所提供的技术层面的保障，图画书的创作愈来愈成为中国儿童文学创作和出版现实中的一个亮点。从这样一个背景上看，我认为江苏凤凰少年儿童出版社出版的"我真棒幼儿成长图画书"（共20册），是近年来我国图画书创作的一个重要收获。

这套丛书具有一些十分明显的特点。

首先是编辑上的鲜明创意。

"我真棒幼儿成长图画书"共20册，编者从儿童成长过程中面临的诸多心理、能力和社会化方面的问题中选择提炼了若干关键词语，如"自我认知""社会认知""适应变化""接纳同伴""发散性思维""同情心""自信心""勇敢""学习规则"等，约

132 | 133

享受图画书
第二编
原创图画书鉴赏
第九章
幼儿图画书的创作

请一批富有创作和幼教经验的作家、画家、幼儿心理和幼儿教育专家等加盟合作。从整套作品看，它在幼儿成长方面的教育针对性、图画书的艺术理念与幼教理念相结合等方面，都是目前国内同类图书中相当出色和成功的一套丛书。

其次是文字创作上较强的文学性。

一般说来，"概念先行"的方式是文学创作的大忌。不过，在这套人物、故事相对幼稚、简洁的低幼图画书创作中，作家们却较好地把握、呈现了图画故事的审美功能，许多故事极富趣味性和想象力。例如李璋的《他有点白》、宋大维的《奇妙伞》、殷敏的《小狼灰灰》、杨红樱的《下雨啦》，等等。这些故事的想象设置和情节展开，闪现、聚集着丰富的艺术灵感和纯真的美学趣味，令人爱不释手、回味悠长。

《他有点白》封面　　　　　　　　　　　　　　　《下雨啦》封面

再次是图画创作水平上乘。

丛书的绘画作者中既有沈苑苑、赵晓音等国内儿童美术创作的知名高手，也有如李璋这样文图创作集于一身的优秀新人。图画书的佳境自然是文图俱佳、配合巧妙。"我真棒幼儿成长图画书"的各位画家虽画风各有不同，但大都以扑面而来的稚拙意趣令人爱不释手。欣赏这一套丛书，我们会再次进一步理解，在图画书的创作中，作家、画家乃至教育专家、编辑之间的默契配合是多么重要。

为幼儿创作，是一件高尚而又艰难的劳动。今天的幼儿文学创作，更应该得到我们的关心和重视。从这个意义上说，江苏凤凰少年儿童出版社精心编辑出版的这套"我真棒幼儿成长图画书"是格外值得我们珍视的。

三、亮丽无比的图画书

北京少年儿童出版社推出的 4 册一套的幼儿图画故事书"李拉尔故事系列"（梅子涵 / 文，沈苑苑、赵晓音 / 图），让我体验了那种在突如其来的阅读遭遇中产生的"眼睛忽然一亮"的心情和感觉。

从梅子涵的文学创意看，这 4 册李拉尔系列故事作品有一个共同的特点，即它们都是在儿童世界与成人世界之间的游移、变换和相互碰撞、交融中来获取创作灵感、制造文本趣味的。在《我是一个小孩儿》中，李拉尔自我介绍和解释说："我是一个小孩儿。什么是小孩儿呢？小孩儿就是喜欢玩的。我好喜欢玩哦！"可是，"妈妈叫我弹钢琴，爸爸还要叫我画画"，小小的李拉尔于是发出了"你说我是不是挺不幸的"这样的感叹。他想出来的抗争办法就是声称自己"不当小孩儿了"，而是要"让爸爸妈妈当小孩儿，我要当比爸爸妈妈还要大的大人。这样，我就可以叫他们老老实实地弹钢琴和画画了"。在《我也会当爸爸》《爸爸小时候什么样》《大人都是猫咪》等作品中，儿童世界和成人世界碰撞中同样分布、聚集、闪现着丰富的艺术灵感和纯真的美学趣味。的确，生命的成长和展开使世界有了儿童和成人之别，而这个世界的许多生机和趣味也因为儿童世界与成人世界的区分、对峙、互动而产生。李拉尔显然是一个稚气十足的小小顽童，但他同时又是一个对大人世界充满了好奇和神往的孩子。显然，当李拉尔以幼儿天真的眼光打量世界，以孩子式的逻辑对成人世界进行解释和模仿时，挡不住的幽默和趣味就产生了。

《我也会当爸爸》封面

　　李拉尔系列故事的趣味性不仅来自故事中洋溢着的孩子式的现实幻想和解释逻辑，而且还来自梅子涵为这一系列文本所设置的纯真、稚拙、顽皮而又富有神韵的叙述语感。在当今的中国少儿文学界，梅子涵是一个罕见的对"语感"充满了迷恋和追求的作家。从 20 世纪 80 年代到 90 年代，梅子涵在少儿文学叙事语感的苦心经营方面从未厌倦和停歇过。李拉尔系列故事同样显示了他在幼儿文学叙述语态上的独特追求。我们几乎可以说，是梅子涵式的语感呈现，构成了他的艺术世界。

　　李拉尔系列故事的基本语感特质，来自作者对幼儿纯真、俏皮的口语形态的准确理解和艺术再现。例如《我也会当爸爸》中，李拉尔有这样一段感叹和想象："啊呀，如果我以后结婚了，那个当妈妈的千万别叫我洗碗！如果她一定要叫我洗，我就说，刚才结的婚不算数！不过，我如果真要结婚，和谁结呢？我真不知道和谁结婚，林小琪知道他和谁结婚吗？"当全班的女同学都高喊"我不和你们结婚"时，李拉尔又自以为是地说："我们什么时候说过要和她们结婚了？我们怎么会和她们结婚？我们要结婚肯定是和大人，她们只不过是小孩儿。"李拉尔的天真幼稚、顽皮可爱在这些想当然的喃喃自语中被表现得淋漓尽致。

图画故事书的佳境自然是图文俱佳、配合巧妙。从这个角度来看，沈苑苑、赵晓音的绘画作品与梅子涵的文学作品可谓相得益彰。虽然两位画家的画风略有不同，但其配图却都以扑面而来的稚拙意趣令人喜爱。欣赏这一套亮丽无比的李拉尔故事系列，我们会进一步理解，在图画故事书的创作中，作家和画家之间的默契配合是多么的重要。

为幼儿创作，是一件高尚而又艰难的劳动。许多文学大师都曾经在这块园地倾注自己的心血，例如列夫·托尔斯泰，例如欧仁·尤涅斯库。今天的幼儿文学创作，包括图画书的创作，同样期待高手的加盟，期待着大手笔的出现。

四、图文并茂，妙趣天成

《子儿，吐吐》（李瑾伦 / 文·图），是一本美妙精致的图画书。

故事很简单，来自幼儿的日常生活经验：小猪胖脸儿吃起东西来总是又快又多。这一次，他把木瓜吃得一干二净，连半粒子儿也没吐出来。

作者的取材十分巧妙。吃瓜不吐子儿违背生活常识，可通常也无甚大碍，缺乏生活知识的幼儿就很容易犯下这样小小的错儿。这是一个富有张力的取材，它一头联系着生活中实实在在的日常经验，另一头则悄悄打开了文学创作中奇特有趣的想象空间。

《子儿，吐吐》封面

吞下子儿会怎么样？在孩子们看来，子儿埋到土里会发芽，那么，把子儿吞进肚子里和埋到土里当然也一样。小猪们一致认为，胖脸儿的身上将会长出一棵木瓜树！

作品围绕这一有趣的事件，生动地描绘了胖脸儿对"吞子儿长树"这一推断的一系列心理反应。先是想着自己头上长树的样子，他陷入了沮丧、担忧和哭泣之中。接着是坦然的释怀和热切的期待："我得赶快回家，让树好好地长出来才行。"最后是意外的发现："我的木瓜了怎么都在便便里啦？"伴随着一点点的失望，胖脸儿又一次给了自己积极的暗示和安慰："也好，万一长出来的木瓜不好吃，反而糟糕咧！"

在有限的故事长度里，作者显示出了很高的艺术才情。一是成功地塑造了胖脸儿这样一个质朴、憨厚而又不乏善良和纯真的图画书人物形象。二是充分发掘和描绘了人物丰富的心理世界及其活动过程。胖脸儿从震惊、恐惧到释怀、期待，从失望、无奈到自我安慰、乐观解脱的心理过程，一波三折而又合情合理，自然可信。三是作品中充满了儿童图画书特有的诙谐和幽默感。比如一棵会走路的树，这是一个多么有趣的想象和设计！比如胖脸儿"怕树长不直，连床都换头睡了呢"！读这部作品，你一定会为故事中不时闪现的稚拙、纯真的幽默和诙谐而捧腹大笑。

《子儿，吐吐》文字和图画创作者李瑾伦是中国台湾地区著名的图画书作者。在谈到这部作品的创作时，她曾说过："这本书在构想之时，图像与文字是一起出现在脑海里的，时而走文时而走图。我想这也是图画故事书最大的特色与魅力所在：图文并重，而且图往往影响故事的走向。"

所以，这本图画书的文字故事和绘图呈现（包括印刷文字的呈现方式），都达到了自然融合、浑然一体的状态。作者在绘画时综合采用了版画手抄纸、水性颜料、彩色铅笔，使整个画面呈现出了水墨画渲染的效果。小猪的造型朴拙生动，表情丰富。画面分割和整体设计灵活而不凌乱。在印刷文字的呈现上，作者也颇为用心。她通过字形大小的变化来表现小猪们的不同反应和七嘴八舌的情态，通过句子的反复和交替来表现人物纷乱和焦虑的心情。可以说，《子儿，吐吐》是一部充分体现了图画书艺术魅力的优秀作品。

最后要特别提一下"信谊幼儿文学奖"，这是由信谊基金会1987年创设的中国台湾地区第一个为幼儿文学设立的奖项，迄今已举办十七届，出版了52本得奖图画书。这些作品中有多本入选中国台湾地区年度最佳童书、意大利波隆那书展插画奖、美国《出版商周刊》年度最佳童书，并被翻译成多国文字在海外发行。《子儿，吐吐》一书就是第六届"信谊幼儿文学奖"主题图画书的首奖作品，已出版有韩文版及日文版。

五、"屁股"意象与幼儿图画书创作

把冰波的《小老虎的大屁股》改编为一本图画书，这是一个有趣的选择。作为一篇低幼童话，冰波这篇作品的最大亮点，或许在于它将"屁股"这一非正统的儿童文学意象名正言顺地引入了童话故事的叙事过程当中，并且将它作为了整个故事的中心意象和全部情节的发散点。它使故事从题目开始就透出浓酽的喜剧味儿。难怪许多幼儿读者一听到故事的题目，就忍不住开始大笑了。

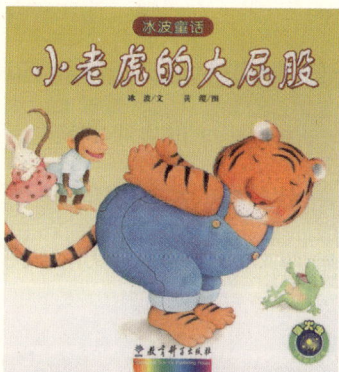

《小老虎的大屁股》封面

故事里的小老虎有一个大屁股。大屁股既给小老虎带来了烦恼，也帮助他得到了朋友。故事情节在十分贴近幼儿生活和心理的情境中展开。小老虎的大屁股坐瘪了小兔子的大皮球，坐坏了小猴子的三轮车，两个朋友不再理睬他了。不过，没过多久，小老虎就用他的大屁股赶走了欺负小兔子和小猴子的狐狸和狼，重新赢得了两位朋友的信任。故事的主角小老虎其实是一个憨气十足的幼儿形象，他的憨厚、天真、稚气使他很容易获得幼儿读者的认同，但他的许多滑稽言行也会让幼儿读者忍俊不禁。故事最后，小老虎自己打了自己的屁股，以示惩戒，但这一场景其实完全不在于传达惩戒的意旨，而是为了进一步完成故事中幼儿情趣的编织。听完这个结尾，我想幼儿读者也会在笑声中结束这则小童话带给他们的想象旅行。

一个十分常见却也常常被许多成人所忽视或压制的现象是，幼儿的语言世界存在对于所谓的"脏话"的偏爱。这类词语大多与身体的排泄意象相关。在正统的儿童文学创作中，这类词语曾一度被严格排除在儿童文学的文本世界之外。佩里·诺德曼曾撰专文分析过儿童文学对于"脏话"的排斥和离析。他在文章中探讨了幼儿对于"脏话"的敏感，并结合早期儿童文学中"脏话"现象的分析，提出了这些语词在儿童文学文本内存在的合理性，即它们能够制造出独特的幽默和颠覆的美学效果。事实上，在今天的儿童礼仪话语体系中，"屁股"已经不再是一个严格的禁忌语，但要毫不避讳地把它写入幼儿童话，尤其是在保留其滑稽意义的同时，以文学和美学上的巧妙处理避开其不适宜于幼儿读者的粗俗内涵，仍然需要相当的艺术分寸感和文学运思能力。

在这方面，冰波的这篇童话是一个较为成功的例子。仔细阅读整个故事，我们会发现，作品在角色塑造和情节构思方面并没有跳出幼儿童话常见的模式；这则童话之所以显得特别，不是因为它在行动推进的设计和描写方面显得多么出奇和别致，而是因为它选取了一个对于幼儿文学和幼儿读者来说都充满新意的"屁股"的意象，并且充分利用了这个意象所可能发挥的幽默效果。从这个角度看，我认为《小老虎的大屁股》是一篇值得予以关注的作品。它在小读者中所获得的青睐，或许为当代幼儿文学的创作提供了新的素材和思考的空间。

六、幼儿故事的字里行间

一个人睡觉的夜晚，"我"接到了"胆小的爸爸"的"求助"："陪"他去上厕所。我们一起走过"窗户外面一闪一闪的亮光"——那是小汽车的车灯；走过一个"圆溜溜的黑影子"——那是我的足球；走过"咔嚓一声"——那是爸爸踩到了"我"的塑料玩具兵；又走过"厨房墙上的两个影子"——那是"我"和爸爸两个人的影子……在克服了"重重艰险"之后，父子俩终于到达了此次"历险"的目的地——卫生间。

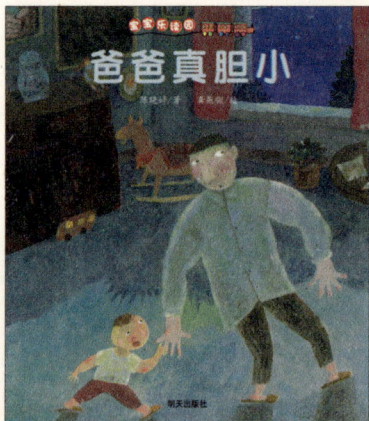

《爸爸真胆小》封面

作者透过孩子的视角，把"夜里上厕所"这样一个幼儿生活的普通细节，表现得充满了跌宕起伏的戏剧感。从一般的生活角度来看，这些情绪无疑是夸张性的，但从幼儿的视角来看，它们恰恰十分生动地传达了孩子真实的生活感觉。

　　故事以幼儿的第一人称讲述"我""陪"爸爸上厕所的经过，然而，在幼儿叙述语言的表层之下，我们却看到了属于父子俩的更多丰富而又微妙的情感内容。当躺在床上的"我"自己跟自己说"闭上眼睛，什么也别想，把头缩进被子里，没什么好害怕"的时候，我们分明感受到了主人公心里的某种忐忑。这份忐忑感在接下来的一句"糟糕，我有点想尿尿"中，得到了微妙而又充分的传达。这一页的插图以布满画页的暗光里一双有些不安的眼睛，进一步透露了这种略带害怕的情绪。而在这时，爸爸的恰到好处的现身，与其说是向"我""求助"，不如说更像是为"我"的尴尬提供了及时的解脱。

　　事实上，我们只要稍加留意，就能感觉到这一潜在的叙述语义在故事文本中的特殊存在。特别是结尾处，看到"我"一路"守护"着爸爸走到卫生间，却发现"爸爸怎么不上厕所呢"，我想读者一定会完全明白，爸爸的"胆小"其实是尊重和保护"我"的勇气的一种特别的方式。

　　在作品中，这份父爱的呵护默默地停留在主人公叙述声音的背后，它所带来叙述内容与叙述事实之间的错位，在很大程度上造成了这则幼儿故事的幽默感。但更重要的是，正是这份隐藏在字里行间的无言关怀，让我们看到了一位父亲对儿子的粗犷而又细腻的深情。它让这则小小的幼儿故事，拥有了更丰富的阅读回味的空间。

七、表达和倾听的另一种方式

　　"不爱说话"的小熊有着他自己特殊的"语言"表达方式，那就是他的"漂亮的窗户"。

　　那些从小熊的窗户前悬挂出来的不同物件，向伙伴们诉说着小熊丰富的生活内容和细腻的情感经验。一个蘑菇娃娃，代表了一场愉快的森林劳作以及一次温暖的晚餐邀请；一串贝壳，代表了一趟悠闲的河畔漫步以及随时受到欢迎的相会约定；一颗金色的星星，代表了一个奇妙的发现；一个银色的铃铛，则代表了一个音乐会的提议……

　　在小熊的窗户上，这些小事物不再只是普通的生活物件，而成了承载着话语内涵的特殊"语言"符号，它们以另一种特别的方式，传递着"说话者"想要表达的各种意义。

　　但小熊的这种表达，显然还需要另一些懂得倾听的对话者。如果没有他们的存在，小熊窗户上的物件也就失去了它作为语言的一个重要的交流属性。我们看到，尽管故事文字部分到最后才提及伙伴们对于"小

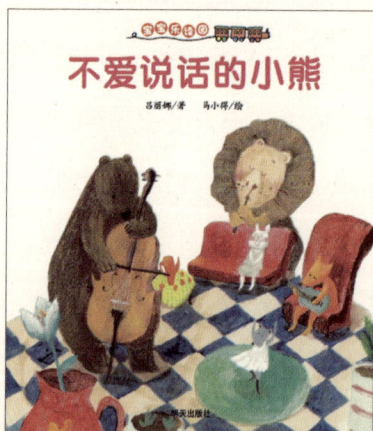

《不爱说话的小熊》封面

熊的窗户"的关注，但从小熊的"语言"中所透露出的那份快活、自信和细腻的温情，早已经透露了它所拥有的倾听者的信息。

这些信息在故事的一些插图中得到了明确的印证。我们看到的是，"不爱说话"的事实并没有使小熊变得孤单、失群，这不仅仅是因为小熊拥有另一种表达的"语言"，更因为他还拥有一群理解他、懂得他的真正的伙伴，正是他们的存在让小熊的语言世界充满了真实的意义。来自好朋友的这样一份倾听的友情，是藏在小熊的那些"语言"符号之下的温暖内涵，它们或许比语言本身具有更为根本的意义，因为正是它们成全了这些语言的存在价值。

作为一则写给幼儿的童话故事，它的叙述者没有把"不爱说话"潜在地表述为一个需要纠正或改善的缺点，而是让我们看到了一个"不爱说话"的孩子丰富的内心世界，以及他表达自己内心的那些看似无言的方式。我想说的是，学会倾听这些特殊的"语言"，也是孩子生命中很重要的一课。

八、作为一种教育中介的故事

关于嘟嘟和他的耳朵精灵的故事，是一则典型的幼儿生活教育故事，而且，这个故事的生活教育的目的，显然要大于它的文学表现目的。

我想，但凡看过这个故事的读者，大概不会反对我的这个结论。故事里的嘟嘟是一个健忘的孩子，但他却把自己的健忘归咎于"耳朵的错"，由此导致耳朵精灵负气出走。最后，嘟嘟从耳朵精灵的出走中得到教训，养成了认真听别人说话和好好保护耳朵的好习惯。从这样的情节设计中，我们看到了自幼儿文学诞生以来一直存在的幼儿教育故事的一种典型形态。在这里，作为文学的故事是以服务于特定的生活教育目的的方式而存在的。

《嘟嘟的耳朵生气了》封面

这样一种特殊的文学存在形态，或许唯有在幼儿文学的领域才能得到合理的解释。对于年幼的孩子来说，一种具体、生动、连贯的想象性叙事，是促使他们自愿地接受各种生活规则的基本方式。与此相应地，在幼儿文学的范围内，这样一类功利性的文学叙事体的存在，也有其特殊的文学意义和价值。尽管它们不一定符合我们对于文学的各种艺术期待，但在幼儿成长的特殊阶段，它们毫无疑问扮演了一个重要的教育中介角色。

在嘟嘟与耳朵精灵的故事中，一种与"倾听"有关的生活教育内容，被略显机械地安放到了关于耳朵精灵的寓言中。但不可否认，对于许多孩子来说，这样的形象譬喻的确可以起到比空泛的生活说理有效得多的作用。而这正是这类故事的适当存在应该得到我们尊重的理由。让我们不要把它当作一种独立的文学存在，而将它视为一种必要的生活辅助。它们就像是幼儿生活中的某种润滑剂，虽然不一定能成为进入他们生命深处的营养，却能够让复杂的生活对于初涉其中的孩子来说，变得顺畅、稳当和令人愉悦起来。

我想，对于刚刚学着摇摇晃晃走进世界的孩子们来说，这也是一种很重要的价值。

九、透过诗的眼睛

故事起始于一个平平常常的幼儿生活场景：在幼儿园学会了简单加法的孩子，饶有兴致地给前来接她回家的妈妈出"考题"。从"一加一"增加到"四加四"的"试题"在我们看来，透着一个孩子可爱的稚气。然而，当我们就要在这个温馨却普通的童年生活片段前一笑而过的时候，孩子提出了另一个让人眼前一亮的新问题："很多加很多等于几？"

《很多加很多等于几》封面

这个问题把我们从简单的数字和逻辑推演的情境中，一下子带到了另外一种生活的诗意境界。它也是这则故事的艺术之眼。从"一加一"到"很多加很多"的变化，涉及的不再是一种数字规模的增长，而是问题性质的转移。"很多加很多"显然不是一个可以从逻辑上给予精密解答的问题，而孩子对于这个问题的回答，则让我们看到了童年的诗意如何越过思维公式的框范，抵达对于生活的某种审美的观察和理解。

"很多小草加很多小草，等于草地"，"很多花加很多花，等于花店"，"很多山楂加很多山楂，等于糖葫芦"……这些诗意的答案呼应着之前孩子和妈妈一起走过的每一个场景，并赋予了这些原本普通的场景以不一样的感觉和意义。

我们也可以说，这种"很多加很多"的智慧，实际上也还原了"加法"作为一种人类生活经验的源初意义。在"加号"尚未成为一个缺乏温度的数学符号之前，事物的叠加本身对我们而言意味着什么？我们看到，在故事里，它意味着一种丰富的欢愉，一种开阔的想象，以及与此相连的各种对于生活的美感经验。故事中，孩子天真的诗心也触发了大人们的想象力，并将"很多加很多"的诗意进一步推向了更开阔的生活世界。"很多皱纹加很多皱纹等于老爷爷、老奶奶"，"很多灯很多灯加在一起，组成了一片光的海洋"，在这样的诗性表述和理解中，包含了有关时间的"加法"的某种朴素感受，以及有关光亮的"加法"的温暖生活体验。

透过童年的诗的眼睛，这些通常被遮蔽在生活的各种烦扰之下的诗性意义，向我们展露出它们质朴亲切的面容。它也让我们看到，在童年时代呵护和培育这样一颗诗意的心灵，是多么值得我们去努力的一件事情。

十、真正的朋友

内向的小熊蜜糖在开学第一天见到了开朗的松鼠冰棒，他们很快成了最要好的朋友。蜜糖那么喜欢勇敢的冰棒，他简直成了冰棒的影子。冰棒喜欢什么，他也喜欢什么。他们一起"把书包背在胸前"，一起用同一个姿态走路，一起玩"花蝴蝶"的游戏；就连冰棒不喜欢吃的四季豆，也成了蜜糖不喜欢的食物。

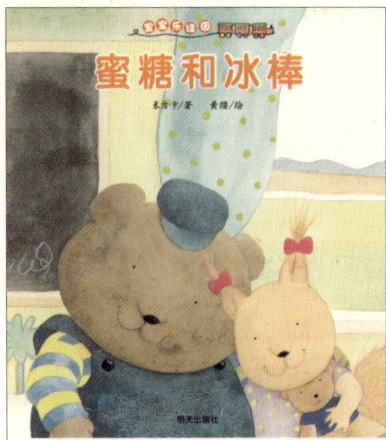

《蜜糖和冰棒》封面

这样一种形影不离、不分你我的"铁杆"友情，是我们可以从许多幼儿身上见到的一种与同龄朋友相处的态度。这里面包含了属于年幼孩子的一种对于友情的依恋以及全身心的投入感。然而，作者要处理和表现的，并不只是这样一种友情中的依恋感和投入感，而是在这种感觉之上，"友情"这个词更丰富的内涵，以及它对于我们生活的真正意义。

对小熊蜜糖来说，变化是从冰棒因为生病而没来幼儿园开始的。没有了冰棒的陪伴，幼儿园的生活变得如此令人沮丧，我们都能理解和体会到蜜糖的"闷闷不乐"。最要好的朋友不在身边，就像原来的自己被割去了一个部分，蜜糖不知道怎么去接受它。

还是冰棒的友情给了蜜糖新的力量。好朋友的一句感叹，让蜜糖有了一个人努力的动力。为了实现朋友的愿望，他开始特别认真地学唱歌。正是在这一带着友情的支撑走进生活的过程中，蜜糖第一次独自发现了生活中那么多可爱的事情。他第一个学会了老师教的歌，他和小伙伴玩了新游戏，他知道了四季豆的味道，他还尝试了把书包"背在背后"的感觉。如果说那个认真学唱歌的蜜糖完全是为了冰棒才这么做的，这时候，他的"自我"还躲在朋友的影子背后，那么到了后来，蜜糖已经开始找到独立的自己。他不再只是冰棒的影子，而成了冰棒真正的朋友。

不错，真正的友情是相互依恋，更是彼此打开，是让自己和对方在友情的温暖中变得更加宽广、自由。故事里，蜜糖和冰棒之间的友情越过了狭隘意义上的"要好"，它使两个好朋友互相陪伴着走向更丰富的自我和生活。

像故事中所感叹的那样，能够拥有这样的友情，"这真是太幸运了"。

十一、等待羞怯的心灵打开

每一个幼儿园里，都有一些宁宁这样的孩子。他们常常孤单地沉浸在自己的世界里，但这孤单并不是他们主动的选择，而是因为面对陌生的世界、陌生的人群，他们的内心充满了脆弱的不安宁感，这使他们没有办法也不知道应该用什么样的方式来和身边的人们交流。他们的羞怯加重了他们的沉默，他们的沉默则加重了周围人们的误解，而这误解又反过来持续地强化着他们内心的羞怯感。

这样的孩子的心灵是一朵等待开放的花，在没有遇到最合宜的人际温度之前，这朵花紧紧地闭合着它的花瓣。事实上，它根本不知道怎么让这些花瓣打开来。

故事里的宁宁是幸运的，因为她有一个懂得她的羞怯并且愿意花费时间等待和守候她心中的花朵慢慢开放的老师。老师分派给宁宁的"一棵又安静又美丽的树"的角色，为内心羞怯的孩子走入群体生活开辟了一个缓冲的空间和等待的时间。在这里，宁宁的沉默不再被视为弱点，反而正符合她所扮演的童话角色的特征。图画书这部分的插图较为巧妙地安排了在现实生活与童话想象之间构成比对和呼应的双重情景，从而生动地传达出了这一时空的双重性质。在这样一段安静的想象时空里，"小树"虽然没有开口说话，却得到了朋友们的认同，而她也由此开始克服自己的羞怯，融入了与伙伴们的正常交往中。

这一段转变的表现尽管用墨不多，却写出了孩子心理变化过程中的某种细腻感。我们看到，最初进入童话扮演的宁宁完全是被动的，而

《宁宁是一棵树》封面

随着她与扮演小动物的小伙伴之间交流的逐渐增加，她越来越进入了与伙伴之间积极的双向互动。而在故事结尾处那个洋溢着欢乐的大跨页童话场景上，我们看到了一株开满花儿的小树，它是一种扮演，也是一个象征：这一刻，宁宁心里那些紧闭的花瓣张开了，她勇敢地走进了面前的世界。

这是我们能够为一个羞怯的孩子想象的最好的结尾，而这样一个结尾的实现，无疑离不开那些懂得和等待这些孩子的大人们。

十二、"不可以"和"可以"的教育智慧

小熊有一对"又大又厚"的巴掌，他发现自己可以用巴掌的"暴力"换来各种想要的东西：小兔子的玩具、小狐狸的冰激凌，还有小象的服从。不过，当他试图用同样的方法从爸爸那儿满足自己任性的要求时，情形反了过来，因为爸爸有一对"更大更厚"的巴掌。挨打后的小熊哭了，

《小熊的巴掌》封面

他挥舞着小巴掌，把家里弄得一团糟。

故事里的小熊，有着我们在生活中常常可以见到的那些难以管理自己情绪的孩子的身影。很多时候，他们对同伴的欺负行为其实只是出于一种简单的攻击性格冲动和较强的自我中心倾向，还无关任何善与恶的概念或者分辨力。因此，幼儿的这种行为表现还不能直接以道德判断的标准进行衡量或批评。

故事作者准确地把握并呈现了这样一种前道德阶段的幼儿生活感觉。不论是表现小熊用巴掌向小伙伴们"施压"的情形，还是他用同样的方式向爸爸示威却遭到惩罚的情境，叙述者都没有表现出任何形式的长者道德优势。作者很清楚，面对这一阶段的孩子，道德性的禁令、训诫或惩罚本身，都没有切中问题的要害，也不能够解决问题。

要让这些孩子告别消极情绪或行为的最好方式，不是否定的批评或禁止，而是肯定性的引导，是通过巧妙的"可以"自然而然地转移和消解他们行为中那些"不可以"的成分。故事里，小熊的妈妈承担起了这个导引人的角色。慢慢地，小熊明白了自己的巴掌不但可以用来"握握手""拍拍手""拉拉手"，在自己生气想"打打打"的时候，还可以"打小鼓""打篮球""打水花儿"。这样，小熊不但得以顺当地宣泄自己的不良情绪，也在不知不觉中学习着与他人、自我和世界相处的适宜的方式。

你瞧，没有高声的责备，没有严厉的惩罚，甚至也没有平和的训导，妈妈用"可以"的教育智慧，巧妙地解决了"不可以"的教育难题。

152 | 153

享受图画书
第二编
原创图画书鉴赏
第九章
幼儿图画书的创作

十三、我会陪着你

这是一个关于老人和孩子之间彼此温暖的故事。

对于幼小的"我"来说，爷爷是"我的大玩具"。他有时是"大滑梯"，有时是"大飞机"，有时是"故事机"，即便累了的时候，也可以成为"我"的一面"大皮鼓"。

《爷爷是我的抱抱熊》封面

可是有一天，爷爷生病了。躺在病床上的爷爷觉得自己"没用了"，他再也不能陪亲爱的孩子玩了。但在"我"看来，生病的爷爷变成了另外一样玩具，那就是"我的抱抱熊"。孩子的"抱抱"温暖着老人的身心，也使他的身体慢慢复原。"我"决定，从今往后，"我"将成为爷爷的玩具，当他的"八音盒""发条猴""播音机"，而爷爷，永远会是"我的抱抱熊"。

我们或许会这样解读这本图画书的故事：在"我"小的时候，爷爷陪着"我"，而当爷爷老了的时候，"我"反过来陪着他。这样看来，它所要传达的似乎是亲情生活中的一种爱的回报。然而，我不愿意用"回报"这样的字眼来描述这本图画书的情感题旨，因为这个隐在地带有某种交易性的词语，总会让我联想到那些并不亲切的易货行为。它无关爱的真正内涵，因为爱不是用来交换的。故事里"我"送给爷爷的"抱抱"和"我"决定当"爷爷的玩具"的想法，不是为了回报爷爷的爱，它就是"我"对爷爷的爱的一种表达。或者说，我会陪着"爷爷"，不是因为爷爷曾经为"我"付出过爱，而是因为我们一直活在彼此的爱里，过去是这样，现在和将来还会是这样。实际上，这份爱已经成为我们生命中自然而然的一个部分。

所以，我特别欣赏故事所使用的这个"抱抱熊"的意象。当爷爷成为"我的抱抱熊"的时候，他给予"我"的爱和"我"给予他的爱是一样的，那一个个温暖的"抱抱"，不是单向的付出，而是彼此的温暖。"抱抱熊"意象里因此包含了一种最日常、最单纯的爱的感觉。

它也是我们的孩子最需要的一种关乎生活、关乎生命的感觉。

十四、永远的幼儿园

第一次上幼儿园的经历，代表了童年生活中一次重要的转折和变化。它可能是年幼的孩子第一次从他（她）原本熟悉无比的家庭生活中走出来，投入到另一个完全陌生的生活和交往环境中的经历。因此，对于大部分孩子来说，这一变化的期待和现实总是伴随着不同程度的不安、焦虑，以及自然而然的防御性抗拒。它也因此成了幼儿生活故事永远的母题。

这则故事里黏着妈妈不想上幼儿园的贝贝，让我们看到了无数面临同样生活难题的年幼孩子的身影。不过作者的笔墨并未停留在对于贝贝的抗拒心理的表现上，而是跳过这种负面的生活情绪，试图通过另一种游戏性的角色扮演，来帮助孩子学会接受和应对这一生活的变化。

《幼儿园，我来啦！》封面

这个游戏不是让贝贝提前体验幼儿园孩子的角色，而是别出心裁地安排他扮演幼儿园的老师。现实生活中，我们总是倾向于通过为孩子提供各种报偿性的前景，来促使他接受某件看上去并不那么令人愉快的事情。但贝贝的故事让我们看到，在年幼的孩子身上，还蕴藏着一种与责任感有关的自我实现的天性。在这里，不是索取，而是付出，更能够给予他们一种自我力量得到确证的快感。

我们或许得承认，就这则故事本身的情节设计来说，它对于贝贝接受幼儿园老师的游戏角色以及在这一角色扮演过程中逐渐接受幼儿园生活的过程的表现，显然还带有过于简单的理想化痕迹。但它无疑准确地把握住了幼儿心灵中某种富于潜能却又常被大人们忽视的力量，那就是一个孩子想要使自己对他人来说变得有意义的本能愿望。从根本上看，这一自我意义感的确认，才是孩子顺利接受每一种新生活的最有力的情感支撑。

就此而言，这则故事也让我们看到了幼儿园生活之于幼儿的根本意义。这一意义不在于一般的生活知识传授或生活技能训练，而在于自我身心的拓展和提升，在于自我意义的开放和丰富。它是孩子从相对狭小和自我中心的家庭生活空间里走出来，朝着更广阔的世界迈出的第一个充满意义的步伐。

十五、游戏是孩子的一种生活

有关"星星一角"的奇想，是奶奶为不愿来到饭桌前的米米编出的一个故事，这个游戏的原料就是童年的想象力。

故事在奶奶和米米之间简单的日常对话语境里展开，但它的想象触角却延伸到了各种天马行空的情境中。风卷走了星星的一角，接着跑进一头驴子的嘴里，"变"成一粒种子拉出来；种子长成大树，大树结出蜜桃，母鸡啄去了偷吃蜜桃的虫子，老鼠又偷走了母鸡的鸡蛋；为了寻找鸡蛋，奶奶和米米"发现"了"老鼠的大米"；最后，米米的面前就有了一碗配着火腿和绿菜叶的米饭。随着祖孙俩对话的延伸，故事想象力的线索也不断放远，最后却又巧妙地回到了日常生活的原地，但它已经不是原来的那个起点了。在跟随了"星星一角"的想象旅行之后，一碗简单的"星星一角"做出来的米饭，成了起初无心吃饭的米米最愿意接受的食物。

《只吃星星一角》从一个普通的幼儿生活情境出发，为规矩的童年日常生活设计了一场自由的想象力的游戏。推动这场游戏进行下去的基本动力，是由奶奶作为主导的祖孙俩的即兴对话，这使得图画书的叙事看上去也像是一次即兴的创造，它因此造成了一种明显属于个性化写作的现代故事感觉。但与此同时，它的叙事链组合的方式却又带着古老的民间故事的美学痕迹——作者借叙事的形式在事件与事物之间进行连续的接龙，这是民间故事常用的一种手法。图画书主要使用了剪贴画的插图，这些轮廓稚拙的剪贴画面既呼应了上述朴拙的民间叙事风格，也传递出幼儿生活的稚气感觉。

《只吃星星一角》封面

　　但剪贴插图的意义还不止于此，它在故事中被赋予了某些特殊的叙事意义。

　　你注意到了吗？在图画书的扉页上，有一个背朝读者、专心于剪纸游戏的小女孩的形象。这个形象似乎诠释了故事开头叙述文字之外的某些内容，即米米之所以说"我不饿"的原因，是因为她还沉浸在自己的剪纸世界里。而奶奶的故事灵感，也正是从米米的星星剪纸开始的。

这使整个故事的逻辑得到了更丰富的衔接诠释，故事的情感也得到了更完整的书写传达。故事里的奶奶理解游戏也是孩子的一种生活，因此，当她向米米发出的生活要求得不到回应的时候，奶奶所做的不是将米米从游戏的世界里生硬地拖曳出来，而是顺着游戏的路径，把米米自然而然地接引到现实生活的地面上。

多么希望每一个大人都能像故事里的奶奶这样，理解孩子和他们的游戏生活。

158 | 159

享受图画书
第二编
原创图画书鉴赏
第十章
民族风格的探索

第十章　民族风格的探索

原创图画书是在国外图画书令人瞩目的艺术成就和压倒性的艺术优势下发展起来的。在它不无焦虑地从世界图画书的艺术版图上寻找自己的艺术身份和定位的过程中，"民族风格"一直是它最为关心的问题之一。显然，中国图画书要立足于世界图画书艺术之林，必须确立起自己独特的民族身份；另外，那些属于本民族的文化、艺术和生活题材，也为原创图画书的创作提供了特别的素材。因此，在今天的原创图画书中，对于具有中国民族特色的乡土人情、神话传说、历史文明和日常生活的表现，正在越来越多地出现在图画书创作者的笔下。

一、乡土叙事中的传奇

这是一个很乡土的故事：许多年以前，外婆嫁到了没有一棵海棠树的茅草谷，外婆娘家的陪嫁竟然是一牛车的海棠树苗。在村里人稀罕的目光中，外婆和外公在屋前屋后种下了二十棵海棠。后来，村里的人们也像他们那样，在房前屋后种起了海棠、梨树、桃树和苹果树。几十年过去了，茅草谷不见了。外婆去世后，村里人念着她的好，开始管这里叫花娘谷……

欣赏《花娘谷》（保冬妮／文，小舟／图，重庆出版社 2009 年出版），我们一定会被它字里行间所展示的人生的美丽所打动。外婆一生的故事,在作品中被提炼、浓缩,呈现为一段与海棠树、梨树、桃树和苹果树等息息相关的生命历程。从满山的狗尾巴草到起起伏伏、深深浅浅的一沟花海,从茅草谷到花娘谷,外婆用一生写下了一首质朴而又神奇、绚丽的生命诗篇。于是,作者就把一个关于乡土人生的朴素故事,演绎、升华成了一个关于生命、关于美的寓言和传奇。

这是一本很"江南"的图画书。文字作者保冬妮在谈论自己的创作意图时说,"我试图把中国式的浪漫带进图画书"。她这样分析画家周建明先生在《花娘谷》绘画创作中的意图和效果:他"把最柔情的美丽送给了花娘谷,只要翻过那些画面,谁也抹不掉那一页一页的桃红和杏粉。这是蕴含着中国美的水墨图画书,一幅幅画面宛如新民俗画一样清新"。

是的,《花娘谷》散发着浓郁的江南情调和乡土气息,我们要感谢作者的用心和创造。画家曾经有过的江南生活经验、记忆及其画面呈现,使这个原本地域特征并不鲜明的故事,被深深地烙上了江南文化、民俗和乡野的印记。

原创图画书的民族化问题,近年来已经成为业内人士关注的热点话题之一。在这方面,《花娘谷》的两位作者也显示了相当的艺术自觉。不难看出,两位作者的笔下,表达的是共同的、深深的乡土情结和民族情怀。我相信,具有鲜明民族特色的原创图画书精品的大量涌现,甚至,能够在国际儿童文学创作领域独树一帜的图画书"中国学派"的出现,将会在这样的自觉和努力过程中成为现实。此外,作为一名图画书研究者,我也祝福原创图画书在呈现鲜明而完美的中国气

160 | **161**

享受图画书
第二编
原创图画书鉴赏
第十章
民族风格的探索

象和风格的同时，在图画书艺术特质自身的想象和创造方面，也能够不断取得新的突破和提升。

二、传统文化意象的现代诠释

不论在东方还是西方，都存在数量庞大的关于龙的神话与传说。在人类文明的史页里，悠远、古老而神秘的龙的意象，被援用进许多影响深远的神话、历史和宗教叙事，并在语言、文字和其他各种艺术媒介中不断被赋予着新的内涵和意蕴。从这个意义上看，原创图画书《屠龙族》（熊亮 / 文，熊亮、段虹 / 图，明天出版社 2007 年出版）所选择的题材显然还算不上独特，比如"屠龙"的标题，就让我同时想起了欧洲知名的屠龙英雄故事，以及庄子关于屠龙之技的寓言。

但是我欣赏作者和绘者能够把一个在世界尤其是欧洲的神话和童话传统中几乎说"滥"了的题材，与本民族的图腾传说以及整个人类的文明史相融会结合，通过具有个性的故事、语言、线条和色彩的诠释，展开了一场关于"屠龙"传说的新的想象和演绎。

文中写龙，但这里的龙却不再是中华文明传统中令人畏惧、难以亲近的古老图腾，而是一种引起我们同情和怀想的具体而实在的生命；写屠龙，但文中的这一行为却不再染有欧洲屠龙故事的血腥气味，而是和一种辽远的历史感觉以及若隐若现的存在思考结合在了一起；写屠龙族，却不以取笑和嘲讽的笔调来对待他们，而是怀着善意的幽默和调侃，或许还有真诚的群体认同，描写了发生在这个特殊的家族与龙之间的奇异故事。

我认为，这是一个将悠远严肃的神话历史题材编织进辽阔而又幽默温暖的构思、语言和画面叙述之中，继而对它进行重新诠释的一次颇为成功的尝试。

我们当然也可以从"寻找"的母题来切入对于这部作品的理解，因为故事的一大部分内容，便是关于屠龙族的后代如何寻找龙的过程的描述。然而在这里，被突出的不是"寻找"本身，而是找到龙之后的那个戏剧性的转折——"经过那么久的寻找，屠龙族的孩子，现在变成了最热爱龙的民族了"！坦率地说，这并不是一个十分出人意料的结尾，它所使用的语言和画面的张力，与作品的前半部分相比，甚至还略显逊色一些。读者完全可以把这一转折仅仅看作故事情节安排的需要，但我认为，它在制造出故事高潮以及叙述节奏和情绪的变化等效果的同时，也向我们揭示着关于历史和生命感觉的一些戏剧性的悖谬和真理。千百年的追寻成全了屠龙族与龙之间关系的质变；个体和群体的同一种寻求行为，在时间和历史的淘洗下拥有了完全不同的意义与目的。事实上，

《屠龙族》封面

在作者告诉我们这一点之前，读者也已经从前面的叙述中约略读出了这样的信息。而这一点，也正是这部作品对传统题材进行重新阐释的最重要的支点。

而我特别想说的是，《屠龙族》的插图，尽管在文图的相互补充和画面空间、意蕴的开掘方面，与我们心目中对于图画书的理想期待仍有相当的距离，但它在整体画面和色调处理、节奏控制以及疏密安排等方面所取得的效果，已经令我们感到十分兴奋了。我们看到，在基本上占据了作品全部插图空间的大幅画页之间，绘者有意加入了一个由四帧小画面组成的大页，从而在很大程度上调节、丰富了作品插图的叙事节奏。同时，绘者还通过幽默机智的画面处理，将屠龙行为本来具有的残暴、血腥等因素，转变成了一种游戏式的夸张和幽默。作品正文的第二个大画面上，古书左上方那位举着屠龙剑的屠龙士和右下方那条被绘成蜥蜴状的巨龙，显然更容易引起读者会心的微笑，而不是对于屠龙事件的真实想象。结合这种幽默的夸张，作者还将人类早期各种艺术形式的诞生自然地融入情节，使故事的叙述同时具有了一种绵延的历史底蕴和更为丰富的解读可能。

不过大多数情况下，我们还是会倾向于把这部作品当作一则童话式的民族寓言来解读。尤其是作品结尾温情而露骨的点题，一下子把中国的读者推到了与本民族独特的传统意象及其所包含的历史和文化内涵面对面的位置上。但恰恰是这样点题式的处理，反而在一定程度上限制了阅读的开放性。事实上，我认为屠龙族人对于龙的态度转变过程，是一个有着多重象征和解读可能的人类群体文化意象，它可以是人类生命与整个自然界之间历史关系变化的象征，也可以指向人类对于自我与其他生命形态之间存在关系的逐步认识。或许，这也是儿童文学在取用传统文化资源的过程中所必然要面对的问题，亦即如何处理民族的与世界的、自足的与开放的、独特的与普遍的之间的关系，如何在使用特定的民族文化意象时，不是去强调它的限制，而是去发现和开掘其深化的可能。《屠龙族》的构思和设计，是一次在总体上比较成功的对于传统题材的现代运用和发挥。

应该说，原创图画书一直是近年来中国儿童文学界格外关注的话题，而每一批原创新作的推出，也总是能够在某些艺术感觉方面给予我们新的鼓舞。或许，对于正在兴起的当代中国原创图画书来说，它所背负的期待的确显得重了些，但也许正是这样有重量的期待，才能够敦促和帮助它走得更好、更远。

三、诗意磅礴的返乡之旅

《驿马》(萧袤/文,周一清/图,明天出版社2008年出版)是一本题材十分别致、画风苍茫浑朴的原创图画书。

故事的作者萧袤我认识，他是一位十分聪明和勤奋的儿童文学作家。画家周一清先生我还不认识，但我知道他是一位十分有名的版画家。

萧袤走过的那条古丝绸之路，我也走过。1998年夏天，我与一批作家和科学家朋友一起，也是从兰州出发，伴着祁连山脉，还有古老的长城，穿越茫茫戈壁，经武威、张掖、金昌、酒泉，最后到达敦煌。我猜想，那恰好也是萧袤走过的路吧。

西北之行给我留下的是对于苍凉粗砺的大自然和神奇古老的中华文明的激动和震撼，但是给萧袤留下的却同时还有更多创作的冲动和灵感。他把这种冲动和灵感收藏在自己的记忆和情感深处，慢慢地积淀，默默地发酵，终于为我们奉献出了这样一个穿越时空、大气磅礴的关于驿马的神奇而美丽的故事。

我相信，在漫长的丝绸之路上，一代又一代的驿马在古老的历史驿站中曾经上演过许许多多或温情缠绵，或壮怀激烈，或催人泪下，或动人心魄的生命故事。我以为，《驿马》所演绎的，是一个关于"寻找"和"返乡"的寓言。一次古楼兰的美丽相遇，衍生出了一个世代相传、生生不息的关于"返乡"和"梦寻"的传奇。很显然，在这个故事中，融入了作者自己关于民族、关于历史、关于文化的诸多情感和想象，而我们每个人也都可以运用自己的知识、情感和理解力，找到属于自己的诠释入口。

我欣赏这个故事带给我们的诗意、大气和厚重感。这是一本适宜于亲子共读、反复吟咏、不断玩味的图画书。正如作者所说的那样，这部作品通过相似的场景、重复的句型、朴实而深情的语言，营造出了一

《驿马》封面

种回环往复的旋律。而我想说，正是这种"旋律"的不断响起，使我们感受到了一种属于我们古老历史的绵延诗意，一种属于我们独特文化的磅礴之气，一种属于我们民族精神的坚韧不拔。而这一切，又恰如其分地表达并诠释了作品关于"寻找"和"返乡"的内在主题。

而在这本书的绘图部分，画家借助独特的绘画语言，很好地表达了整个故事的恢宏气势和厚重之感。横开本的装帧设计使读者在展开书页之后，更可见出画幅之间的雄浑和苍茫之势。

最后，我还想说，也许是作者希望表达的内容负载过重了一些，也许作品在风格上追求的是诗意和大气，相对而言，这部作品注重了故事的铺排和气氛的渲染，但是在故事细节的设计上，在"故事性"的实现上，还让我感到稍稍有一些遗憾或不足。我在设想，如果《驿马》的故事和细节设计更富于巧思，整体叙事更加轻灵自然一些，或许，它又会带给我们另一番阅读感受吧。

四、质朴、温暖的童年生活记忆

2008 年 10 月，一个秋日的下午，我收到一份邮件。打开来，是一本列入"信谊原创图画书系列"的作品——《躲猫猫大王》（张晓玲 / 文，潘坚 / 图，明天出版社 2008 年出版）。

像许多次收到新书时那样，我并没有特别的兴奋和期待。一页一页翻下去，我的心却慢慢地感受到了一缕如屠格涅夫所说的那种"愉快的紧缩"。这是近年来我在阅读原创儿童文学作品时很少出现过的阅读心理反应。我知道，这种反应在提醒我，这可能是原创图画书创作上出现的一本力作。

文字作者张晓玲，图画作者潘坚。张晓玲女士我认识，她曾经约我为一本图画书新作写过导读。2008年5月，我们在济南召开的一个原创图画书研讨会上见过一面。这本《躲猫猫大王》上有她给我赠书时的签名。合上作品，我马上有些夸张地给张晓玲打了一个电话。说有些夸张，是因为我打那个电话时所表现出来的迅捷性、兴奋感，在我自己的记忆中十分罕见。

故事中的小勇是一个智力落后的孩子。智力落后儿童题材在国际儿童文学界是一个颇受重视的创作内容。1968年度国际安徒生奖获奖者、澳大利亚女作家帕特里莎·拉伊森的代表作、儿童小说《我有一个跑马场》（又译《我是跑马场老板》）就是以此为题材的。中国台湾作家王淑芬的儿童小说《我是白痴》也令人印象深刻。而在中国大陆儿童文学创作界，我的阅读记忆中，似乎还没有一部让我感到满意的此类作品。从这个意义上说，张晓玲、潘坚联手创作的《躲猫猫大王》，是一个让我感到振奋的开始。

更让我感动的是作者创作这部作品时所表现出来的睿智和情怀。自始至终，作者几乎没有告诉我们，小勇是一个智力上有缺陷的孩子。尤其是在孩子们所组成的世界里，天真的关爱、自然的帮助、真挚的赞赏、难舍的别离，成为一段童年生活和记忆的最质朴、最温暖的内容，也构成了这部作品轻轻打动我们的一份纯净而又深刻的力量。

不过，我之所以推崇这本图画书，还因为它在叙事肌理、节奏、语感、氛围等方面所显示的某种艺术天分。作品中的人物定位、情节推进、细节编织、语言表述、色彩处理、线条意趣、图文关系等所呈现的整体叙事面貌及文本形态，构成了我所说的图画书叙事肌理。读《躲猫猫大王》，我觉得几乎可以说，主要人物小勇和"我"的形象设置和形象勾勒清晰而又具有某种丰润的效果；细节的提炼和编织细腻而又极富表情能力；情节的组合和推进自然而又富有节奏感。一部作品有一个好的选材和角度也许并不难，但是，要把一个好的题材和角度选择，最终变成一部经得起推敲和玩味的作品，作家、画家的才情、灵感，以及严谨的艺术劳作，就显得至关重要了。

《躲猫猫大王》封面

2006 年 9 月，在澳门举行的第 30 届世界儿童文学大会上，我曾经做了《图画书在中国大陆的兴起》的专题发言。读《躲猫猫大王》，我再一次对中国原创图画书的艺术可能，充满了期待。

2008 年 12 月，德国慕尼黑国际青少年图书馆"白乌鸦世界优秀童书选目"的编者向我们了解和征询该年度中国优秀原创儿童文学书目。该选目是 20 世纪 70 年代以来，该馆就世界范围内出版的数十个语种的优秀原创童书进行专业筛选，并结集出版的权威选目，在国际童书出版、研究界广有影响。我把《躲猫猫大王》列入了2008 年的选目。这部作品的英文书名等信息和内容简介，已收入《白乌鸦书目 2009：国际儿童与青少年文学选目》一书。

五、读《羽毛》

一根羽毛，从混沌的飘飞中苏醒过来，开始寻找它的归属。"我属于哪只鸟呢？"从思考问题的这一刻开始，羽毛有了对自我身份的某种焦虑。我们也可以说，这一焦虑的出现，意味着羽毛拥有了真正的生命。

它想要属于一只飞翔的鸟，这是一个最自然不过的愿望。为此，羽毛先后问了翠鸟、布谷、苍鹭、大雁、孔雀和其他各种各样的鸟，结果它不属于任何一只。这让它在失望之余，也从心底里隐约酝酿起一份更大的期待。

鹰的出现把它的期待推向了高潮，但也迅速扼杀了这种期待。一种藏着猩红杀戮的飞翔，羽毛宁愿不要它。于是，飘了一圈，它又回到地面上。羽毛终于知道，它是一片属于大地的羽毛，哪怕它只是从母鸡身上掉下来的，那也是它乐于接受的一种踏实而温暖的命运。

羽毛的故事，说出了人生的一种感觉。正如著名的美国电影《阿甘正传》里，片头片尾出现的那一小片飘动的羽毛，多少象征着我们的漂浮而难以自控的人生。这片人生的羽毛，它在寻找什么？它要寻找什么？《羽毛》告诉我们，生命最渴望寻找的内容，有时不在杳渺的远方，而就在我们脚下这片土地上。

罗杰·米罗用糅合了巴西与中国传统的视觉艺术元素的插图，诠释着曹文轩笔下这个略带伤感的羽毛的故事。我们看到，羽毛的冒险展开在斑斓而略带神秘的画面氛围里，然而，繁华褪尽，尘埃落定之后，我们和羽毛一样，看到了生活最朴素的色彩和最亲切的面容。

《羽毛》封面

170 **171**

享受图画书
第二编
原创图书鉴赏
第十章
民族风格的探索

第三编　引进图画书鉴赏

第十一章　生命的诗意和爱

图画书是以特殊的艺术方式来书写那些恒久的文学母题的，像所有文学作品一样，对于生命诗意的寻访和对于生命之爱的探求，为当代图画书创作提供了不竭的动力。本章谈论的国外图画书，其题材、风格、创意等方面均存在明显的差异，但它们都以各自独特的方式，为我们讲述着生命自己的故事。

一、寻回心灵的诗意

如果你读过由美国作家 J. 帕特里克·路易斯与意大利画家罗伯特·英诺森提合作的图画书《最后的胜地》（明天出版社 2009 年出版），你一定会承认，这部情节迷离、画风奇特的作品，不仅仅是一则充满幻魅色彩的故事，也是一个诗意的寓言。

172 | 173

享受图画书
第三编
引进图画书鉴赏
第十一章
生命的诗意和爱

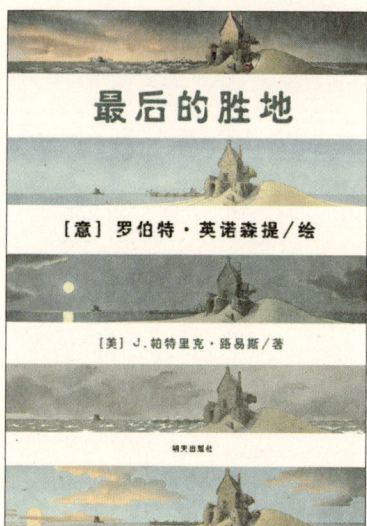

《最后的胜地》封面

在一个"令人倦怠的阴沉的下午"，一位艺术家的想象力忽然消失不见了。对他来说，除了立即出发去寻找丢失的想象力，还有什么可选择的呢？作者借这位主角的第一人称叙事，很快把读者带进了一片全然有别于现实生活的情境中。随车来到一座神秘的海边旅馆并入住之后，"我"遇见了举止奇异的其他各位房客，他们和"我"一样，也是为了前来寻找那"丢失了的一小片灵魂"。

很难用"连贯"这样的词来形容这则故事的情节。相反，从"我"所观察到的每一位古怪房客谜一般的言行来看，从作品超现实主义风格的叙事安排来看，它的情节链更多地像是零散的和拼缀的。这种并不遵从一般故事逻辑的非线性情节设计，使故事里与每一位房客相关的"谜面"变得更加扑朔迷离，也使故事越发显出一种真幻莫辨的幻魅气息。英诺森提细致而又华美的插图，将故事深深地浸没在这一迷离的情绪氛围中。在很长的一段叙述时间里，"我"对于丢失的想象力的追寻，看似成了故事唯一能够捉摸得到的线索。随着叙述的推进，"我"关于丢失想象力的焦虑一次次被外在人物、事件激起的好奇所淡化，又一次次被更强烈地唤醒，直到最后，"我"从——离去的房客们的故事中忽然顿悟，重新寻回了自己所丢失的那片灵魂。

但故事还有更潜藏于下的迷离的幻想和隐喻。它与作者有意编织而成并贯穿故事始终的互文因素有关。"我"在绝地大饭店所亲见的各样人、事与物，无不令读者感到隐约的熟悉。作者和绘者同时在文字和插画间埋下了或隐或显的暗示，如果我们读得够仔细，又有足够的前阅读知识，那么多少会很容易地揣摩到其中几位角色的互文内涵。比如，那位以海盗标记在旅馆的登记簿上签字，一门心思要挖到宝藏的独腿水手，很自然地让我们联想起西方儿童探险小说杰作、史蒂文森的《金银岛》中那位名叫西尔弗的反面角色；那位身裹素裙、不能行走，却能在月夜的海水里推波嬉戏、向我们露出她的剪尾的柔弱姑娘，显然与安徒生笔下那位命运凄美的人鱼姑娘有着很深的渊源。当然，这些埋在文字和画面里的痕迹，有的十分容易辨识，有的则显得隐晦不明。读过《小王子》的读者，或许会从故事里那位与飞机一道坠落在沙地上的飞行员身上隐约辨识出圣埃克苏佩里的影子；而那位住在高高的树上、探手往厨房窗口取食的绅士，对于知晓卡尔维诺的作品《树上的男爵》的读者来说，或许也不会显得太陌生。"线索是丰富的，一些很容易辨识（比如长腿西尔弗），另一些则即使是熟练的读者也无法一时猜透，他们的身份要到故事最后才揭晓。"（《出版人周刊》）有时，即使是作者自己，也难免"迷失"在自己所构筑的这个互文的网图中。比如故事中出现的那位神秘的高个子陌生人，按照文字作者路易斯在"后记"中对故事中所有出场人物的互文性所做的相应解释来看，既恍如美国西部小说家赞恩·格雷笔下的牛仔，又仿佛有着大仲马小说中同名主角的影子，其最终的身份，却仍然被界定为"名副其实的陌生人"。

可以说，这种肌理绵密、编织紧凑的互文手法，构成了这本图画书最大的一个艺术特色。它使得阅读的每一步都充满玄机，都引人遐思。对于文本每一片段所蕴藏着的互文内涵的解读，以一种近于斯芬克斯传说般的织（拆）谜乐趣，取代了线性叙事可能带来的阅读快感。同时，这种不时需要我们停顿下来揣测和回味的阅读方式，也构成了阅读时间的一种意味深长的滞留。整个阅读过程中，我们不得不与故事里这位丢失了想象力的艺术家一起，调动起全部的想象力，从现身在绝地大饭店的谜一般的人们身上，去解读它们的文本意涵，去思考其中可能与故事的情节、主题有关的各种所指。在文本之内，这样一个以想象力的外射来解读外在人事的过程，恰恰构成了"我"寻回自己的想象力的唯一途径；而在文本之外，当我们以自己的想象力遇见并理解了故事中的所有角色时，故事的阅读也变成了想象力的一次富于挑战的旅行。

然而，在这一复杂交织的文本网络里驰骋想象的同时，几乎每一位被卷入其中的读者都会忍不住询问：这样一则奇特的故事，到底要表达些什么意思？

对于所有的文学作品来说，这都是一个不容易回答的问题；对于《最后的胜地》来说尤其如此。读者很难为这部作品确定一个有意义的主旨。或者说，它的含义始终是模糊的、滑动的和无法指认的。从最显层的意义上来看，它是对于人类无羁的艺术想象力的一阕诗意的咏叹。故事的缘起和结尾都落在想象力的问题上，出没于其中的各个角色也无不与小说、诗歌、戏剧等与想象相关的人类艺术形式联系在一起。从现实生活出走的"我"与这些来自想象世界，或者致力于建构想象世界的角色的相遇，造成了想象力与现实生活之间的一种相互渗入和彼此建构。它让我们看到，想象力的存在如何诗意地观照和温暖着我们的现实生活。

但对于想象力的强调显然并非这部作品题旨的全部。如果说并非每一位人物的出场都与想象力必然相关，那么他们中的每一个，倒确实都在"寻找"着什么。可以说，"寻找"的意象构成了故事叙述过程中最引人注目的一个姿态。故事里一出出犹如发生在梦境中的理想的追寻，对于身陷俗世尘务已久的人们来说，是一种灵魂的清洗。它直接指向当代人日益枯干的生活状态和生存困境。理想、好奇心、想象力和执着的追寻，这些对于专注于当下利益的获得和累积的现代心灵来说正在变得日渐陌生的语词，正是滋润我们生命的最初和永恒的源泉。很多时候，我们不得不像故事中的这位主人公一样，去尝试寻回那远离了自我的迷失的心灵；而更多的时候，陷在节奏飞快的当代时空生活中的我们，把自我连同这种迷失，一起忘却了。跟随着故事里的主人公，我们或许也能够像他那样，幸运地找到那条"自我发现的道路"。

不过无论如何，我们总会发现，作品的一部分意义始终游离在确定的解析之外。这是一种特殊的哲学和玄思的气质，它不仅仅流露在故事的每一个角色和行动单元中，也隐藏在许多片段的语词间，比如作品叙述中不时出现的诗行。这些诗句往往既与上下语境有着显在的意义关联，又包含着更为丰富、深刻的关于生命、世界和存在的哲学思虑。与不断推动读者向前的情节叙述相比，它们却将读者挽留在这一段叙述时间里，反复品味和咏叹。这样一种阅读的状态，也可以看作是对于从容诗意、悠游不迫的人生状态的一种特别的隐喻。

正是作品在主题方面所具有的多重理解可能，以及上面所提到的互文的特征，使对于这部作品的理解变得有些复杂起来。自2002年这部作品出版以来，它在欧美地区的许多读者中深受好评，并以童书的身份获得了当年度《纽约时报》最佳图画书奖。然而，正是在"童书"的问题上，作品也引发了一些争论。由于故事涉及丰富的文学阅读知识，其主题又颇有些玄奥的气息，多少会对儿童的阅读产生影响。一些父母谈到自己在与年幼的孩子分享这本书时，由于孩子无法理解其中有趣的互文内容，也没有能力领会到作者语言方面的诙谐和修辞的妙趣，往往使共读因此无法继续。不少读者对此表示认同。他们在肯定这部作品在故事和插图方面的精致和丰富的同时，也指出，它其实是一本写给成人而非孩子的图画书。但也有读者认为，在成人称职的引导下，孩子也可以步入作品的故事和主题境界里，品味个中意涵。专为图书馆、书店和公众阅读提供图书出版讯息的美国公益网站"中西部书评"认为，在父母的帮助下，孩子能够理解这部作品中显得有些难度的主题。一位名为亚历克斯的读者也在他为这本书撰写的书评文字中认为，尽管这是一本对于孩子来说具有相当长度和理解难度的图画书，但阅读的坚持最终将换来丰硕的收获；同时，他还认为，让孩子们就着作品的插画来说故事，让他们自由发挥自己的想象力和灵感，并使之与作者和绘画者的想象相交和碰撞，或许是儿童阅读这部作品最好的入门方法，也是与作品精神十分相符的一种阅读方式。

或许，这部图画书也可以看作美国学者芭芭拉·沃尔提出的童书之"双重受述"现象的一个例子。在芭芭拉看来，儿童虚构文学作品的叙述—受述关系有三种可能的情况，一是以成人或儿童为单一叙述对象的单受述方式，二是在同一个文本中有时面向儿童、有时又面向成人叙述的双受述方式，三是以同一个文本同时面向成人和儿童进行叙述的双重受述方式。有趣的是，一个采用单受述方式的叙事文本，有可能因为各种原因吸收进新的读者，从而转化为双重受述的叙事文本；它可以是成人文学文本吸纳了儿童读者而成的，也可以是儿童文学文本吸纳了成人读者而成的。对于《最后的胜地》来说，这两者似乎兼而有之。一方面，它的悠远、丰富的主题，具有特殊复杂度的情节，富于诗意和隐喻内涵以及深厚的幽默感的语言，对许多成人读者构成了一种难以抗拒的阅读乐趣。另一方面，尽管对儿童读者来说，实现对于作品情节、主题以及语言的深入理解的确具有相当的挑战，但它的图文配合叙事的面貌，以及与占据了大部分纸页面积的插图相比显得相对较少的文字，仍然为孩子们的阅读进入提供了一种天然的吸引力。

当然，英诺森提的插画为这种解读的实现准备了十分重要的依托。这些插图带着童话般古老而又华美的质感，其中各色物件的线条、色彩和光影，无不显得精致非凡。尤其是几帧跨页的大幅插图，其笔触之细腻令人叹服，熟悉维多利亚时代童书插画的读者更可以从中发现这部作品与那个时代童书插图之间的多处有趣的互文细节。英诺森提的插图很讲究通过独特的视角选取和呈现，来表达某种特别的情绪氛围。例如"我"初到绝地大饭店时的那一帧没有任何文字配合的跨页大插图，既以海平面和水天相接线制造出开阔的平视效果，又借倾斜向上的路面和画面右侧主人公的目光，使我们也仿佛进入对于画面主建筑的好奇的仰望之中。这是一处什么样的所在？门廊下昏黄的灯光里，隐藏着什么样的秘密？它与"我"已经丢失的想象力，又有着怎样的关联？借助于这种伴随着未知感的仰视，我们与故事中的主人公一样，对接下去将会发生的一切充满了迷惘的好奇。而在接下去的一个页面上，"我"进入了饭店大厅，画面也随之转换了透视的角度。站在读者的视点上，画面变成了一种轻度的俯瞰。读者透过被放大了的窗格，往下看到"我"进门时的情景，这种俯视给予读者一种暂时超越了叙述者的优越感。但与此同时，作者又巧妙地借助窗格和墙体的遮拦，使与主人公视线相对的"我们"不能看尽故事里的"我"所看到的全部景象，故事的神秘感也因此再度氤氲开来。灯火明亮的屋内似乎比屋外的夜色，更有一种令人莫测的神秘。与此同时，那与禁锢意义相关的窗格的意象，也暗暗喻指着"我"失去想象力后的心理状态。作品中几乎每一个画面都有一些值得回味的细处，或者是意味深长的隐喻和暗示，或者是为画面增添趣味的小细节，又或者是幽默的逗趣。《纽约时报》发表的书评文字认为，"……很可以想见一个富于想象力的孩子会沉浸在英诺森提的极具内涵和趣味的插画中"。对孩子们来说，这些画面能够为故事阅读增添许许多多意外的惊喜和愉悦。且不论他们是否能够理解画面的全部内涵——许多成人读者也未必能够做到，这种画面进入本身就是一次十分有趣的阅读体验，在一定程度上，它们也是对于图画书阅读中读"图"能力的一种训练。

许多中国读者或许都熟悉由英诺森提插画的另一部知名的图画书《铁丝网上的小花》。与这部以第二次世界大战时期为背景的现实题材作品相比，精致、悠远、充满幽默感的《最后的胜地》，在插图上展示了画家英诺森提多样的创作风格。它也很好地配合了路易斯充满诗意的文字叙述。2003年，这部作品凭借它在文字和图画表现方面的双重成功，获得了波隆那青少年文学奖荣誉奖，并被译成近二十种文字出版。当然，对于它的读者们来说，吸引他们的绝不仅仅是来自某个奖项的光环，而是路易斯和英诺森提以笔墨共同铺就的那令人难以抗拒的心灵之旅。它导引我们在纷扰喧嚣的人世间，去不断探寻那片停驻着诗意的心灵故乡。

二、华彩丽章的生命诗篇

美国童书作家、插画家弗吉尼亚·李·伯顿最为人熟知的作品，是她出版于1939年的图画书《迈克和他的蒸汽铲车》以及为她赢得1943年凯迪克奖的《小房子》。她笔下那架可爱的蒸汽铲车玛丽，已经成为20世纪美国童年记忆的一个组成部分，而那幢充满清新、温暖的怀旧气息的小房子，则已经成为正在努力与现代技术文明相妥协和抗衡的当代美国文化的一个重要意象。而这两部作品活泼的用色、拟人化的主角、幸福圆满的结局以及怀旧的田园气息，也代表了伯顿图画书创作的一些主要特征。

与上面两个作品相比，不论在题材、立意还是总体风格上，《生命的故事》（二十一世纪出版社2010年出版）都可以说是伯顿为数不多的独立创作的图画书作品中十分特殊的一部。这部颇具史诗气魄的作品别出心裁地将地球迄今为止的地理与生命演化历史浓缩在一个五幕剧里，并以极为浅近而又大气的语言，以及宏阔华丽又充满迷人细节的画面，呈现了这一出对我们来说显得既遥远又切近的时空图景。

《生命的故事》封面

幕起时，从猩红的垂帘后徐徐向我们展露出来的幽邃太空中，盘旋着缀满星光的蓝色星云；红、黑、蓝三色之间构成了一种令人屏息的强烈对比，在这样鲜明而又沉着的对比中，静默的画面仿佛充满了宇宙运行的宏大声响。尽管从翻页的逻辑看，这幅右页面上的插画出现在文字之后，但它显然比左页面上的文字说明更早地攥住了我们的注意力，并促使我们在一种近于迫不及待的情绪中，回到左页面上去溯寻关于它的叙说——"很多很多亿年前，我们的太阳诞生了，它是我们银河系中的上千亿颗恒星之一"。在时间上显得格外遥远的"很多很多亿年前"和在空间上显得格外广袤的"上千亿颗"，把读者带进一片远古的时空中；但置放在"太阳"和"银河系"前的那两个亲切的"我们"，又使这片时空变得与我们的生命存在息息相关。伯顿十分巧妙地运用这种语言上的微妙技巧，创设出一种独特的叙述气势与情感氛围。而当我们把目光重新转向右面的这幅插图时，也会发现，通过那支呈对角线划过水平画面、指向太阳的光束，上述技巧同时在画里得到了呼应。从舞台出发射入太空的光束将幕前与幕后的世界连接在了一起，也将作为读者的我们与故事里的遥远时空连接在了一起；光束的斜线打破了环状星云所包含着的那份恒久的宁谧，暗示着叙述者的参与和历史叙说的开始。通过文字与画面的配合设计，作者在不知不觉地把我们推回那悠长绵远的时空隧道。

很显然，这一同时表现在文字和插画上的技法贯穿了整部作品的始终。它带领我们走过太阳和地球的诞生所准备下的生命的"序幕"，走过古生代、中生代、新生代的每一纪，一直走到作者创作这部作品的20世纪60年代，甚至更近的今天和未来。虽然与一般的图画书相比，《生命的故事》所包含的文字和插图已经显得有些密集，但与它所致力呈现的这段厚重的历史相比，它们又显得简约至极。伯顿在创作这部作品时，仍然牢牢秉持着她一贯的儿童读者意识，她所使用的文字语言和插画一道，努力以最能够被孩子接受的方式讲述着与"寒武纪""奥陶纪""岩浆岩""变质岩""无脊椎动物""脊椎动物"等各种与地质学、生物学、天文学术语有关的历史名词，随着时间的推进，插画的色调也从卷首的暗色走向卷末的亮黄，从历史的深沉转向活泼的希望，配合展现了叙述氛围的转变。一位母亲在亚马逊网站上留下了对于这部作品的嘉许，她特别提到书中尽管不乏宏大的科学术语，但自己一年级的女儿仍然读得有滋有味。

或许，这也与前面提到的作者所使用的叙述技巧十分相关。自始至终，伯顿都在文字和画面中不断地提醒着读者，这不仅仅是一个"我们"的故事，它也是关于"我"、关于我们每一个人的故事。正如《书鸟》杂志的评论所说："在宏伟的时间与创造之流中，伯顿女士也给予了每一个人那样一种身在其中的感觉。"

我们会发现，撇开时间的因素，故事叙述的聚焦一直在不断缩小，从宇宙、太阳、地球到作者所在的美国，以及她自己的家。故事的时空从历史转到"我"的现实生活后，其文字和画面的叙述格调再度恢复到了《小房子》的感觉上。跟随着作者抒情意味浓郁的文字，我们再次看到了那幢顶着烟囱、睁着两个眼睛似的方格窗户的熟悉的小房子，以及现实中伯顿所居住的那幢双层小楼。而房子周围的风光，恰恰是作者对于她已经在此生活了二十五年的那片被唤作弗利谷（Folly Cove）的土地的描绘，画面上有她的丈夫和孩子，他们所圈养的绵羊和她心爱的狗，她的花园和经常散步的树林，还有她自己。看得出，伯顿是把对于这个家、这片土地的爱意，全部倾注到了关于它的四季晨昏的描摹与表现中。一个从地球的全部历史起始的故事，最后落在了如此具体、真实、亲切的生活场景中，它所叙述的生命感觉，也因此变得那样踏实、朴素和细致起来。

就在这出五幕戏剧结束的地方，翻过去，一扇沐浴在日光里的敞开的窗户，一串连环绵延的时间之带，与作者的谢幕词一道，有如一个意外的请柬，邀我们携自己的经历，来为这段历史续写永无止息的"生命的故事"。这么一来，作品的叙述便不再是闭合的，而是向着无限的未来、无数的生活可能打开着。如果说关于弗利谷的这段叙述多少带着些特定的民族文化印痕与民族意识的限制，那么这最后的两页，则使故事的精神气魄重新回到了初始时的那份开阔的宇宙和人类情思中。

创作《生命的故事》耗费了伯顿整整八年的时间。八年间，她不断前往纽约的国家历史博物馆获取地理学、古生物学、古植物学和考古学方面的相关知识，为了方便工作，有时就入住在博物馆边上的一个小宾馆里。她戏称有那么一段时间，博物馆的工作人员每天早上雷打不动地看到她把车子停在台阶前，简直都看腻了。她以极大的耐性吸收和消化各种资料，并在插图上精益求精，在每一个细节上费尽力气，一门心思地朝着自己认为完美的目标前进。

她的努力没有白费。这本长达72页、包括35幅彩色大插图的作品出版后，受到了评论界的一致赞赏，波士顿科学博物馆为此还专门举办了一个庆祝会。哈佛大学知名地质学教授科特利·马瑟（Kirtley F. Mather）曾这样评价她："伯顿女士没有低估她心目中小读者们的理解能力与科学探索的欲望，她成功地将如此丰富而重要的地史事件和名目呈现给了他们，这实在是一桩值得庆贺的事。"

并不是所有人都知道，除了儿童图画书的创作以外，伯顿还是一位出色的艺术设计者。对许多人来说，伯顿在童书创作方面所获得的艺术成就和所做出的重要贡献，往往黯淡了她在另一领域所取得的成就的光芒。事实上，在弗利谷，伯顿还负责执教一个艺术设计班，并和这群年轻的学员们一起正式成立了名为"弗利谷设计者"的设计团体。不久之后，这个团体的成员就以他们富于创新性和高质量的设计作品，引起了国内乃至国际范围内人们的注意和称道。有人认为他们的设计代表了当时纺织设计界的一种新取向。我们也可以从伯顿许多部作品的绘图中看出鲜明的艺术设计的痕迹。在《生命的故事》中，每一幅插图都完美地诠释着艺术设计中的对称与均衡、节奏与韵律等模式化的构图理念；而那贯穿了《生命的故事》始终的、几乎已经成为伯顿插画标志的盘旋形与波形线条，那富于装饰画意味的景物呈现，那出现在目录页的透着维多利亚时代装饰风格的边框，都透露了作家本人的艺术设计背景。或许也是因为这个原因，伯顿的插画总是充满了格外精致的艺术细节。

尽管《生命的故事》是一部专为孩子创作的带有一定科普目的的图画书，但许多人认为，它也是一部适合各个年龄段读者的图画书。不论儿童还是成人读者，都会沉醉在伯顿为地球和人类生命的历史所绘出的这幅华丽、精细而又独特的画图中。作家在故事创作和绘画表现方面的才华，让《生命的故事》不仅是一部值得期待的知识启蒙作品，同时也是一部值得恒久收藏的美丽的生命诗篇。

三、关于爱的一种理解和承诺

《亲爱的小鱼》（河北教育出版社 2007 年出版）有一个很好听的书名和一

《亲爱的小鱼》封面

个十分别致的封面。封面的背景只是相接的水与天，全以不调匀的幽静的蓝，刷成深浅不一朦朦胧胧的一片；在这个背景上，衬了一枚静静的满月，和一个十分特别的吻。

这是一本十分适合在安静的晚上，爸爸妈妈和孩子一起分享的图画书。

这本书的作者兼绘者安德烈·德昂是知名的法国作家和插画家，其作品一向以故事情节、色彩、构图以及情境设计的独树一帜为人称道和赞叹。在《亲爱的小鱼》这本图画书中，他用开阔的双页单帧画面和朦胧变幻的大面积背景色彩铺绘，配以速写般简约的角色和场景勾勒，为我们讲述了一个单纯、快乐，又带有一丝说不出的感伤的故事："我"在鱼缸里养了一条小鱼；"我"用面包和吻向小鱼表达爱意，还会在小鱼长大的时候，忍痛把它送到开阔的水里；而当获得自由的小鱼在"我"的期盼中仍然游回到"我"的身边时，"我"也将因此得到最好的爱的回报。事实上，故事一开始，我们就已经从画面里"读"到，这位情意绵绵的"我"，原来是一只虎斑花纹的小猫。

对于这则故事的理解，有一点很重要。尽管"我"把小鱼出游和回来的场景描绘得具体而生动，但事实上，从"我"的叙述语态来判断，全部情节不过是"我"坐在鱼缸前想象的结果。从第一页到最末一页，现实时间几乎没有发生什么变化，小鱼仍然是鱼缸里的小鱼，不过"我"的思想却已经在很遥远的时间和空间里走了一圈。这样来看，整个故事其实全是"我"对于小鱼的爱的承诺与独白，而最后那个甜蜜特别的吻，既是一种爱的回报和证明，也表达了"我"对于爱的一种理解和希冀。爱是与自由相伴的；真正的爱是"我"愿意把自由送给所爱的小鱼，而小鱼也愿意在自由的选择中仍然回到"我"的身边。

然而当我把爱与自由一道送给小鱼时，"我"又是那么深切地盼望着来自它的自由的"爱"。作家有意设置的独白的叙述语气，给整个故事染上了一层说不出的感伤气氛。而当我们看到在夜的淡蓝和静谧中，"我"与"我"的帽子一道背对读者，面朝大海，孤独地等待着小鱼归来的画面时，我想每一个人都会被深深地感动，不管他（她）认同自己是故事中的"我"，还是那条被爱的小鱼。

熟悉德昂作品的读者自然会很容易地认出，这部作品的主角花斑猫也同样出现在了他的另外一部作品《猫与狗》中，而且也在那里认真地想象了一场与小狗的快乐嬉戏。当作者把原本对立的动物放在一起，用温馨别致的故事和画面来诠释爱与被爱这样的主题时，我们除了体会到作者的幽默之外，也会为展现于其中的明亮而温暖的和谐所感动吧。

每一本好书，总是可以有很多层面的理解和阐释，《亲爱的小鱼》也不例外。每一位大读者和小读者，都会有自己切身的体验和感受。不过，当我们把这本书推荐给爸爸妈妈和孩子们的时候，特别想再说一句：亲爱的父母们，爱小鱼，就请给小鱼自由；亲爱的小鱼，请在自由的时候，也仍然记得曾经予你自由的那一份最为宽广深切的爱。

四、住在平凡而珍贵的人间

韩国童书作家李惠兰的图画书《奶奶来了》（贵州人民出版社 2008 年出版）选取了一个十分朴素的家庭生活题材和一种完全日常化的讲述方式，来展开童年记忆中的一段生活故事。事实上，与其称它为故事，不如说它是一则生活化的散文。作品以一个不谙世事的小女孩的视角表现奶奶的到来带给全家的种种尴尬、麻烦和难堪。从情节的角度看，其叙事是散点和平面的，有时甚至是断片式的。但恰恰是在这种看似散漫的叙事之中，作品向我们传递着一种血脉相连的温暖、执着的亲情和植根于人性深处的无条件的责任感，并且表达了一种属于童年的刻骨铭心的成长经验。

或许，作家本人的创作说明对于这部作品的阅读显得尤为重要。这是一部作家以自己的童年经历为底本创作而成的图画书。作品中的奶奶罹患阿尔茨海默病，生活不能自理，意识也不甚清晰；尽管她早年并未尽到抚养"我"的父亲的义务，但故事中"我"的父亲和母亲仍然无怨地承担起了照顾奶奶的责任。作品的文字叙述部分所体现的完全是"我"的视角，它一方面真实地呈现了奶奶的到来所带来的各种"烦恼"，另一方面也流露出童年时代的"我"对奶奶的并无恶意的自然反感。这种源于童年的天真、幼稚和不明事理的"不接纳"态度，为作品画面叙事的展开提供了充分的铺垫和空间。应该说，《奶奶来了》典型地体现了图画书图文之间的补充和配合关系。我们看到，在双页铺开的大画面上，奶奶的各种令"我"不能容忍的行为与爸爸妈妈无言的包容和照料形成了画面内容与节奏上的鲜明对比。整部作品中，奶奶的声音始终是缺席的，她既不能思考，也没有能力言说，这就使得故事中的爸爸妈妈对于奶奶的照顾完全是单方向的，它不能得到来自奶奶的任何回应。而这也从另一个方面衬托出爸爸妈妈的善良及其毫无条件的责任感。作品临近结尾处，作家用沉默的画面来表现"我"对于爸爸的理解和最终对奶奶的接受，具有很强的情感张力。

我们同时也看到，作品并不回避生活的真实烦扰，它不美化生活。从故事开始的画面对比中就可以读出，对于奶奶的到来，爸爸妈妈的内心也并不平静。而在整个叙事进程中，这种复杂的感情也在作为读者的我们心里激起矛盾。在充溢着焦虑与无奈情绪的真实生活情态的描绘中，故事所展现的一种天然、朴素的善良和温情，尤其令我们感动。我想，这是一本需要我们用心去理解和体会的图画书。它的画面的连接与细节，它的文字叙事与画面叙事的对比配合，它的跳跃而又真实到近乎粗砺的生活场景描绘，以及这些场景中所蕴含的情感力量，都有着值得我们咀嚼和回味的空间。合上这部富有特殊情味的作品，我们会深切地感受到，一个家庭，乃至我们生存的这个世界，是怎样因为生活在其中的平凡的人们及其身上所保存的人性光辉，而变得温暖、珍贵和可爱起来的，而一段属于童年的记忆，又是如何因为这种光辉的照耀，而变得意味深长并令人感慨万千的；我们要祈祷，这种血脉相连的人性温情，能够永远住在平凡而珍贵的人间，住在我们每一个成年人和每一个孩子的心里。

五、我们生活和记忆中的树

有这样一本图画书，它用一种真挚、自然，又不乏优雅和诗意的笔调，表达了人类对于自然、对于树木的质朴情感和赞美。许多年过去了，当我们今天读到这本图画书时，我们依旧会被它天然的生态意识和动人的生命情怀所深深地打动。

这本图画书，就是由贾尼思·梅·伍德里编文，马可·塞蒙绘图的《树真好》（二十一世纪出版社 2009 年出版）。

从生命和生态演化史的角度来看，树木无疑是比人类更早来到这个世界上的一种生命样式。后来，树就成了这个星球上陪伴人类生活和情感的最天然、最生动、最坚韧、最美丽的生命样式之一。但是，也许是因为人类生活中树木的普通和无所不在，许多时候，树的亲切和围裹反而很容易使我们对它产生一种迟钝和麻木之感。我们忘记了，对于造物的赐予，我们应该倍加珍惜，并且，心怀感恩。

《树真好》封面

读《树真好》，我发现，在我生活和记忆中沉默已久的关于"树"的情感和体验，忽然间又被唤醒了。

《树真好》让我们重温生活中有关树的一切美好记忆和体验。"树真好。高高的大树遮住了天空"；"树长在河边，树长在山谷，树长在高高的山顶上"；"很多很多树在一起，就叫作大森林。树让一切都变得那么好"；"如果你只有一棵树，那也很好。因为，树上有好多树叶。整个夏天，都可以听到风吹树叶，沙沙地响"……作者特别用心地发掘了童年与树木之间的记忆和联系——"我们爬到树上，看各家的院子。我们坐在树杈上，静静地思考。我们还在树上，嬉笑玩耍，扮演海盗"……娓娓道来的散文化的讲述风格，令人在看似琐屑的欣赏过程中油然产生一种亲切而又温情的阅读体验。

《树真好》出版于 1956 年。对于文字作者贾尼思·梅·伍德里来说，这部作品是她创作出版的第一本书。1950 年，她从西北大学毕业以后，在芝加哥的一家托儿所工作。由于朝夕接触图画书和儿童，她深谙图画书的趣味和重要。伍德里的童年是在乡间度过的，很显然，《树真好》的故事中融入了作者童年时代关于树的深刻情感和记忆。而绘图作者马可·塞蒙早在 1939 年就出版了由他绘图的第一本童书。这位 1915 年出生于巴黎的童书画家，父亲是一位西班牙画家。在父亲的鼓励下，他从小就开始美术创作，而且一直把父亲视为自己最重要的老师。1935 年，他来到美国，定居于纽约，并决心终身从事美术创作。马可·塞蒙一生共为一百多种童书做过插图，而《树真好》是一部为他带来了重要声誉的图画书作品。

《树真好》别致的外观和开本令人玩味不已。它在外形设计上采用了 27.94 厘米 (11 英寸) 长、17.78 厘米 (7 英寸) 宽的长方形开本形式。垂直方向延伸和增长的页面设计，增强了树干和枝叶的挺拔、婀娜的视觉效果。画家采用了彩图和黑白画面交替呈现的方式，将现实的美丽与记忆中的生动融为一体。许多年后的今天，欣赏这部作品，我们会发现，它所体现的 20 世纪 50 年代的简朴画风，竟让我们产生了一缕挥之不去的怀旧情绪。

1957 年，《树真好》出版翌年一举夺得了凯迪克奖。《纽约时报》评论说：这是可以促使孩子们意识到日常世界之美的图书之一。《出版人周刊》也认为：这本获得凯迪克奖的图书，朴素而又优雅地讲述了一棵树所带给我们的许多快乐。

我最喜欢的是这本图画书的结尾部分：

一天又一天，一年又一年，眼看着小树越长越高。

你骄傲地告诉每一个人："那是我种的树。"

人人都想有棵树。

他们回到家中，每人种下一棵树。

是的，每人种下一棵树，就是种下生活的诗意，种下记忆的美丽。

六、爱的唤醒

这是一个关于音乐、关于爱音乐的马可的故事。故事中还有许许多多的其他角色，他们有的爱音乐，有的起先不爱音乐，后来也和马可一样，和马可的妈妈一样，都爱上了音乐，加入到演奏音乐的行列中。

故事简简单单，可是，读完这本《爱音乐的马可》（明天出版社 2009 年出版），我们会生出很多的联想和思考。

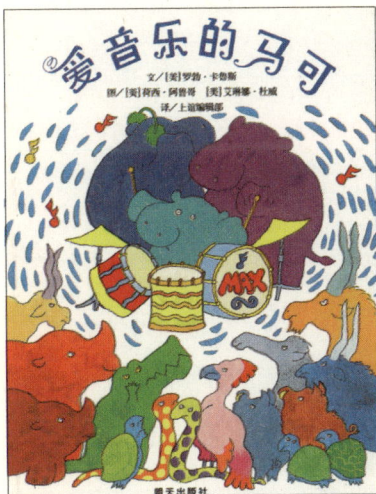

《爱音乐的马可》封面

音乐可以说是我们这个世界上最美妙的艺术门类之一。马

192　**193**

享受图画书
第三编
引进图画书鉴赏
第十一章
生命的诗意和爱

可很有音乐天分，也酷爱音乐，可是，他对音乐的热情最初并没有得到妈妈以外的其他人的认可和接受。我们看到，在第四、第五页和第十、第十一两个跨页中，马可一个人沉浸在自己的音乐世界中，这与第八、第九跨页中邻居们抱怨的表情和反应形成了一种对比。在这里，马可与周围的人们仿佛处在两个不同的、甚至是对立的世界里，而马可的音乐成了引发这种对立和冲突的导火索。

原因当然可能是多种多样的：

也许是马可的演奏还不够漂亮；

也许是爸爸和邻居们还不懂得音乐之美；

也许是他们之间的沟通还没有找对感觉……

看来，即使是美妙的音乐，它的美在天地间和人世间存在，也是需要一定的条件的。比如它的演奏和呈现应该是完美的；它的听众应该拥有一副音乐的耳朵；还有，它的美妙或许还需要恰当的时间、环境和心情来配合。

按理说，马可停止演奏和练习，应该是解决这种对立和冲突的最好办法。然而，当马可真的放下音乐的时候，爸爸和邻居们却渐渐有了一种强烈的不适应感。秋天到了，马可的爸爸抱怨说他"安静得快发疯了"；冬天到了，所有的邻居们都抱怨说他们也"安静得快疯掉啦"。也许，他们的内心本来就潜藏着对于音乐的热爱。春天来了，马可听到一只小小鸟的歌声，他的音乐心情突然就被打开了。

而人们对马可音乐的感觉也一下子被打开了。这一回，马可快乐地练习，尽情地演奏，他可再也没听见任何的抱怨声了。故事的最后，大家甚至全都加入到演奏音乐的行列中。

你看，还是音乐，把两个分离对立的世界统一在了一起，也重新把人们的心情、感觉和对音乐的热爱召集在了一起。

原因当然也可能是多种多样的：

也许万物鸣唱的春天本来就是音乐的季节；

也许马可的音乐演奏到了一个新的境界；

也许人们沉睡着的心情和音乐的感觉都被唤醒了……

这个故事的阅读魅力，也许正来自它开放的阅读和理解空间。

这部图画书的画面都是以无框、跨页的方式来呈现的。这种无拘无束的画面构图方式，与音乐自由、流动的艺术特质十分吻合，与故事所抒发的热烈、奔放的音乐感受也十分协调。此外，这部图画书在造型上的色彩运用也很巧妙，作者采用了线条勾勒填彩的方式，并以不同色块来表现人们或安宁、或热烈、或烦躁的音乐感受，画面既充满稚拙感，也很好地表达了故事的内涵和情味。

七、共有一个童年

近些年来，我对图画书及其美学特性，一直怀有一种探究和思考的兴趣——这个阶段，也恰好是引进图画书出版蔚为大观的时期。而我读得越多，有一个印象就越是强烈：这些来自不同国家、不同文化语境的图画书作品，似乎呈现了一种彼此相通的童年生活与情感体验——我愿意相信，这是一片属于我们所有人的关于童年生命的经验和美学。

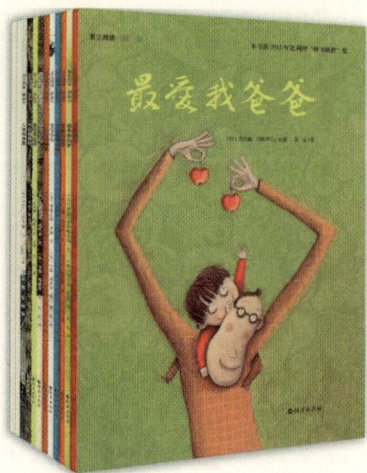

"爱之阅读"系列图画书

  海燕出版社近年引进出版的"爱之阅读"系列图画书，再一次确证了我的这个阅读印象。该系列的前两辑共 22 册图画书，均出自比利时作家和画家的手笔。在我们所熟悉的欧美图画书的分布版图上，比利时的图画书此前似乎还没有引起我们特别的重视。但是我相信，"爱之阅读"系列因此会是一个重要的起点。该系列已经面世的作品，向我们展示了这个以巧克力闻名世界的甜蜜国度在图画书领域所具有的才情和创造性。

  阅读这些图画书，我们可以感受到"童年"作为一个语词的魔力，它的那些永恒的思想和情感越过陆地与海洋的宽广和辽阔，在不同的文化语境里得到同样的响应和表达。童年时代，谁没有像学飞的鸽子泰勒马克一样，在少年的笨拙和懵懂中努力把握着属于自己的那一次飞翔（《不会滑翔的鸽子》）？谁又不是像男孩尼诺一样，在一个人的世界里为自己想象过"一条没有的小狗"，或是一只"从没见过"的小鹿，以及其他许许多多"从没存在过"的事物（《一条没有的小狗》）？我们或许也曾像《黑衣婆婆》里的那个小男孩一样，在童年过于丰富的想象力中塑造着与"黑衣婆婆"有关的各种神秘和恐惧，却发现有一天，所有黑色的猜想都在一个明亮而温暖的真相中烟消云散。或者，我们也曾像那只寻找愿望的老鼠一样，千万次地梦想着成为别人，最后却幸运地明白了"那我宁愿做一只老鼠"的道理（《老鼠找愿望》）。

这是一些在图画书的创作中得到反复诠释的童年情感和愿望，也是一些有着永恒魅力的童年话题。比如《不会滑翔的鸽子》里那只学飞的鸽子泰勒马克，在滑翔考试的慌乱中一头栽落在人类的餐桌上，却因此给同伴们带来了一顿美餐，进而也为鸽子世界发明了一种新的飞翔和觅食"招式"。泰勒马克出人意料地成了鸽子世界里的英雄，他不但获得了滑翔考试的证书、父母和老师的赞扬，还得到了漂亮的鸽子小多菲的青眼。从泰勒马克身上，我们仿佛看到了无数在现实中跌跌撞撞地行走着的孩子的身影；这样一次泰勒马克式的"飞翔"，或许也代表了所有孩子的成长梦想。

在"童年"的艺术情景里，"爱之阅读"系列图画书还围绕"爱"的主题，进行了充分的艺术表现。例如，对一切幼小的孩子来说，家庭都是他们生活的核心，因此，家庭生活也是这套系列作品表现的重心。克拉斯·冯布兰克的《最爱我爸爸》，大概会让我们想起安东尼·布朗的《我爸爸》。在孩子眼中，父亲力大无穷而又无所不能，他是我们童年世界的支撑点，他的身上有时带着暴风雨般可怕的严厉，但他心里永远有一个留给孩子的最温柔的角落。另一本图画书《每个女孩都是公主》，则让我们看到了爸爸对孩子的爱怎样化作日常生活中的教育智慧，让平凡的小姑娘玛丽拥有了公主般的骄傲和自信。

《玛拉和奶奶》《献给奶奶》等作品，是从不同的角度讲述祖孙亲情的图画书。当奶奶日渐老去，老得记不住很多事情，老得总是叫错东西的名字，老得大家都听不懂她说话时，只有孩子"能从奶奶的眼睛里读懂奶奶要说的话，然后讲给大家听"，也只有孩子相信，在老去的奶奶心里，还展开着一个属于她的美好的将来。

一个孩子成长的过程，也是他逐渐从父母的护翼下走出来，慢慢学会一个人走路的过程。总有一天，孩子会告别有着爸爸、妈妈和爸爸妈妈的爸爸、妈妈呵护的温暖家庭，走向自己的独立生活。图画书《最孤独的驴》和《一百万只蝴蝶》，是以童话的方式讲述这一共同的成长故事。小驴子巴尔塔扎从妈妈嘴里知道了"总有一天妈妈会离开"，但当这一天果真到来时，他独个儿晃悠着，天真地想把这"总有一天"赶紧消磨过去。就是在这个过程中，巴尔塔扎慢慢咀嚼着"总有一天"的意思，也慢慢学会了一个人"不慌不忙"地生活。在这个关于成长的童话里，死亡的话题以十分隐晦的方式得到了传达。这样，巴尔塔扎的"孤独"就不仅仅是一种独自离家的孤单，它蕴含了更为深层的存在的孤独感。正因为这样，孤独的巴尔塔扎"深吸一口气，继续往前走"的姿态，才代表了不同寻常的勇气。我想，那些成长中的孩子，也会从巴尔塔扎勇敢的行走中获得力量。

《一百万只蝴蝶》也是一个关于出走和成长的童话故事。斯塔贺在深夜看见过一百万只蝴蝶之后，莫名其妙地被父母推出家门，踏上了远行的征途。"他不知道自己为什么要出门，也不知道该去哪儿。"不过，蝴蝶为他指引着方向，直到有一天，他在一个小女孩的脑袋上看到了同样多的蝴蝶，并且和她走在了一起。这时候，他才突然明白"自己为什么要出门，要走这么远的路"。这本图画书的作者用寓言化的方式来书写成长的感觉，斯塔贺所感觉到的"一百万只蝴蝶"的颤动，其实是生命的另一段旅程对他的召唤，它把斯塔贺带离了父母的怀抱，去创造他自己的生活，组建他自己的家庭。如果你愿意，也可以说这本图画书涉及了"爱情"，不过那是以一种十分含蓄和朦胧的方式。

　　在这批来自比利时的图画书中，我想特别提到两部涉及童年独特的哲学和伦理思考的作品：《大象的难题》和《有时候我会脸红》。这是两部让我在阅读中有所震动的图画书作品，它们以充满诗意的方式，思考着一些我们每个人在日常生活中都会遭遇到的哲学和伦理问题。《大象的难题》是一部"爱"的哲学书，围绕着大象提出的"你怎么知道你爱上了一个人"的问题，各式的动物、植物、人，还有大海、云朵、太阳、星星等，一起来描述他们对"爱"的感受。在每一次描述里，"爱"这个字眼都变得更具体、更宽广、更丰满了，却也因此而变得更复杂、更丰富，更难以一言以蔽之。当所有人都沉醉于自己所描述的"爱"的感受中时，唯有那个行色匆匆"赶时间"的蚂蚁主持人，认为这些答案"全是胡扯"；她当然也是所有人中唯一没能体验到"爱"的感觉的那个角色。这一角色安排使图画书带上了一抹淡淡的讽刺色彩，但这讽刺不是出于嘲笑的目的，而是为了让读者明白，只有当我们懂得放下功利，以诗意的目光去看待和对待生活时，我们才有可能体味到那看似无用的"爱"带给我们的美妙回馈。

　　《有时候我会脸红》是幼儿图画书中不可多得的一部探讨童年伦理话题的文本。从"我突然发现都尔的脸不知道为什么红了"开始，都尔"脸红了"这样一个小小的表情，在孩子们嘲弄的目光下被渲染成了一件极其可笑的事情。尽管"都尔并没有做错什么"，但大家似乎被一种嘲笑的舆论不由自主地支配着，加入到了取笑都尔的队列中，它甚至演变成了对都尔的人身欺辱。"我"在这时感到了这一行为的不对劲，也很想帮助困境中的都尔。可"我"始终没有勇气站出来为他说话，即便是在老师前来问话的时候。《有时候我会脸红》真实地写出了一个孩子在这样的伦理困境中所体验到的某种带有自我拷问性质的思想争斗过程。"我要说点什么吗？""为什么是我呢？""要我一个人去面对整个班的同学？当然不了，我又没疯。"我们看到，这已经不只是童年的自我呓语了，它所指向的艰难的伦理抉择，也是大人在日常生活中经常面对的伦理难题。这本图画书最大的成功在于，当"我"最后做出"说实话"的选择时，"我"仍然是犹豫的，不坚定的，充满顾虑的。我在心里告诉自己，"我不想给自己找麻烦"，但"不知怎么却慢慢举起了手"。正是这个"不知怎么"的举动，把"我"从良知的煎熬中拯救了出来。这是一个充满勇气的举动，也是一个值得我们成年人回味和深思的举动——面对生活中同样的境况，我们会有勇气像故事里的这个孩子一样，为了心中的正义和良知而举起手来吗？

与那些重在表现童年日常生活体验的图画书相比，像《有时候我会脸红》这样的图画书，除了书写儿童的生活之外，更向儿童传递着一种重要的人文精神。这种精神不像个人的梦想、成长和爱那样直接关系到"我"的切身利益，但却以其对"我"之外的别人和别的价值的关注，诠释着比单个的"我"更广阔的"人"这个词语的意义。这样一种宽广的胸怀和精神，当然也应该成为我们共有的那个童年的一部分。

第十二章　生命的智慧和纯真

　　图画书的主要读者对象是儿童，尤其是年幼的孩子，因此，许多图画书作品都特别重视对童年纯真性情与天真稚趣的表现。但与此同时，在图画书的"稚气"里，也常常蕴藏着一份简单、朴素却又真挚、深刻的生命智慧。一本优秀的图画书，往往就包含了这样一份单纯的智慧。

一、旧外套的智慧

　　西姆斯·塔贝克的图画书《约瑟夫有件旧外套》（河北教育出版社 2008 年出版）是根据一首意第绪语（犹太语的一种）民谣改编演绎而成的。

《约瑟夫有件旧外套》封面

200 | 201

享受图画书
第三编
引进图画书鉴赏
第十二章
生命的智慧和纯真

民谣中常常保存着民间文化最日常，可能也是最重要的智慧和信念。而它的保存方式常常是这样的——简单的故事、素朴的情感、单纯而又坚定的信念、质朴而富有韵律感的语言，等等。于是，我们在欣赏《约瑟夫有件旧外套》时，也会时时感受到它的图文呈现过程中传递出来的民间叙事特质和文化意蕴。

　　它是智慧的。

　　约瑟夫有件小外套，已经很破旧了，于是，约瑟夫把外套改成了夹克，而故事也就由此变得一发而不可收。破旧的用品，在约瑟夫的生活灵感和智慧的引领下，总是能够"绝处逢生"，花样翻新。外套变成了夹克，夹克改成了背心，背心变作围巾，围巾裁为领带，领带做成手帕，手帕又变成一个扣子。最后，有一天，扣子不见了，于是，约瑟夫把这个故事做成了一本书。在这源源不断的情节变化过程中，我们看到了一种民间智慧的原型，它充满了异想天开的创造力，同时又朴实无华，仿佛天然地潜藏于我们每个人的心性之中。

　　它是乐观的。

　　最平常的生活中，我们也会时时遭遇各种悲苦或无奈，一件破旧的外套，可能就是这些遭遇当中最普通而常见的一种。然而，我们从约瑟夫的"剪裁"和应对之中，分明感受到了一种积极乐观的人生态度，感受到了在许多民间叙事作品中都能够触碰到的快乐天性。他穿着新夹克去市场，穿着新背心在侄子的婚礼上跳舞，披着新围巾在男生合唱团里唱歌，打着新领带去城里拜访妹妹一家人……整个故事也就平添了一份轻松和幽默，甚至是一缕隐隐约约的狂欢气息。

　　它是充满哲理的。

正像这本书的结尾告诉我们的，你可以把"没有"变成"有"，不断创造出新的东西。的确，我们也可以像约瑟夫那样，把"无用"变为"有用"，在"绝境"中找到"出路"。因此，这篇从一首民谣生发而来的故事，其实也是一则寓言，在看似简单浅显的叙事形态中，隐藏着人类最基本的生活信念和生存哲学。事实上，由单纯中传递丰富，在浅显里蕴含深刻，这也正是图画书乃至整个儿童文学最重要的艺术特质。

也许，那首关于小外套的意第绪语民谣，在西方已经成为一个人们熟知的故事原型和灵感来源。由此民谣演绎变化而来的作品，还有不少。仅在图画书领域，菲比·吉尔曼的《爷爷一定有办法》，就是我们熟知的一个同类故事。不过，西姆斯·塔贝克的《约瑟夫有件旧外套》与吉尔曼的作品在文学构思和图画书的呈现方式上，也有着诸多的不同和微妙的差异。因此，它们都有着情趣各异、不可替代的阅读价值。而这些不同的情趣和价值，都等待着我们去一一发现和品味。

二、送给童年的玩具船

2003 年美国金风筝童书奖插画奖获得者罗伦·朗从自己的童年阅读经验中受益良多。罗伦曾经为他童年时最喜欢的一则故事《小火车头做到了》配图，结果该书一路飙升至《纽约时报》畅销书榜首。这使他更加信任童年的感觉和经典的力量。2007 年，罗伦选择了与步入童书创作界不久的兰德尔·德·塞弗合作，为她的故事《玩具船去航行》绘制插图。该书随后获得了由美国童书销售商们投票决出的《出版人周刊》年度童书奖。

罗伦·朗选择《玩具船去航行》的理由之一，是他认为塞弗的这则故事拥有一种"永恒、经典的感觉"。故事的主角是一艘用罐头、软木塞、铅笔和白布做成的小玩具船，它与它的小男孩主人每天形影不离。不过，尽管玩具船也爱小男孩，它却同时向往着自由自在的生活。有一天，玩具船漂走了。第一次出远门的它不得不独自面对湖上狂暴的天气和不友善的同伴。当它最后通过考验，在一艘善良的渔船的帮助下学会航行时，它终于又回到了小男孩的身边。

这则故事涉及与童年有关的多个文学主题，包括依恋与自立、出走与回归、历练与成长，以及爱的矛盾和方式的探讨等。故事中玩具船与小男孩之间的关系很容易令我们联想到现实中的孩子与父母，我想许多孩子都能从玩具船身上体认到对于独立、出走和成长的渴望。故事结尾，爱的双方对"爱"的认识与理解都有了升华——小男孩懂得了该"不时放开"牵着玩具船的绳索，给它自由；而玩具船则清楚自己不管漂到哪儿，最后都会回到那牵系着它的"爱"的起点。从这个意义上说，《玩具船去航行》的故事为父母与孩子之间爱的交流和对话提供了一个富于寓言意味的文字空间，也使孩子和父母很容易进入其中的角色认同。

不过我以为这则故事的叙事最为特别的地方，在于它为儿童读者提供的双重角色认同可能。也就是说，孩子在阅读这本图画书时，可以同时进入小男孩和玩具船的角色扮演，真切地体会双方的情感。一般情况下，在故事起始处，幼儿读者会十分自然地将自己认同为故事中的小男孩；但随着情节的推进，这种角色认同会慢慢转移到玩具船上；在与玩具船一道经历冒险回来后，小男孩的角色重新成为孩子们可以选择的认同对象。这使得幼儿读者能够同时体味到故事中拥有爱的幸福与被爱的约束、逃逸的自由与失落的忧伤、冒险的快意与等待的焦虑，这就大大丰富了孩子在阅读过程中的情感体验，也可以帮助他们更好地理解现实生活中来自父母的关爱。

罗伦·朗的插画富于美国特色，有人评价其图画书插图的用色、塑形以及角色表现仿佛跟从着爵士乐的节律。在《玩具船去航行》中，画家用梦幻般的蓝色来表现水域的状态和气氛变换，以及作品主角玩具船的情感变化；双页单帧铺展的画面背景开阔、笔触精细、用色华美，令人颇觉震慑。罗伦喜欢一则故事为插图留下足够的发挥空间，而他的确用色彩和线条很好地诠释了塞弗的这则故事。

在作者兰德尔·德·塞弗的书桌上，就摆放着故事中的这艘玩具船，那是她和女儿波林娜共同的成果。而在画家罗伦·朗的心里，也清晰地保存着对于纸船游戏的童年记忆。是童年的魅力把两位作者一道带入了玩具船的故事中，而故事也将反过来滋润那孕育了它的永恒的童年。

三、傻鹅的故事

作为一位世界知名的图画书作家和插画家，罗杰·杜佛辛与图画书的结交却来得有些偶然。这位出生于瑞士的美裔艺术家曾一度在纺织品设计行业中努力开掘自己的未来。然而，美国 20 世纪 30 年代的经济萧条提前结束了这一行业的繁荣前景，杜佛辛所在的公司也因此面临破产和倒闭。说来有趣，是杜佛辛年幼的儿子启发了他：

儿子的涂鸦画作给了他不同寻常的灵感，促使他投入了图画书的写作和插画事业。在这个领域，杜佛辛的天分和创造力很快引起了公众的注意。他的说故事的才华和独特的画面语言，使他的图画书看上去十分与众不同，并为他赢得了 1948 年的美国凯迪克奖。他与妻子路易丝·法蒂奥合作的图画书《快乐狮子》是许多国家的读者熟悉和喜爱的作品。

杜佛辛一家都很喜欢动物。初入图画书领域的他带着全家移居到了离纽约城不远的一个农场，在那儿享受与各种动物相伴的乡间生活的乐趣。在他随后出版的一系列图画书中，我们看到了由河马、鳄鱼、母牛等各种动物主角和配角一起演出的一幕幕故事，当然还有傻鹅皮杜妮的系列故事。

1950 年，当杜佛辛第一次把他笔下的"皮杜妮"形象呈现给读者时，这只傻气可爱的小母鹅立即受到了孩子们的欢迎。《傻鹅皮杜妮》是这一系列中的第一则故事。故事中的皮杜妮偶尔得到一本书，顿时变得骄傲起来。不识字的她开始炫耀自己的知识"才华"，闹出了许多笑话，

《傻鹅皮杜妮》封面

最后在自己所导致的不幸中反思到："光把智慧夹在翅膀下，是不管用的，还得把书装进脑袋里才行。"

"皮杜妮"的故事并不以打动读者见长。她的闹剧情节夸张、动作感强，却并不在角色的情感细节上多加流连。不过这种鲜明的动感以及粗线条的角色塑造和情节描摹，却十分符合幼儿的文学接受特点。皮杜妮为其他动物的难题想出的荒唐点子，以及她那因为骄傲而越伸越长的脖子，能够不断地给年幼的读者带来语言和情节推进上的刺激，帮助他们在听故事的过程中集中精神。而故事主体所取用的反复结构，也能够使幼儿在熟悉的思维方式中，方便地接收故事信息。

杜佛辛也很擅长故事语言的炼制。如果你有机会读到皮杜妮这则故事的英语原文，一定会为其中节奏抑扬、朗朗上口的叙述语言所吸引。但我们似乎没有权利生硬地向中译本提出这样的要求。事实上，文学译本在转换过程中语言意趣的损失，也是读者在文学阅读过程中所不得不面对的一种遗憾。

相对于这则故事训诫味较重的情节设置，我个人更喜欢《傻鹅皮杜妮》中的插图。杜佛辛的钢笔画有一种特别的韵味，在线条的粗细和疏密变化间流动着朴素的生活情味。他所使用的色彩明亮而干净，近于简笔的画风在叙述故事的同时，也仍然留给读者很大的想象空间。全书的构图有节奏地变化，画面在错落中寻找平衡，呈现出一种活泼的气韵。杜佛辛使用线条和色彩的本领很受称道，在他的插图中，两者以一种既相互分离又彼此依存的方式，奇妙地结合在了一起。

皮杜妮的故事已经出版了近六十年，但直至今天，我们仍然能够在西方的经典童书架上找到它的重印本。一位美国读者在一篇书评中谈到自己从年幼时就记得皮杜妮的故事，几十年后，身为人母的她仍然为四岁的女儿选择了皮杜妮。而她发现，尽管书中的某些语言和概念超出了孩子的接受能力，但作家看似朴拙的插图却牢牢地吸引住了孩子。或许，这就是优秀图画书的魅力所在吧。

四、开启神奇的图画书创作之旅

1963 年，时年 27 岁的英国美术设计师约翰·伯宁罕尚不十分确定自己的艺术天分最终会将他带向何方；就在这一年，他的图画书处女作《宝儿》被伦敦乔纳森·凯普出版社相中出版，而此前，这家老牌的文学出版社尚未接收过任何图画书作品。同年，作为英国最高图画书奖项的凯特·格林威奖选择了《宝儿》，证明了出版社的眼光和这位艺术家的实力。从这一年开始，约翰·伯宁罕感到自己被推入了图画书的创作世界，他也因此寻找到了一生的艺术归宿。

作为伯宁罕创作的第一本图画书，《宝儿》陪伴了几代人的成长。故事中这只没有羽毛的大雁宝儿，很容易令我们联想到安徒生笔下的丑小鸭。不过，如果说安徒生的丑小鸭必须等待自我的转换才能获得幸福，那么伯宁罕笔下的宝儿则是在对于自我身份的坚持和执着中，赢得了命运的眷顾。没有羽毛的宝儿并不缺乏家庭的温暖，但她的与众不同还是令她离开了野鸭群。寒冷的季节，宝儿独自登上一艘海轮。她通过自己的努力，与船长、大副和大狗费乐结为朋友。最后，特别的她在皇家植物园里找到了自己的位置，成了一只快乐的"鸭子"。

坦率地说，这则故事的情节并没有十分扣人心弦的地方；从叙事的角度来看，似乎也没有太多的新意。但它清晰的故事结构、恬淡而温暖的情感氛围、传统的叙述风格，加上富于幻想色彩的伯宁罕特色的插图画面，的确使这本图画书成为一部特别适合幼儿的作品。据伯宁罕自己说，这只没有羽毛的大雁的故事在他胸中盘桓已久，这也奠定了其后伯宁罕所有图画书"故事成于先"的创作习惯。而他为这则故事绘制的插图，充分地诠释和丰富了故事中的每一个场景及其所散发出的情感气息。

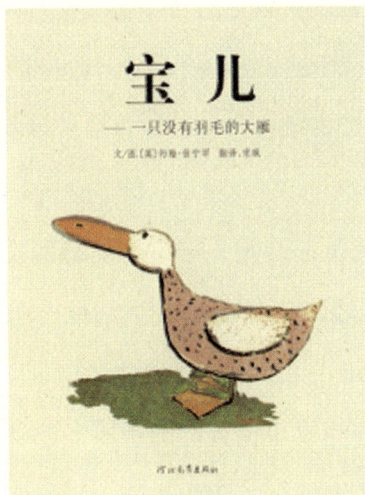

《宝儿》封面

伯宁罕认为"要成为一名成功的童书作家，就得实现与某一个年龄段孩子的相互沟通"，而他坦承自己创作时的心理年龄停留在五岁孩子的层面上。的确，伯宁罕那些奉献给低幼儿童的图画书作品总是特别能够亲近孩子们的心灵；而他的不因读者年龄的低幼而降低质量或内蕴的插图作品，也为他赢得了父母们的青睐。《宝儿》出版多年后，一位上了年纪的美国读者在一封题为《约翰·伯宁罕：我的故事》

的信中写道：三十多年前，他曾经与他的孩子们一道快乐地分享过这部作品；三十多年后，他特地来到伦敦的皇家植物园，亲身体验故事中的宝儿最后安居的这片天地。当这位美国读者靠近一片栖息着鸭子的湖边草坪时，他听见一旁参观的孩子们也在唤着"宝儿"的名字。我们发现，时隔三十多年，故事中的宝儿依然拥有它独特的魅力。

伯宁罕是一位在图画书的语言和插图方面都对自己要求颇严的作家。他的图画书故事特别注重语言方面的情趣，尤其是对低幼儿童来说显得十分重要的音韵趣味。有节奏的断句、句子内部和之间形成的押韵关系，以及某些英语口语特有的游戏性质，在他的许多作品中得到了充分的运用和发挥。《宝儿》也不例外。可惜的是，这种语言上特有的情趣，由于不同语言形态之间无法一一对应和转换，已经很难在中文译本中领略到了。

从《宝儿》到《和甘伯伯去游河》，约翰·伯宁罕先后两次获得凯特·格林威奖。此外，他还创作了《迟到大王》《莎莉，离水远一点》《外公》等优秀图画书作品。他与同样因其出色的童书插图获得两次凯特·格林威奖的妻子海伦·奥克森伯里共同组成了世界上为数不多的拥有四枚凯特·格林威奖章的家庭。而在《宝儿》的初版扉页上写着十分浪漫的一句题词：献给海伦。与众不同的宝儿让我们隐约看到了少年伯宁罕的影子，它神奇地开启了一位不断带给我们惊喜的优秀图画书作家的创作之旅，还有一份与图画书相伴的甜蜜爱情。

五、属于孩子的幻想人生

由英国图画书作家、插画家克莱茜达·考埃尔与尼尔·莱顿合作的图画书《艾美丽的小兔子》出版于 2006 年，并于当年摘获在英国出版界颇负盛名的"雀巢儿童图书奖"（Nestlé Children's Book Prize，该奖项设立于 1985 年，已于 2008 年正式宣布停奖）0~5 岁年龄段金奖。这则以小女孩艾美丽和她的玩具兔朋友斯坦利为主角的幻想故事，以其稚拙别致的插图、充满想象而又充分符合幼儿心理特征的情节设计以及独特的主题表达，受到了宝宝和父母们的特别青睐，也为他们的共读时间增添了许多乐趣。2007 年，颇受第一次合作鼓舞的两位作者再度合力推出了续作《艾美丽和小鬼怪》。

幼儿故事一向对复沓手法形成的节奏感情有独钟，这种节奏感在考埃尔与莱顿的这两部作品中得到了淋漓尽致的展示。在《艾美丽的小兔子》中，捣蛋的女王为了得到艾美丽的兔子，派侍从一次次打断艾美丽和斯坦利的游戏，并一次次开出更为优越的交换条件，却一次次遭到艾美丽的拒绝。艾美丽对斯坦利的感情也在这种反复中不断上升。最后，女王不得不派出"特种突击队"趁夜将斯坦利"偷"走。艾美丽毅然奔入王宫，向女王要回了她的斯坦利。不过离开王宫前，她告诉失落的女王，只要你爱你的玩具，"白天跟它一起玩，夜里跟它一起睡，把它抱抱紧"，就能真正拥有一个"属于自己的玩具"。按照她的建议，女王最后果然得到了属于自己的玩具。

在《艾美丽和小鬼怪》中，正准备入眠的艾美丽和斯坦利同样一次次被奇怪的声音吵醒；他们不得不一次次起来帮助睡不着的小怪物找到它的抱抱被、牛奶和药水。三次寻找就是三次想象力的游戏，而随着游戏从黑森林往北极再向着女巫地道的推进，故事的紧张感也在逐渐累积，它让我们对于故事情节接下去的转折充满期待。但考埃尔的情节设计还是令我们备感惊喜：原来怪物甚至不知道自己是一个怪物，它睡不着的各种嚷嚷只是因为它害怕黑暗里躲着什么"怪物"。这个转折构成了故事最大的创意和幽默感的来源。在这里，通常令睡不着的孩子感到害怕的"怪物"成了一个害怕怪物的孩子，孩子则反过来扮演着帮助和安慰怪物的角色。在和艾美丽一道经历了"可怕"的冒险，又与故事中可爱的怪物结为朋友后，我想每个孩子都会欣然接受故事里和故事外的那声"晚安"吧。

关于小女孩艾美丽的这两则故事充分利用了将幻想与现实自然交融的幼儿思维特点。艾美丽与斯坦利在太空、沙漠、海底和热带雨林的冒险分明是典型的儿童家庭游戏，作家却有意不去点破它们的虚幻性，而是通过插图上那扇看似可有可无，却从不缺席的普通房门，暗示着幻想世界与现实世界的连接。而在艾美丽与小怪物的故事里，有关幻想世界的暗示更是被完全隐去，睡前的幻想游戏成了现实生活的一个自然组成部分。这样的处理使故事本身拥有了一种对年幼的孩子来说既充分舒展而又恰如其分的狂野和夸张。

作品的插图作者尼尔·莱顿是一位年轻而富于创造力的插画家，他特别擅长使用各种色彩、实物甚至电子媒介来传达他所要表现的内容、情感、氛围，以使插画显得既新颖又自然。在艾美丽的故事里，莱顿用他特有的稚拙笔法来表现故事中孩子的幻想生活，同时也赋予幻想世界以一定的纵深感。他对于色彩纯度、冷暖、明暗和留白的自如调配，生动地传达出了故事情节的推进节奏以及氛围的变化。莱顿的插画风格朴拙而幽默，令人印象深刻。

"艾美丽系列故事"的两位作者各自都是能文字亦能插图的图画书作家，他们坦称，这次文图合作带来的灵感激发，使这两部作品的创作过程充满了意外的惊喜。

六、童话里的"后现代"游戏

《童话里的爱丽丝》（安徽少年儿童出版社2014年版）是罗大里以爱丽丝为主角的一系列儿童故事中的一则。故事里的爱丽丝总是糊里糊涂地撞进各种稀奇古怪的场所。这一次，作家让她掉进了一本童话书里。

在一个无聊的下雨天，爱丽丝没法去外面玩，只好从书架上抽出一本童话书来看。就这样，她先后掉进了《睡美人》《小红帽》《穿靴子的猫》的世界里，搅乱了里面的故事逻辑，最后，穿靴子的猫把她给赶了出来。

这是一个富于后现代意味的童话故事，它至少运用了三种典型的后现代文学手法：戏仿、拼贴和元叙事。所谓"戏仿"，是指作家在写作中对一些人们耳熟能详的作品展开游戏性的仿写和改写。我们可以发现，《童话里的爱丽丝》戏仿了《睡美人》《小红帽》《穿靴子的猫》三则传统童话，由于爱丽丝的到来，这些童话原来的情节发生了改变。睡美人没有等来王子，却等来了不小心跌进故事里的爱丽丝，这令她失望至极；大野狼也没有等到小红帽，而是等来了从睡

212 | 213

212 | 213

享受图画书
第三编
引进图画书鉴赏
第十二章
生命的智慧和纯真

《童话里的爱丽丝》封面

美人的故事里掉出来的爱丽丝，它改变了主意，打算先吃掉这个新来的小姑娘；穿靴子的猫要求爱丽丝帮它圆谎，在遭到拒绝后，它直接把搅局的爱丽丝拎出了童话世界。

除了这三则传统童话，这部作品还包含了另一个隐含的戏仿对象，那就是英国作家刘易斯·卡罗尔的《爱丽丝漫游奇境记》。在卡罗尔笔下，爱丽丝是在无聊中掉进了一个兔子洞；而到了罗大里这里，她则是在无聊中掉进了一本童话书里。这两个爱丽丝之间的关系，显然不只是重名那么简单。

一个作品中把若干不同的童话故事片段拼合在一起，这是一种"拼贴"的文学手法。而发生在穿靴子的猫和爱丽丝之间的对话，则带有典型的"元叙事"意味——这是一种作者在写作过程中有意透露故事的人为性和虚假性的手法。当童话里的爱丽丝表示"不能说谎"时，穿靴子的猫强调的是"童话里可以说谎"，这就是一个典型的"元叙事"表达。

通过戏仿、拼贴和元叙事三种手法的运用，作家赋予了笔下的这个童话故事以特别的情味，既带着传统童话的某些古老的故事韵味，又在对这些故事的游戏性模仿、改写和调侃中，创造出新的故事趣味——它也是当代故事特有的一种趣味。

借助于戏仿、拼贴和元叙事的手法，儿童故事可以达成一些新的表现目的，比如对于特定意识形态观念的讽刺乃至颠覆等。不过我认为，在爱丽丝的这个故事里，罗大里之所以调用这些手法，主要是为了好玩。我们看到，当作为故事主角的爱丽丝走进童话故事里去时，作品就有了两重故事的层次。在第一重故事里，爱丽丝是她自己故事的主角；在第二重故事里，她成了童话故事里意外的造访者。这样一个故事套故事的结构，本身就是一个有趣的文本游戏。再加上爱丽丝掉入童话故事之后给故事进程带去的各式好笑的麻烦，更进一步加重了作品的游戏意味。作家以这样的方式让我们看到，其实故事本身就是一个游戏，而且，这个游戏可以有很多种玩法。罗大里本人无疑是玩故事游戏的高手。他的许多儿童文学作品，从各个方面挑战着儿童故事可能的游戏想象力。《童话里的爱丽丝》也是如此。

年轻的意大利插画家安娜·劳拉·坎多内为这则故事所绘的插图，以其古灵精怪的画面创意诠释和渲染着罗大里这则童话的游戏情味：画面上那一队跟随着爱丽丝从现实跳到童话故事，又从童话故事跳回到现实生活中的乌鸦，常常在画面一角做着某个令人忍俊不禁的动作；还有立在爱丽丝窗外的树木，不知不觉就变成了睡美人沉睡着的森林；再看看穿靴子的猫揪起爱丽丝的辫子把她拎出故事时那副不屑的表情——这真是一种典型罗大里式的插画风格。

回到现实中的爱丽丝刚好等到雨停，"她可以去院子里玩

214 | 215

享受图画书
第三编
引进图画书鉴赏
第十二章
生命的智慧和纯真

了"，一切看上去和原来没什么两样。那么，刚刚的这些经历，到底是爱丽丝想象中的游戏，还是真的在她身上发生过的故事呢？你注意到了吗，罗大里又把我们悄悄带到了对卡罗尔那个著名的爱丽丝奇遇故事的"戏仿"里。我们不禁要揣测：他的这个故事，是不是也在向卡罗尔这位儿童游戏文学的英国先驱致意呢？

七、木鱼声里的生活禅意

韩国韩胜源编文、金成姬绘图的《神奇的木鱼声》（中国少年儿童新闻出版总社 2014 年出版），讲述了一则富于禅意的故事。一个既耳聋又不识字的老和尚，在日复一日的耐心雕琢中，慢慢地做着他心中的木鱼。他听不见木鱼声，但他做的木鱼却敲出了庙里最美妙的声音；他不懂得经书里的字，但他的木鱼声却给人们带去了经书上的宁静和喜悦。老和尚从

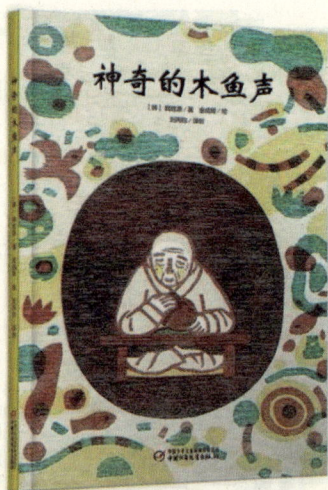

《神奇的木鱼声》封面

没有听到过寺庙里讲经的声音，也从没读过经书上的文字，可他专心、沉默地做木鱼的身影，却比可听的木鱼和可见的经书更生动、真实地传递着佛的真意。这或许也正是为什么他做的木鱼拥有能够使坏人"改邪归正"、使烦恼者"心生愉悦"的神奇效应的原因。

木鱼的故事说的不只是佛事，也是生活的禅意。很多时候，我们切切实实的所听、所见，并不一定揭示了生活的真实内涵。相反，我们需要穿越这些"听"与"看"的虚像，去发现真正可以让我们的灵魂栖息的生活；正如故事里既听不见也看不懂经文的老和尚，反而在无声的专注中实践着最纯粹的佛意。因此，对于生活的真正领会和品悟是在内心，在我们心无旁骛地投入一种全身心认同的生活意义的时刻。这种专注不受世事功利的干扰，而只遵从我们内心深处坚定、从容的那个声音。

绘者用带有木头质感和木印风格的朴拙画风来表现关于老和尚和他的木鱼的这个故事。那种属于寻常人家的木质木色，给这个发生在寺庙的故事增添了一种温暖的日常生活感觉。而出现在画面上的那个常常带着好奇的姿势和神情陪伴着老和尚的小和尚，则为这个富于深意的故事增添了一份天真的童趣。

八、和世界在一起

法国当代认知类儿童图画书的创作有着令人称道的艺术传统。近二十年来，从这里走出了一批知名的儿童认知图画书作家和插画家，并出版了"第一次发现"等一系列世界性的经典认知图画书作品。由于认知类图画书的艺术展开在很大程度上受到特定知识教育目的的限制，因此，法国当代认知图画书在故事创意、插画艺术和人文情怀等方面所达到的艺术水准，在同类作品中显得格外引人注目。

由法国童书作家埃里克·马蒂维德编文，尼尔斯·巴里埃、皮尔里斯·奥郎插图的"动物变形记"系列，显然也是这一传统的成员之一。该系列包括《有爪子的鱼》等六个故事，分别以青蛙、蚂蚁、蜻蜓、蝉、蛆虫和猫头鹰六种生物的生长变化过程为主要的知识介绍对象。像大多数认知类图画书一样，作者试图以小童话的方式来讲授特定的科普知识。比如，从蝌蚪到青蛙的变化过程，是通过一只名叫"大头"的蝌蚪的成长史加以呈现的；同样，从蝉卵到蝉的蜕变过程，也是以一只雄性"知了宝宝"的成长故事为呈现介质的。这样，六则故事所涉及的每一个物类的相关知识，都落实在了一些具体的生命对象之上，作者与绘

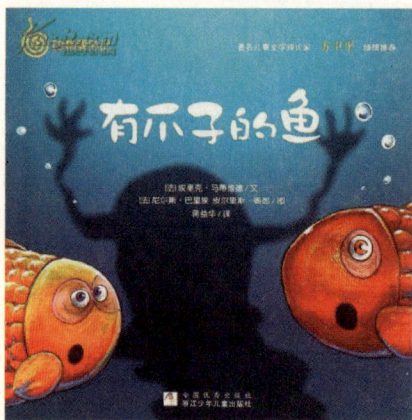

《有爪子的鱼》封面

者也得以就故事情节展开尽可能丰富的艺术想象。"有爪子的鱼""池塘里的怪物""村庄里的幽灵"，诸如此类的题目带有一般知识童话中罕见的悬疑效果，而作者也在有限的创造空间内极尽故事讲述的曲折透

迤，将一些普通的动物常识巧妙地转化为生发情节的趣味或悬念。

当然，考虑到最终的那个认知教育目的，这些故事的情节安排在总体上仍然显得相对简单和直截。为了帮助孩子顺利掌握其中的认知内容，在每个故事的结尾处，作者还附上了一张形象的知识提炼图，以此作为一种知识的总结和温习。不过即便在这些艺术上最难以出彩的地方，作家也别出心裁地为它添上了一份法国式的幽默。你注意到了吗，那位一脸严肃地站在黑板前讲授蚂蚁知识的"老师"，正是曾经作为蚂蚁的天敌出现在故事中的啄木鸟；那位身披白褂指点着蝉的知识的蜥蜴"教授"，也正是在故事起始处现身过的蝉的天敌；而在总结猫头鹰的成长史时，作者则把知识介绍的任务分派给了处在猫头鹰食物链下一环的老鼠。这么一来，原本平白的知识讲授变得充满了幽默、可爱的游戏情味；至于这些相互为敌的生物为什么会成为彼此物种知识的"启蒙者"，则成了留给读者自己去想象的另一些可能的"故事"。

除了借助故事展开的对于特定动物知识的形象解释之外，在这套被命名为"动物变形记"的系列图画书中，也洋溢着一份蓬勃的自然生命的气息。它包含在作者对于这样一些特殊的生命瞬间的描绘中：蚂蚁公主怀着对陌生世界的渴望与不安从蚁穴振翅起飞的刹那，幼蝉带着对外面世界的向往终于从黑暗中破土而出的瞬间，水虿从湖底艰难地挣扎上湖面蜕蛹成为蜻蜓的那一刻，甚至蛆虫拖着它们长长的尾巴在臭水潭里嬉闹快活的时候……我们看到的是，在同一个世界里，不同的生命各自取用着属于它们的空气、食物和养分，也一起承担着与生命相伴随的各种欢愉与恐惧、快意与艰辛。在这里，细小如蚂蚁、卑微如蛆虫，也自有它独特的生命轨迹和自足的生命意义。

正因为这样，除了对生命自身的肯定态度之外，图画书的作者们努力不让来自人世的其他功利价值标准干扰故事场景的呈现。有的时候，当他们将人的世界与动物的世界进行有意的并置时，其目的也不在于突显人的重要性，而恰恰是提醒我们，世界是丰富多彩的，但与此同时，它的丰富不只属于人类，也属于存活其中的其他的生命。

关于这一点的认识让我们看到，尽管认知类图画书通常以面向低龄儿童的知识启蒙为最主要的目的，然而，任何优秀的认知图画书都不会仅仅停留在一种单纯功利性的知识传授层面上。相反地，作为幼儿认识世界的一种途径，认知图画书的职责不仅是帮助孩子熟悉他们生活的这个世界，也是为了在他们内心深处唤起一份对个中万千生命的理解、尊重与关怀的情愫。因之而生的对于世界的那样一份自然的虔敬感，将会在这些孩子的生命中留下一个美好而又持久的精神印迹。

我希望，摆在读者面前的这套来自法国的"动物变形记"，也能够为中国的孩子提供这样一种生命认识与关怀的启蒙。

九、雅诺什：一个有思想的名字

作为德国当代知名的童书作家和插画家，雅诺什说他自己是无意中闯入了儿童图书的创作世界，不过熟悉他作品的读者们大概都会觉得，这是一次多么有意义和有价值的"闯入"。很多时候，雅诺什的童书所呈现的不只是一般意义上的童年生活感觉和趣味，更包含了对世界、生命、语言乃至一切存在的意义的自觉探寻。这些作品将一种日耳曼式的哲思传统融入童话故事的艺术中，从而赋予其故事以独特的思想风味。这样一份思想的容量，让雅诺什笔下许多故事的光芒，远远地照到了我们的社会、文化以及我们自己灵魂的某个深处。

比如他的作品《流氓》，读来颇有乔治·奥威尔笔下《动物庄园》的寓言意味。在由一只小公鸡、一只小母鸡、一头肥猪和一群摩托公牛共同制造的"流氓"事件中，作者有意要人们思考，谁是我们文化中最大的"流氓"，又是什么导致了这些流氓的恣意横行，以及我们该如何有效地抵制和修正文化自身所内含的流氓机制。雅诺什笔下自下而上的"流氓"文化，是我们生活于其中的社会的某种寓言式写照，

《流氓》封面

这个作品也因此包含了显而易见的社会批判内涵。在这一点上，我们或许会说，雅诺什的这类作品，很有些思想大于故事的味道。但毫无疑问，有益的思想本身正是童年时代不可或缺的一种营养。同样，借故事的方式向孩子传递人类思想的能量，也是我们可以为童年所做的一件充满意义的事情。

我们可以从这些故事以童话的方式所传达的文化期望里，读出作者雅诺什对童年、对未来所怀有的期望。《流氓》中，在统治性的流氓体制下默默从事着修补和拯救工作的青蛙们，代表了改善世界、改善社会的一种方向与可能。雅诺什希望这是一种真正意义上的文化"改善"，它是以"温文尔雅的举止和友好的方式"，或者说，以温和而强大的智慧和行动的力量，有力地参与改造我们的生活。显然，这种期望的表达方式本身充满了乌托邦色彩，但谁能说乌托邦精神不是童年最需要的一种养分呢？读一读《埃米尔和它的伙伴们》，绿熊埃米尔和朋友们为了拯救被污染的水源而四处奔走并最终找到解决途径的童话，无疑使上述印象得到了进一步的加强。让人类在现实生活的惩罚和动物朋友的教导下，一致认识到"洁净的水"对于世界的重要性以及如何避免以人的方式危害水源。这当然是一种童话式的理想主义，但也正是这种理想主义的精神体现了童话写作在今天的意义——或许，没有一种手法像童话的自由幻想这样适宜于表现这种理想主义。如果说今天的现实童年格外需要这类积极的精神力量，那么雅诺什的作品所提供的，正是这样一种向上的精神动力。

　　这种指向社会和文化的反思精神与行动理想，在《老头儿和熊》的故事里，转向了我们自己的内心。一个老头儿和一头熊，在他们各自最虚弱的时候，为了一只小红雀鼓起力气，去寻找食物。当老头儿带着小红雀找到熊窝，他从熊这里得到了给小红雀的水和食物。然而，当熊带着小红雀来到人的教堂，却没有得到任何眷顾。教堂执事驱赶它们，从教堂里走出来的父母拿"明天喂它也不晚"这样的话搪塞孩子。第二天，就像老头儿在熊窝里去世一样，熊和小红雀在教堂门口死去了，他们一起去了天堂，一个"到处是星星"的"明亮的地方"——在雅诺什的画笔下，这个场景曾在熊窝里出现过，但人间却找不到这样的所在。我们会注意到，故事里，老头儿、熊、小红雀和其他动物的出现，始终是在一个童话的语境里，而包括捕鸟人在内的其他人，则生活在远离童话的功利生活中，他们甚至不愿意在圣诞节的教堂门口相信一个童话的存在。这究竟是谁的悲剧？阅读这个故事，我们感到了一种弥漫的忧伤，它是为老头儿、熊和小红雀的不幸命运，也是为每一个在自私的生活中告别了童话的灵魂。

　　不过，在雅诺什的童书里，这样的忧伤并不多见。相比于那些令人悲伤的故事，他更钟情于喜剧。在《强盗和街头艺人》中，他虚构了"强盗"皮斯图卡的喜剧故事。为了重新得到人们的关注，孤独的扫帚匠皮斯图卡迫切地想要成为一个强盗，但他追寻这一愿望的过程只是将他自己一次又一次地推入了被人欺辱的境地。最后，皮斯图卡在森林里被假扮街头艺人的强盗施威克抢光衣物，继而不得不穿起施威克丢下的衣服，这么一来，强盗施威克成了皮斯图卡，皮斯图卡则成了街头艺人——随着为非作歹的施威克被屡屡认作皮斯图卡，皮斯图卡终于意外地如愿以偿，使自己成为一个赫赫有名的大盗。他拉着手风琴，唱着有关强盗皮斯图卡的可怕故事，满足地当着一个街头艺人。雅诺什用这么一则故事，玩了一个有趣的概念游戏：皮斯图卡实现了他的愿望，他出名了；但也只是"出名"而已，除了名字，那个大盗皮斯图卡与他有关系吗？但不管怎么样，他拥有了一个能令首相"吓得钻到椅子底下"的名字，这不正是皮斯图卡最初想要的吗？

　　在雅诺什式的夸张中，我们也看到了喜剧特有的幽默的调侃和机智的讽刺。讲到乌鸦国王报复三个强盗的故事（《三个强盗和乌鸦国王》），作者这样调侃道："强盗们只有在成群结队的时候才会有勇气。"显然，这调侃里包含了深刻的社会讽刺。类似的细节不但藏在雅诺什的文字里，也藏在他的插图里。比如，在皮斯图卡的故事里，当你读到警长波贝克在出发抓捕大盗桑西时如何"不起眼地走在他的手下中间"，"谁要是不认识他的话，肯定不会看出来，他就是警长"，却从画面上的一列警队中一眼就认出他肥胖的身躯时，肯定会忍不住会意地笑起来；而当你进一步读到抓捕任务凯旋时，警长如何"骑着高头大马，走在队伍最前面"（画面中，警长骑的真是"高头大马"吗？），你会为自己的猜想得到印证而感到一种与作者共享秘密的快感。类似的文图双关和讽刺，是雅诺什童书的一大标志，也是他的童书带给我们的阅读快乐之一。毫无疑问，它们也是思想的另一种表现形式。

　　雅诺什是这位作家和插画家的笔名，他的原名叫豪赫斯特·艾凯尔特（Horst Eckert），雅诺什是他第一次从事童书创作时所采用的名字。我们应该记住，在童书界，这是一个有思想的名字。

第十三章 "风车之国"的图画书美学

荷兰图画书吸收了欧洲图画书悠久的艺术传统，也吸收了荷兰风车、草场和大片郁金香的独特气息，它拥有一大批既富于艺术经典感、又独具文化特色的作品，其近年出版的许多当代图画书，在总体艺术上达到了令人赞叹的地步。与近二十多年来被频繁引介入国内的大量美国、英国和德国图画书相比，国内读者对于荷兰图画书艺术的了解还显得很不充分。本章将通过对十本荷兰优秀图画书的艺术解读，来尝试呈现荷兰图画书的艺术面貌。我相信，对于正处于迅速的艺术吸收状态的原创图画书来说，这份来自"风车之国"的图画书美学能够为我们提供一次富于价值的艺术学习和借鉴的机会。

一、越过图画书叙事的边界

作为闻名遐迩的图画书创作搭档，德裔荷兰儿童文学作家、插画家迪特尔·舒伯特与妻子英格里德·舒伯特对动物世界似乎情有独钟。从创作于 20 世纪 90 年代的《不可思议的动物》《我的猴子在哪里？》到近年出版的《就像人一样》等作品，舒伯特夫妇用明净柔和的水彩颜色和无数充满情味的画面细节，为读者奉上了一系列奇妙的动物童话与动物知识故事。而在所有这些作品中，陆续出版于世纪之交的《一只漏洞的水桶》《谁都有地方坐》《海狸的巢儿》《大熊捡的蛋》构成了一个尤为引人注目的动物故事合辑。该系列中生趣无限的自然场景、敦厚可爱的动物形象与幽默温馨的故事情节，赋予了这四本图画书以某种田园诗般活泼清丽的气息；而它们围绕着图画书丰富的叙事可能所展开的充满创造性的艺术探索，则使我们再次领略到了图画书叙事的独特魅力。

在基本的情节框架层面上，《一只漏洞的水桶》等四本图画书讲述了四个短小的动物童话，其叙事焦点分别集中在大熊、刺猬和海狸三个主角身上。这三个角色的行动在推进故事展开的同时，总是不断地引发各种充满戏剧性的"意外"：为了帮助大熊修好漏洞的水桶，刺猬想出了一个又一个点子，但这些点子只是一再推迟了目标的实现；同样，为了给受伤的海狸一个惊喜，大熊和刺猬费力帮他搭起一个巢，却忘了给巢留出一扇门。当然，作家最后总能让每一个充满紧张感的悬念出其不意地化解在自然而然的喜剧性转折中。在《一只漏洞的水桶》的故事

《一只漏洞的水桶》封面

里，一场突如其来的大雨化解了大熊的难题；而在海狸搭巢的故事中，作者则让海狸用牙齿解决了门的问题。这样，故事在峰回路转中重新回到了叙事的坦途，也把读者带回到了情感的平衡中。

然而，如果我们仅仅以这样的方式阅读这些故事，我们所得到的或许只是四个看上去似乎不错但也并不显得多么特别的动物童话。我想，许多读者大概不会认为《大熊捡的蛋》中一头大熊孵化三个野鹅蛋的故事包含着多么不同寻常的故事创意。事实上，要真正理解并领会这四本图画书最为不同寻常的艺术创意，我们需要从作品显在的故事层面深潜下去，去发现那些暗藏在文字与图画间的许多意味深长的叙事的褶皱——在作品中，正是这些褶皱的起伏交叠使一则儿童图画故事的简白空间变得曲折、丰富和立体起来。

舒伯特夫妇的这四本图画书充分利用了图画叙事的多重表现力来拓展故事本身的内容空间。它首先表现为画面叙事对于故事主情节的丰富与补充。例如，在《一只漏洞的水桶》中，尽管下雨的场景一直要到

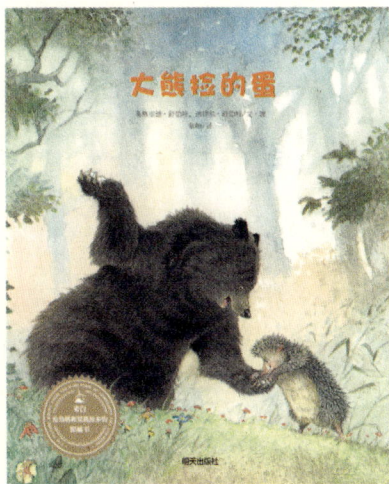

《大熊捡的蛋》封面

226　227

享受图画书
第三编
引进图画书鉴赏
第十三章
"风车之国"的图画
书美学

临近结尾时才被叙述者提及，然而早在大熊与刺猬开始寻找磨刀石时，画面上拂过树枝的大风与风中翻飞的枝叶就已经透露了这个消息。读者可以从画面的暗示中揣测到关于未来情节转折的某些重要讯息。与此同时，这则故事的文字叙述部分自始至终只提到了大熊与刺猬两个角色，然而在画面上，随着故事时间的推进，我们看到另一些小动物也在悄无声息地参与到叙事的进程中：一只红胸脯的雀鸟、鼹鼠、瓢虫、松鼠、老鼠、蝴蝶……当这些动物和大熊、刺猬一道躲进熊洞避雨时，叙述者是这样描述接下去发生的情景的："整个下午，他们在洞里玩得非常愉快。"显然，在此处文字与画面的双重语境下，它成为一个充满了模棱两可的意义张力的陈述——从整个作品文字叙述来看，这里的"他们"指的自然是大熊和刺猬，然而从对应画面上的景象来看，"他们"又分明是指参与这场狂欢的所有动物。这么一来，原本清晰单一的叙事线索变得复义和多元起来，而我们对于故事的理解也由此获得了另一个更为开阔的视界。

与《一只漏洞的水桶》相比，另一本图画书《谁都有地方坐》的插图与文字叙述的符合程度似乎要高得多。在这个同样带有浓郁的民间童话风味的作品中，画面木筏上每一个新成员的加入看上去都在相应的叙述文字中得到了及时的说明。然而，细心的读者或许会发现，不知从哪一页起，从筏子前方的一截木桩孔洞里隐约探出了一个尖尖的脑袋，间或又露出一根细长的尾巴。当这根用作桅杆的木桩因为承受不住水流的拍打由中间断作两截时，我们可以从近景中清楚地认出藏在里面的这个小家伙的模样。更细致的回溯将使我们注意到，这只原本坐在一块露出水面的大石头上的小老鼠是什么时候跳上木筏的。显然，这个偷偷躲藏在木桩里的小家伙从一开始就避开了画面与文字叙述的双重注意，从而成了由海狸掌舵的这场航行中一个未被言明的小秘密。如果说蝴蝶的到来是最后导致木筏被打翻的显在原因，那么藏在树桩孔洞里的这只小老鼠则是造成这一事故的一个秘密缘由，它的存在尽管不曾被叙述者提及，却是影响故事进程的一个至关重要的因素。从充满节奏感的故事叙述中忽然发现这样一个秘密因素的存在，随之而生的恍然大悟无疑为读者带来了新的阅读惊喜。与此同时，既然发现了小老鼠的秘密，我们也不会对紧接着小老鼠之后来到木筏上的一只红色的瓢虫、一只小小的蜗牛视而不见……

在搜寻上述叙事细节的同时，我们也一定会注意到，这些作为配角的小动物形象在一则故事里完成了特定的叙事任务之后，并没有被随即抛弃，而是始终跟随着三位主角辗转于四本图画书之间，哪怕仅仅作为故事的某个旁观者出现。曾经在大熊与刺猬一道修补水桶的场景中出现过的松鼠、瓢虫、老鼠、猫头鹰等，也一样见证了海狸的木筏在水中倾翻的过程、大熊和刺猬为海狸筑巢的过程，以及大熊孵化和养育三只小鹅的过程。这些重复穿梭于四本图画书之间的动物配角造成了作品之间某种意象上的特殊交叠与互文，并由此引发了一场充满趣味的视觉发现游戏。显然，当读者注意到曾经在漏洞的水桶边现身过的红色瓢虫再次出现在《谁都有地方坐》中木筏的一角、《海狸的巢儿》中巢穴边的木桩上，以及大熊捡到的野鹅蛋上时，一种与发现的快感相伴随的阅读愉悦会油然而生。而当我们开始有意识地从不同作品中某些页面的隐蔽处寻找到同一只山雀、松鼠、青蛙、鼹鼠等的形象时，我们已经不由自主地被卷入到了作品所设置的这场躲猫猫般的视觉游戏中。

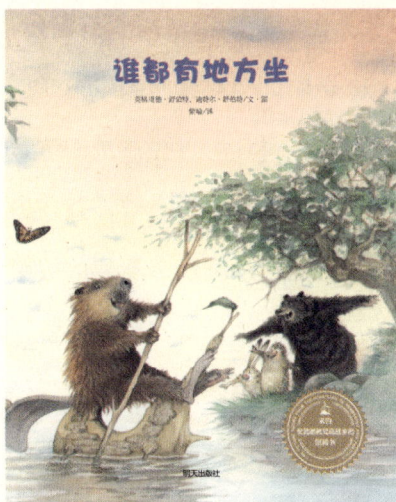

《谁都有地方坐》封面

《海狸的巢儿》封面

有的时候，游戏还会落实在除却动物之外的另一些物象上，比如就在大熊和刺猬为海狸搭建的没有门的巢穴上，赫然悬挂着来自另一则故事的那只"漏洞的水桶"……这种由意象的互文所带来的跨越文本的寻找与发现的快乐，无疑也是独属于图画书的一份令人着迷的阅读体验。

舒伯特夫妇的图画书创作一向以插图细节的丰富俏皮见长。除了上述画面之间的互文游戏之外，他们也会有意在画面中营造某种奇特的视觉效果，以此来为故事的阅读助兴。就此而言，这四本图画书中最令人过目难忘的画面之一，或许是创作者在《谁都有地方坐》一书的第三个跨页所制造的视觉幻象。当左页插图上的海狸把他的小木船划入一大片水生植物的包围圈时，许多读者都会觉察到这个画面所散发着的某种略显神秘的氛围。这是因为创作者将画面上的诸多植物形状进行了特殊的视觉拟象处理：从画面顶上垂下的一团团树枝与叶丛，分别呈现出某种怪诞的面部轮廓或扭曲的手指形状，仿佛正觊觎着木船上的海狸；而下方水面上漂浮的根茎树桩则纷纷给人以各种水生怪物的错觉：树桩上凹陷的树节变成了一双双圆睁的大眼，长满枝丫的曲折茎条则仿佛遍身带刺的龙蛇。譬如海狸身后蹲着青蛙的那个大木桩，正如一个巨口利齿的怪物的脑袋，而那停栖着一个蜻蜓的弯曲树茎则恍若一条细长的游蛇。甚至连浮在左下角水面上的一片薄薄的破莲叶，看上去也仿佛一张睁着眼睛的大脸。这些画面细节本身与故事情节的展开虽然没有必然的关联，却包含了视觉想象游戏的成分，从而为故事阅读增添了别样的乐趣。

所有这些隐藏在画面中的叙事内容与细节，让一则简短的童话故事摆脱了线性叙事的一般规约，而成为一个有着丰富的叙事层次与茂密的叙事枝叶的图文合一的叙述体。而在这样的叙事补缀过程中，故事所传达的情感内容也在不断增厚和加深。众所周知，《一只漏洞的水桶》的故事来自一则古老的欧洲童谣，而这则童谣的基本故事进程与特征性的回环叙事，也在图画书中得到了完好的呈现。然而，与作为故事摹本的童谣相比，图画书《一只漏洞的水桶》除了为故事增加了色彩与构图的诠释之外，更通过增添其叙事的层次，为它补入了新的叙事与情感内容——随着一场大雨把大熊和刺猬带进山洞，也把原本隐藏在不同画面背景上的各个小动物推到主画面上，故事的主次线索实现了彼此的汇合，而原本仅仅具有游戏性的童谣也被赋予了一份温暖淳厚的友情关怀。它不再仅仅是关于"一只漏洞的水桶"的故事，而更是关于两个憨厚的好朋友之间相互陪伴的一段美好时光的故事，以及发生在森林里的一个其乐融融的雨天下午的故事。

事实上，这里的每一则图画故事都以其丰富的画面语言越出了一般童话故事的叙说边界。当一些角色在故事的中心情节

享受图画书
第三编
引进图画书鉴赏
第十三章
"风车之国"的图画
书美学

朋友们都笑他的船太小了。
"我们怎么坐呢？"大熊问，"你才刚刚能坐下。"

《谁都有地方坐》内页

里奔忙的时候，总有另一些角色站在主情节的两旁或者背后，为平直光滑的故事枝条添加叙事的新叶，它们自己也因此成为作品中另一道不可缺的风景；而在更远的背景上容纳和衬托着这些生命故事的，则是一片明净、广袤、生机勃勃的自然天地：青绿的草丛、虬曲的灌木、透明的溪流、苍茫的水雾……这是一个除了自然自己的生命搏动之外，不曾为其他任何外物打扰的世界。可以说，正是这样一个巨大的自然文本赋予了关于大熊、刺猬与海狸的这四个小童话以独特的气质和风韵，从而使它们具有了某种难以在一般的拟人体童话中见到的清新纯粹的生命情味。

当然，所有这一切都有赖于舒伯特夫妇以其个性化的水彩插图为编织和丰富图画书的故事艺术所做出的努力。这些轻盈如蝉翼、透明如薄纱般的水彩色块具有一种迷人的视觉效果，它既造成了与作品整体故事氛围相协调的明亮洁净的色彩感觉，又令许多画面透着一种难言的梦幻般的迷离气氛。水彩的氤氲感使画页上各种形象的轮廓都显得格外柔和，也使故事叙述在任何情境下都带上了一种柔软的情感质地。为了将读者吸引到画面的视觉游戏中来，作者有意把一些鲜亮的颜色分配给了那些在画面上容易被错过的意象，比如出现在许多场景中的那个小圆点似的红色瓢虫，还有长着粉色耳朵、爪子和尾巴的小老鼠等。然而为了让这样的视觉游戏具有足够的挑战性，作者又利用近似色之间的彼此掩护，使同样的意象在另一些画面上变得十分隐蔽；在一些场景中，瓢虫身上鲜艳的红色被它身后树干的颜色洇染和淡化，成为一个不那么显眼的形象，褐色的小老鼠更是常常与颜色相近的石块、木桩等背景融为一体。显然，要在这样的色彩游戏中掌握住恰到好处的平衡，并将这些游戏融入作品的叙事整体中，使之成为故事的一个自然部分，并不是一件轻而易举的事情。而正是通过这样的艺术尝试，这四本图画书的作者让我们看到了来自图像与色彩的灵感如何赋予故事以新的言说的创意与能量，从而推动着图画书的艺术河流越过既有的夹岸，去寻找和书写更为宽阔的叙事的边界。

二、童年身边的远方

一座小镇，几排屋舍，静静的街道，井然有序的生活……翻开荷兰插画家夏洛特·德迈顿斯的图画书《跟我走吧？》的第一个画面，一股浓郁的日常生活气息顿时扑面而来。作者是要为我们讲述

享受图画书
第三编
引进图画书鉴赏
第十三章
"风车之国"的图画
书美学

一个什么样的生活故事呢？你看，在第二个翻页上，一个双颊长着雀斑、身穿红色套头衫的小男孩正提着一个购物的篮子，准备出发去为妈妈买苹果。看上去，一个真实的童年生活事件就要开场了。

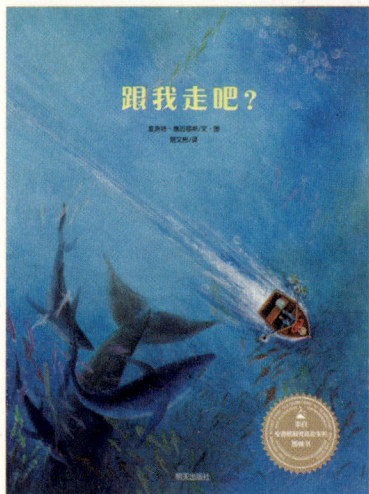

《跟我走吧？》封面

就在我们正等候着故事拉开它普通生活的帘幕时，却意外地发现自己在一瞬间跌入了幻想的深渊。从第三个翻页起，故事的日常生活情境忽然消失得无影无踪，取而代之的是一个个接连不断、神秘幽深的幻想场景。就在通往商店的路上，男孩先后穿过了一片茂密的森林，翻过一座巨大的石冈，涉过一片危险的海域，绕过一座强盗的山寨。在这个过程中，他逃开了一条喷火龙的追击，避开了一位打鼾的巨人，躲过了山洞中恶熊的牙齿，逃过了海里食人鱼的威胁，更与凶猛的海盗和强盗们擦肩而过。幽暗的丛林、险峻的山冈、湍急的水流、广袤的沙地，还有缥缈的林中仙子、斑斓的海底风光、曼妙的美人鱼群，以及被大野狼拦在半途的小红帽，这一切都在我们的脑海里激发起对于过往无数童话与儿童幻想故事的跳跃式联想：屠龙的、探险的、动物的、精灵的、斗智的、比勇的……总而言之，这是一个与我们的日常生活如此不同的世界，看着故事的主人公小心地行走在这样一段充满险情的路途上，我们几乎以为他的使命是要去完成一次伟大的拯救，而不仅仅是替妈妈买回几个普通的苹果。

但是慢着，为什么这一切从幻想里生长出来的奇异事物，看上去又显得如此令人眼熟？那掩映着巨龙的树叶的团状与色泽，那透着赭红色的峭乱石冈，那在水中穿流过隙的贝形小舟，还有那座支着帐篷的山寨与山寨中吊床上身着海军服的少年，为什么会给我们一种如此似曾相识的感觉？

这种感觉在图画书的最后两个翻页越来越转变为一种恍然大悟的惊讶和惊喜。在作品最后一帧与起始画面相呼应的插图上，故事已经从幻想的情境重新回到了最初的日常生活状态，透过被升高了的观察视点，我们第一次从日常生活的角度，完整地看到了故事里的男孩所经历的一切：被认作森林的草木茂盛的花园，被当作辽阔大海的蓝色池塘，池塘边堆积的石块正是想象中食人熊的所在，池塘里白帆的小船则是海盗船的化身，另外还有池塘边那座为了游戏而搭起的"强盗"城堡。看到这里，我们一定会不由自主地笑起来——啊哈，原来这么一个充满幻想的故事，不过是男孩穿过院子，从侧门前往水果商店途中自己为自己编织的一次想象的冒险，它所有奇异的幻想都不曾越出生活的界限之外，而就是童年日常生活的一个部分。

这正是这部图画书最为奇妙的构思所在。通过向童年借一双观看的眼睛，它将日常生活中的普通意象"点化"成了一个斑斓奇谲的幻想世界，而通过对日常生活的景象进行别致的情境转换，它也借此展示了童年丰沛无比的想象与创造的生命能量。作者在生命体验的层面上把握住了童年看待世界的独特方式。当日常世界开始经受儿童有限的身高和目力的打量时，改变的不仅仅是世界的大小，更包括它的内在性质。在童年的眼睛里，一座花园、一堆乱石、一小片水域的空间被放大了，随着这种放大，它们不复是成人眼中那个普普通通的生活场所，而是充满了深幽奇诡的角落与引人遐想的处所。于是，平淡的日常意象在童年目光的观照里，仿佛忽然拥有了无穷的奇趣，变得色彩缤纷和闪闪发亮起来。

德迈顿斯显然深谙画面表现的技巧。在这部作品中，她巧妙地利用了图画书的画面视点升降来传达作品所要表现的视觉和心理氛围。作品第一个画面是对小镇局部的全景式俯瞰；第二个画面视点有所下降，视域聚焦在了男孩此刻身居其中的花园里；而从第三个画面开始，每一

《跟我走吧？》内页

个观看的视点都被下移到了男孩正在经过的一小片地方。通过把这一场景从它的背景中切取出来并加以放大，使之填满整个画面，作者一方面制造出了一种陌生化的图像效果，以此令人产生进入幻想世界的错觉，另一方面更以这种画面的放大生动地再现了一个孩子看待世界的感觉。我们不会不注意到，随着画面景物的多倍放大，故事主角的形象大小却并没有发生相应的尺寸变化，这一超现实的处理方式将一个孩子眼中世界的庞大以及他对于这种庞大感的心理体验，极为贴切传神地呈现了出来。到了最后两帧画面，随着插图视角的重新上升，人与景物的比例关系又恢复到了日常生活的本来样貌，而我们的主人公也由此告别幻想，回到了生活的世界。

　　或许是为了让幼儿读者更有兴致、也更顺利地进入故事真幻交错的情境之中，作者充分利用了图画书文字与画面叙事上的配合，来制造一种引人入胜的叙事氛围。她不但使用了一个令读者备感亲切的第一人称叙事者"我"的声音来讲述这次"冒险"，而且让这个故事里的"我"不断与故事外的"你"在交流中；不但致力于"我"与"你"之间在叙述场域内的交流，更别具创意地安排受述者"你"也参与到故事情节的建构中。我们看到，从故事讲述者展开幻想叙述开始，在每一个翻页的最后，"我"往往都需要在"你"的帮助下，才能顺利地渡过险关。比如，在森林巨龙即将朝"我"喷出烈焰的一刹那，"我"在故事里喊道："救命啊！赶紧翻到下一页吧，别让……"当然，随着"你"的翻页，故事进入了下一个场景，险情也得到了解决。同样，在"我"需要翻越恶熊的山冈时，"我"这样求助道："如果你能用手堵住他的洞口，我就能在这家伙发现我之前……"这一请求促使我们的

236 | 237

享受图画书
第三编
引进图画书鉴赏
第十三章
"风车之国"的图画书美学

目光越过主人公所在的巨石，去寻找画面上那个熊洞的所在；而在许多幼儿读者看来，伸出手指去掩住画面上的洞口，也许真的能够帮助故事里的"我"脱离险境，战胜困难。通过这种画面与文字之间的配合安排，幼儿读者感到自己不再仅仅是故事的旁听者，而是真正走到了故事里面，参与和影响着情节的进展。这份不无殊荣的参与感对幼儿读者来说，无疑是充满魅力和妙不可言的。

不是每一位作家都能够像德迈顿斯那样，将儿时心中无时不在的那个为想象所填充的远方，如此自然、特别而又完好地投射到童年身边无处不在的生活情境中，并以画面与文字的双重智慧，来向我们呈现这个世界最为迷人的景致。它让我们在翻完了故事的最后一页之后，不是平静地掩卷小憩，而是带着对故事的重新理解情不自禁地向前回溯，去寻找那些隐藏在不同画面之间的互文关联，去体验一次新的阅读旅行所带来的新的故事情味。我们会惊讶地发现，原来从童年的门窗里望出去，世界可以是这样一番绝妙的模样；而透过图画书的独特媒介，这个世界竟可以得到如此淋漓尽致的表现和书写。

三、爱，永远不说再见

小猪汤姆第一天上学，他多么不想和送他到学校的爸爸说"再见"啊。告别的时候，他向爸爸要了一个吻、一次拥抱，又要他念了一个故事、挠了一记痒痒、荡了一个飞摆、蹭了一下鼻子……猪爸爸怎么忍心拒绝这些爱的请求呢？他给了小猪一个吻，又一个吻，再一个吻……当他最后终于决定和儿子挥手道别的时候，却遗憾而又惊喜地发现自己已经等到了放学的时间。于是，父子俩还没有来得及道完别，就欢欢喜喜地走在了一起回家的路上。

打开荷兰作家南茜·考夫曼与韩裔荷兰插画家琼-希·斯佩特合作的图画书《再见!》，我们一度会以为它所要处理的是一个古旧的幼儿成长话题。陌生的环境，艰难的告别，还有不安的恳求、哭泣的泪水，这一切都令我们想起在幼儿故事中得到反复演绎的"第一次上学"的母题与情境。不过，让我们始料未及的是，作者在结尾处以一个文学味儿十足的漂亮转折，把一个几乎被讲滥了的教育故事变成了一则充满情味和意味的生活童话。故事里的汤姆到最后还是没有学会一个人去学校，这使得我们原本期待见到的教育意义在结尾处出人意料地落空了。然而，正是这一巧妙的落空处理，为另一种新颖的故事构思与深浓的情感描摹的实现，设置了一个独一无二的语境。毫无疑问，当我们看到猪爸爸带着一身因爱而生的甜蜜的疲倦走到窗口准备与儿子道别，却发现等候着他们的是另一段相聚的时光时，一种难以抗拒的温暖的情愫在瞬间淹没了我们此前所生的关于它的教育意义的一切期待。尽管汤姆最终并未能

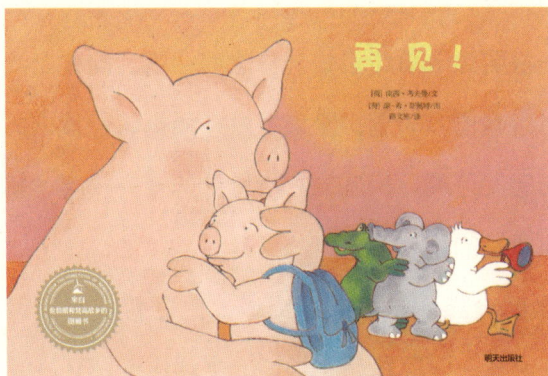

《再见!》封面

完成他学习独立的第一课，然而在他与爸爸之间以彼此之爱为圆心所展开的妥协游戏中，有一种比暂时的成长目标更为打动我们的内容，使我们不但对他的所有任性的行为抱着真诚的理解，更为他所得到的这样一个欢欣的结尾感到由衷的快慰。

这样一个特别的结尾也改变着我们对于故事此前所有细节指向的理解。在故事最后的惊喜出现之前，汤姆向爸爸提出的每一个片刻的挽留恳求，似乎都为一种必然要离别的紧张、焦虑与惆怅感所深深地浸润着。也因为这个缘故，每一次挽留的成功都同时增加了即将到来的别离的沉重感。那个看似埋伏在不远处的分离犹如一支已经搭上弓弦的箭，随着情节的弓弦被逐渐拉开，随时可能蓄势而发。但它恰恰是作者设下的一个情节的圈套。一直要到故事终于松开悬念的弓弦，向读者奉上它俏皮而又完美的结局时，我们才知道，原来发生在汤姆与爸爸之间的一切从来不曾指向某种伤感的分离。相反，它所传达的爱的快意，就是它所要指向的那个情节和意义的终点。

事实上，又为什么要分离呢？如果汤姆是如此爱着爸爸，爸爸也如此爱着他，那么，让这样一份简单而又真切的生活之爱得到圆满的实现，不正是一个我们乐于在一则幼儿故事中寻找到的结局？

所以，这是一个关于深情、关于眷恋、关于爱的故事。阅读这样的作品，我们显然需要放弃有关幼儿故事的某些过于功利的想法，而专心去体味它所包含的叙事的技巧与动人的深情；只有这样，我们才能真正领略故事里那头到底也没能走出自己的情感依赖的小猪所享有的那份珍贵的人间欢乐。当然，我们也不妨把它读作一个童话式的寓言。虽然一天一天，我们总是要和身边所爱的人们做暂时或长久的道别，但彼此之间的那份深情牵连，却从不曾因为别离而告退。爱，就意味着永远不说再见！

四、与世界面对面的勇气

《勇敢的本》是一部关于男孩成长的图画书，它所处理的是几乎所有男孩都会在生活中碰到的一个麻烦——如何让自己变得勇敢起来。

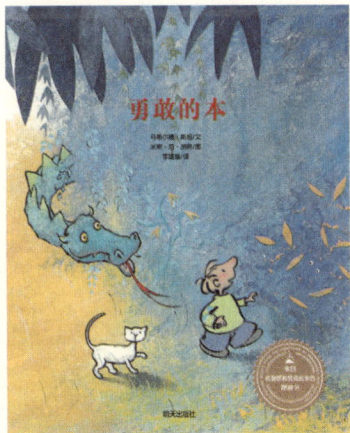

《勇敢的本》封面

享受图画书
第三编
引进图画书鉴赏
第十三章
"风车之国"的图画
书美学

在一个年幼的孩子刚刚打开自己房间的窗户，开始向外面的世界小心地张望和探问的时候，拥有这份勇气成了对他来说至为重要的一个事件。

这正是故事开场之时，男孩本所面临的苦恼。他不明白自己怎么会有那么多害怕的事情：面包店里插队的女孩，大街上人们的嘲笑，还有夜里的一些声响。本不能接受这样一个怯懦的自己。为了克服内心的恐惧，他决定一赴与魔法树的约会，让它帮忙实现一个勇敢的愿望。

然而，寻找勇敢的过程本身就是一次经历恐惧的过程。要见到魔法树，本首先得经受住许多可怕的考验，它们包括喷着浓烟的喷火龙、结网猎食的巨蜘蛛、凶狠邪恶的女巫、阴森狰狞的骷髅，以及其他许许多多足以让他在平时感到害怕的东西。也就是说，在本还没有实现那个关于勇敢的愿望之前，他不得不先拿出勇气，来应对和解决一路上的恐惧。于是，当本最后来到魔法树面前的时候，他其实早已经成为自己想要成为的那个"勇敢的本"。难道不是吗？一个为了让自己变得勇敢而敢于面对一切恐惧的人，毫无疑问正是一个有勇气的人。

因此，在这个故事里，真正把本从"胆小鬼"变成了"勇敢的本"的并不是魔法，而是他自己的力量。

不过作品要表现的显然不仅仅是一个孩子与他的恐惧感之间的对抗，以及他在这一对抗中最终取得的胜利。它更希望孩子们明白，生活中许多看上去令人恐惧的事物并不像我们想象的那么可怕，而当我们勇敢地转过身来与这些事物面对面的时候，甚至会发现它们其实也很愿意友善地与我们相处。就像在魔幻森林里，凶恶的喷火龙、蜘蛛和女巫最后都成了本的伙伴；而在生活中，当本勇敢地穿上他的花背带裤上街，并勇敢地提醒面包店里的女孩不要插队时，他所得到的不是嘲笑和不

"我真是一个胆小鬼，"本心里想，"在面色库买面包，别人挤到我前面，我都不敢吭一声，我喜欢穿花背带裤，可又害怕被人笑话，晚上听到奇怪的响声，我就觉得有个鬼是在我的床底下，天啊，我该怎么办？"

啊！魔法树就在那儿！
"您好，魔法树，"本说，"我是本，给您打过电话的。"
"哦，"魔法树说，"你来得挺平啊，没有到喷火龙吗？"
"看到了，"本回答说，"他让我代他向您问好。"
"珊妮怎么样了？"
"她很好，她的围巾快织完了。"
"女巫呢？"

"我也见到她了，"本说，"她还让我给您带来一个大南瓜。"
"啊，"魔法树说，"这个，呃，嗯，嗯……"
最后，它才开口说，"我能帮你什么忙吗？"
"是这样的，我不想当胆小鬼，"本小声地说，"不想再那么小。"
魔法树点点头，说："就在刚才，你这个问题已经解决了。现在，你已经变成勇敢的本了，再见！"

《勇敢的本》内页

满，而是所有人（包括那个女孩）善意的微笑。

　　关于这一题旨的成功表现在很大程度上得益于荷兰插画家米斯·范·胡特的别具风格的插图，这些用色新奇的画面极大

享受图画书
第三编
引进图画书鉴赏
第十三章
"风车之国"的图画
书美学

地拓展了作品的情感表现空间，增强了作品故事叙述的张力，并以其独特的方式传达出那随着领受者心情变化而变化的"恐惧"的微妙况味。我们看到，当本穿行于魔幻森林时，作品的画面既致力于渲染一个由喷火龙、蜘蛛、巫婆、蝙蝠、骷髅、幽灵等诸多意象构成的恐怖氛围，然而这些形象所带有的恐怖意味又在插图的用色中得到了轻松自然的消解。通过将明亮的橘红、花青、粉绿等色彩派分给各个画面，原本隐隐流动在文字间的恐怖感转化为了另一种滑稽夸张、有惊无险的游戏感。例如，在本与食人蜘蛛相遇的画面上，就在龇着尖牙的黑蜘蛛背后，那轻快明亮的草叶的颜色与更为鲜丽的围巾的色彩，让我们感到故事里的本所面对的或许根本不是一件多么可怕的事情。同样，当巫婆从树丛中向本伸出她利爪般的手臂时，画面下方巫婆藏身其中的那一团点缀着橘色的亮蓝，以及画面上方黑雾中飞行着的玫瑰色的卡通蝙蝠，让这一戏仿恐怖小说的场景看上去更像是一出无伤大雅的玩笑。

此外，画家也有意在各个过场的角色身上添加了醒目的黑色轮廓线。这些线条赋予故事里所有行动者以一种稳定的安全感，也使得其中各个恐怖意象所造成的威胁看上去始终停留在形象自身之内，而无从突破它自己的轮廓线，继而延伸到同样由轮廓线保护着的本的身上。这样，画面既对本所面临的种种"恐惧"进行了足够视觉和心理冲击力的呈现，又使这种呈现的情感力度总是被约束在宜于孩子接受的范围之内。事实上，通过画面与文字的交相作用，作品在表现这种恐惧的同时，就已经帮助孩子卸去了他的精神重负。

《勇敢的本》是一部适合刚开始学习一个人与世界打交道的孩子阅读的图画书，它所要教给孩子的，实际上是一种与世界面对面的勇气。

它用童话的方式告诉孩子，无论一件事物看上去多么可怕，当你学会不再用胆怯的目光来看待它时，它也会对你报以相同的尊重；同样，当我们学会放下内心的恐惧来与我们周围的世界打交道时，世界也将还我们以微笑的善意。从背对世界的恐惧到面对世界的勇气，就像从图画书的第一个翻页到最后一个翻页，人物依旧，景致依旧，只是改变了一下心情，我们就发现了一个阳光灿烂的自己。

五、活着为什么是珍贵的

尽管儿童图画书作为一个特殊的童书门类，向来不避讳参与某些形而上主题的阐发，不过当荷兰儿童文学作家库斯·迈因德兹、哈里·杰克斯与南非插画家皮特·格罗布勒在他们合作的《国王与死神》中尝试以儿童图画书的形式去触碰"死亡"这样一个沉重的哲学话题时，他们

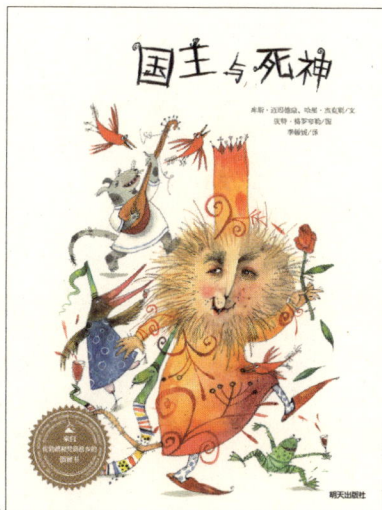

《国王与死神》封面

244 | 245

享受图画书
第三编
引进图画书鉴赏
第十三章
"风车之国"的图画书美学

显然为自己设置了一个难题。更何况他们所关注的并非我们日常生活中与"死亡"事件相关的某种具体的情感经验，而是意欲从全部生命的广度与高度出发，来探讨那悄无声息地潜伏在时间里的"死亡"对于存在本身的意义。介入这样一个富于哲学冥思气息的存在命题，对于儿童图画书的创作来说，无疑过于冒险了一些。

《国王与死神》向我们证明了这样的艺术冒险是可能的，而且也是值得的，它让我们看到儿童图画书辽远开阔的思想空间以及独一无二的哲学气质。作者借故事里的国王之口道出了这样一个千百年来困扰着人类的忧思："到底什么是死"，"为什么一想到他就这么害怕"，"我为什么会这么害怕他来找我呢"？为此，国王召集起他的大臣，共同商讨对付死神的办法。终于，他们抓住死神并摆脱了他的威胁。然而，几百年过去了，死亡的消失并没有带给人们期待中的福音，他们发现随

《国王与死神》内页

着永生的实现，自己所得到的只是一个拥挤、无聊的世界，以及对于那已经不值得珍惜的生命的懒怠和厌倦。于是，人们重新召回了死神；所有活了很久很久的人都欣然跟随着国王，"一个一个快乐地死去"。

这个故事说得真好。它把人类自有意识以来就怀有的对于死亡的深深恐惧、对于生命的眷恋、对于不朽的期盼，以及对于这一切的思考，都编织进一个简短、浅白、幽默而又轻巧的叙事过程里。这个叙事的奇妙之处在于，它能够如此自如地将一个复杂、深刻的存在命题揭示得那样透彻明白，又如此自然地将一个浅显直白的儿童故事文本变得这样富于深意。它让我们想起20世纪欧洲重要的哲学家卡尔·波普尔曾经说过的一段话："如果生命不会完结，生命就会没有价值；在一定程度上，正是由于每时每刻都有失去生命的危险，才促使我们深刻地认识到生命的价值。"西班牙当代哲学家费尔南多·萨瓦特尔用更为诗意的语言表达了同样的意思："死亡的觊觎，能够使哪怕最平常无味的时刻都有趣得让人心碎。"正因为这样，当故事里的死神从揭开的玻璃罩下第一次露出他的真面目时，我们看到的是一个与寻常想象大不一样的"死亡"的形象。这个以洁白（而非暗黑）、明亮（而非阴沉）、和善（而非暴虐）的医者（而非魔鬼）形象出现的死神，暗合着故事所要传达的与死亡有关的圣意、温柔、救赎这样一些特殊的意义。它促使我们在惊愕和疑惑中去重新反思我们对于"死亡"的理解，重新认识生命存在和消逝的意义。

格罗布勒为本书所绘的插画无疑极大地促成了上述意义的充分实现。面对这样一个充满寓言意味的文本，格罗布勒动用了一种他所擅长的同时具有原始绘画与儿童涂鸦特征的画面表现手法。这些重象征而轻写实的画面一方面给了文字叙述以某种形象化的直观呈现，另一方面又避开了过于写实的画面呈现对于故事意义生发的限制，从而使我们能够越过画面的视觉直观，去发现寄寓于其上的更多丰富的象征含义。在完成文字叙事阐发的基础上，格罗布勒也借助于画面独特的艺术表现力，对故事意义进行了新的延伸与升华。例如，整部图画书的文字部分始终不曾言明这个王国到底属于哪一个生命种类，而画家恰恰利用了文字叙述上的这种模棱两可，通过把各种动物的形象征用到故事的表现中，将它拓宽成了一个可以容纳一切生命的哲学寓言。与此同时，画家也有意借助稚拙的线条笔法与明亮的水彩效果，来减轻故事的厚重质地，增添故事的喜剧氛围；如果我们仔细观察，还会发现每一页的画面都藏有许多幽默的细节。这些画面效果大大冲淡了死亡话题所带来的沉重感与压抑感，它一方面使故事内容变得更适宜于儿童的阅读接受，另一方面也向我们展示了一切生命虽受时间的限制，也仍然拥有的缤纷的色彩与欢乐的精神。

事实上，活着之所以是珍贵的，正是因为我们终有一天将会离去。换句话说，正是对于死亡所带来的时间限度的意识，促使我们在有限的生命里不断寻找和建构着生命可能的价值。或许一个孩子读完这个故事，还走不到那么深的精神的远方，但终有一天，这样的阅读所储存下来的智慧，会在他未来的某个生命时间里发出光芒。

六、一场时空与生命的旅行

荷兰儿童文学作家、插画家夏洛特·德迈顿斯的无字图画书《黄气球》拥有一个别致而又大气的创意。它以一个轻盈飘飞的黄气球作为主要的视觉导引线索，向我们呈现了一次气势宏大、风格奇异的环球旅行。这场旅行不但涵盖了从陆地到海洋、从高山到平原、从森林到沙漠、

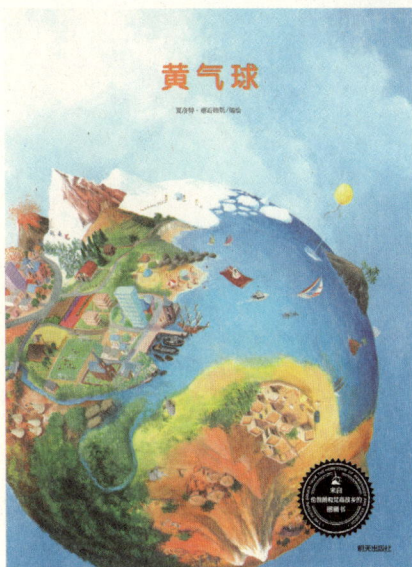

《黄气球》封面

从都市到乡村等的巨大空间位移，也包含了从白天到黑夜、从出生到死亡、从过去到现在、从当下到未来的显在时间变迁。通过这样的方式，它展示了我们身处其中的星球所具有的丰富的地貌与深厚的历史，更重要的是，展示了生活在这个星球上伟大而又渺小的人们所经历过和正在经历着的欢乐与悲伤、幸福与痛楚、失败与成功，以及生命自身在这样的周而复始中所展现的独特与丰饶。

为了突出这一特殊的表现效果，作者采纳了一种具有典型超现实意味的画面构图。一些显然属于不同时空的场景被组合在同一个连续性的平面上，历史与地域的辽远距离在这里消失了，取而代之的是一种非现实的、奇特的异时空平铺。在扉页之后的第三个跨

享受图画书
第三编
引进图画书鉴赏
第十三章
"风车之国"的图画
书美学

《黄气球》内页

页画面上，与机械耕作的现代农田和行驶着汽车的现代公路之间毗邻而置的是原始的土著部落与战争中的古代城堡。紧继其后的又一个大跨页上，喷薄的火山、积雪的胜地与逶迤的长城、肃穆的布达拉宫相距不过咫尺；而在另一个以沙漠为背景的大画面上，日照下的金字塔与其右方一座蓝色的清真寺、一个希腊风格的庙宇以及散落在插图中间的游牧民族帐篷则以截然不同的建筑风格默默言说着不同文明的智慧与沧桑；在另一个海洋背景的画面上，古老的人力帆船与现代帆艇、渔船、游艇和航母正行驶在同一片海域；左上方的角落里则上演着一出中世纪的海盗掠宝大战；画面的下方，破败的贫民窟紧挨着奢华的游乐场……通过这样的时空并置，平面、有限的画面空间被赋予了宽广、立体的表现可能，从而使得图画书在不多的页面之间，得以覆盖到尽可能丰富的历史与地理内容。

《黄气球》内页

　　因此，阅读这本图画书的过程，也是我们体验一次具有散步性质的时空旅行的过程。跟随着作者想象力的导引，我们在纸页的方寸之间行走过了地球的不同边界，经历了文明的不同时间。作者有意将黄气球小心地藏在每一幅画面的不同地方：有的时候，它被牵在某个孩子或大人手中，更多的时候则是以一个通常令人难以觉察的小影像飘浮在画面的不同角落。为了找到它，我们常常需要不止一遍地仔细观察每一个画面，这也促使我们不得不加倍注意画面上每一处细小的地方，从而对整个画面内容有一个更为全面和细致的了解。

　　显然，这样的画面组织方式使得这本图画书更像是一篇散文而不是一则故事，它充满了描写与抒情的笔墨，却似乎缺乏一个连贯的叙事骨架。我们或许会以为，它的创作主旨原本就在于时空表现而非故事叙述。然而，当人们这样认为的时候，他们至少错过

享受图画书
第三编
引进图画书鉴赏
第十三章
"风车之国"的图画
书美学

了除黄气球以外，作者在所有画面内埋下的另外三个重要的意象线索，它们分别是：一辆深蓝色的小汽车，一个身着黑白条纹囚服的男子，以及一位坐在红色飞毯上的阿拉伯术士。这三个意象代表了这部图画书在其散点式的画面内所藏有的三个连贯的叙事，正是它们的存在证明了这部作品所呈现的并不仅仅是一种独具特色的儿童知识读物，也是一个与众不同的儿童图画故事。

如果说单以黄气球的飘游为线索的视觉旅行主要是一个我们凭借细致的观察来还原和解读驾驭着所有画面的作者想象力的过程，那么对于上述三个意象的读取则需要我们更多地调动起自己的想象能力，根据这些意象在各个画面现身时的不同视觉语境来为它们编织各自的故事。以囚犯的线索为例。在故事正式开始后的第一个跨页画面上，穿过天穹中的朦胧云雾与真幻交织的各色物象，我们看到地面上有两名警察正将一个身穿黑白条纹囚服的男子押向警车；在随后第二个跨页上，避开无数热闹喧哗的城市生活细节，我们会发现在画面左上方一个不起眼的地方，这名男子已经成功越过监狱的栅栏，正在仓皇奔逃；在紧继其后的九个跨页上，这名男子先后藏身于隐蔽的树篱之间、滑雪的人群之中、茅屋背阴的灌木丛里、同样是黑白条纹的斑马群中、海盗船上的水手堆里、爱斯基摩人的雪屋一角、茂密的雨林深处、高楼的阴影之下，以及街头的缝隙之间。作者总是有意将这一形象安排在画面的某个极不显眼的角落，同时也充分利用某些色彩与黑白条纹囚服之间的视觉遮蔽效果来增强形象在画面上的隐蔽性，这样，在每一个画页上寻找这名男子藏身之所的过程就成了一场颇具难度的视觉挑战游戏。而随着游戏的推进，我们心头的疑惑也在渐渐增强：男子为什么要越狱？他最后又将逃向哪里呢？当故事里的天色逐渐转暗，而我们的好奇心也已经累积到了相当程度的时候，一大片夜幕中的林地出现在我们面前。就在这里，我们的主角之一抵达了他的目的地。在透着幽蓝的夜色里，灯火昏黄的屋子外，他与一位女士紧紧相拥。而如果我们仔细辨认，很快就会发现他们所置身其中的那座院子正是故事之初男子被警察带走的地点。男子不顾一切地冒险越狱，历尽艰难地辗转奔逃，原来正是为了与亲爱的人再次聚首。显然，这里的越狱行为在很大程度上已经被剥去了它现实的政治、社会意义，而更像是一出浪漫的现代传奇。

　　与囚服男子的行踪相比，阿拉伯术士与蓝色汽车的旅行目的似乎显得更难以揣测一些。在男子被捕的同一个画面上，我们看到身着白袍的术士正抬首向天，似乎在寻找着什么。随后一幅画面上，他在一位地毯商人处购买了一张红色的毯子。正是这张毯子成为术士接下来的交通工具，他从开满郁金香的美丽田野起身，坐着红毯飞过悬崖和山谷，飞过沙漠与草原，飞过海面与极地，飞过森林与海滨。然而，一直要到他卷起飞毯，手牵着黄气球的丝线出现在暮色降临的画面一角，我们才知道原来他驾着飞毯一路追寻的正是这个飘飞的黄气球。至于他为什么要追逐黄气球，是为了帮助故事开始处那两个为了飞走的气球而焦急呼喊着的孩子，还是出于别的什么特殊原因，这些问题都只能留给我们自己去想象和虚构。而那辆蓝色汽车则在故事还未正式宣告开讲的环衬和扉页上，就已经开始了它的出行。根据它所到达的每一个地点，我们可以推测出它的主人曾经到过的那些地方。在作品临近结尾处，当术士一手牵着黄气球，一手夹着飞毯向蓝色汽车的主人寻求搭车之便时，它又充当了上述三个线索的汇合点，从而使故事便于再度收紧它放开的意象，走向结局。

除此之外，我们还可以注意到一些间断地出没于故事的分支意象和情节。比如曾在扉页及其后的前两个画面上出现的那辆运载着两头长颈鹿的卡车，在消失了若干时间之后，重新现身在了度假海滩的画面上，并为逃亡中的囚衣男子提供了搭车的便利。看上去，这是两头出于商业需要被各处借用的长颈鹿，在树林里的夜憩之后，它们还将继续被送往各处展出吗？此外还有几次出现在画面上的白色警车、一辆车头处安有黑色备胎的青色汽车、两次在不同地方现身的海盗与海盗船等，都为我们的阅读提供了某些可供想象的细小线索。这些意象的设置使得图画书仿佛充满了等待着我们去发掘的叙事的秘密，也为读者自我想象的发挥提供了支点。

当然，所有这些叙事性的内容或元素都十分有别于传统图画书讲故事的方式。如果说，在许多无字图画书中等待着读者去追寻的故事情节大多是一个早已事先埋下的确定的谜底，那么《黄气球》则将无字图画书叙事的不确定性推到了极致。整部作品中，由作者给出的阅读提示仅仅是压在毫不引人注目的封底一角的四个意象，如果不是反复仔细的翻看，许多人或许根本不会注意到它们。与此同时，不论是关于越狱男子、飞毯术士、蓝色汽车或黄气球的画面叙事，似乎都不存在某个准确的解释版本，而需要我们充分开放自己想象的官能，来为它们的行踪提供一个合理的说明。换句话说，作者巧妙地利用了我们每个人心中深

《黄气球》图

藏着的叙事本能，让读者在纷繁的视象中尽力寻找着那些可见的线索，清理着那些可能的脉络。这样一来，当这些叙事的进程在我们的想象中慢慢成形的时候，它们不但成为这部图画书的故事，也在某种程度上成为我们自己的故事。

像莫里斯·桑达克、大卫·威斯纳等许多对图画书画面的细节游戏情有独钟的当代儿童文学创作者一样，德迈顿斯也在她的这部作品中表现出了对于视觉互文游戏的极大兴趣。仅以这部作品涉及的关于诸多知名儿童文学作品的互文细节为例，在扉页后第一个画面中央的一小片地面上，细心的读者会发现英国作家特拉芙斯笔下那个身着黑帽黑裙的著名童话人物玛丽·波平斯撑着她标志性的雨伞，拎着她无所不能的手提袋从右下角随风降落；而在斜对面的另一个角落，一个酷似长袜子皮皮的红发女孩正骑马而来。一个翻页之后，画面右上方的玛丽·波平斯已经收起她的雨伞，走在沿街的人行道上；而在对角线的另一端，一个西方儿童再熟悉不过的超人似乎正准备从屋顶上飞身而下。又一个翻页之后，可爱的小红帽与大野狼在树林边相遇了。这里最值得一提的或许是作品后环衬前的那个跨页。在这个画面上，除了我们一直关注的囚衣男子与蓝色汽车的动向外，在幽暗的丛林里，还有许多我们熟悉的童话故事正在悄悄上演着：《白雪公主》里的七个小矮人正穿行在画面左上角的树丛中；画面居中的小径上，灰姑娘的南瓜马车正要将她带往王子的舞会；马车上方，格林童话中被父母遗弃的汉赛尔与格蕾特姐弟正在黑暗的树林里摸索着前行；而马车下方，《不莱梅城的乐师》中的四位动物主角已经齐心合力吓跑了屋子里的强盗；同时，就在离这一场景不远处的页底上，格林童话中的侏儒怪正生起火堆，

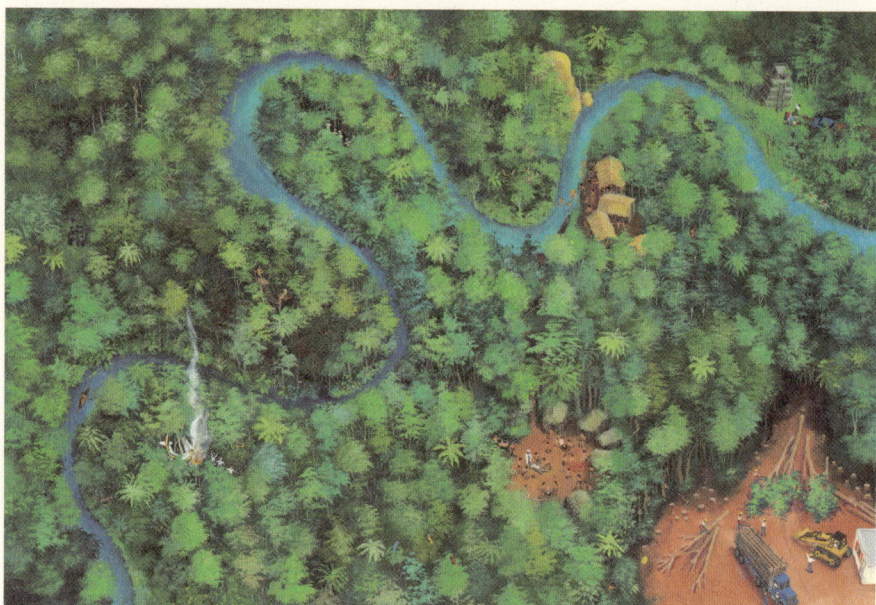

《黄气球》内页

提前庆贺他的胜利……显然，在搜寻和建构故事情节线索的同时，发现
这些隐藏在画面里的熟悉的影像，也为作品的阅读增添了别样的乐趣。
德迈顿斯编织细节的本领令人称奇，以至于在多次翻阅这部作品之后，
我仍然感到，对于它的再一次重读还将带来新的细节发现的惊喜。

　　《黄气球》以其精密的绘画笔法为读者呈现了一出充满趣味的视
觉躲猫猫游戏，同时也是对于读者观察力的一次不无挑战性的考验。由
于这个原因，不少西方读者或评论者都将这部作品归入当代西方图画
书创作的"视觉发现"（I SPY）技法传统中。然而技法本身并不能言尽
它的特点。作为一本优秀的儿童图画书，《黄气球》最令人感到深刻
隽永和意味无穷的地方并不仅仅在于它所提供的这一场阔大而又精致、
生动而又幽默的视觉展览，更在于透过这些画面所呈现出来的作者对于
世间万象、人生百态的尽相描绘，以及对于一切生命过程和存在意义的

深刻理解。在这部作品的各个场景中，活动着各样的游戏与劳作的人们、忙碌与悠闲的人们、相聚与离别的人们、孤独与热闹的人们、微笑与哭泣的人们、新生与死亡的人们、留守与出行的人们、安逸与冒险的人们、贫穷和富裕的人们，与自然世界、日常生活以及彼此相爱恨的人们，以自己的力量与智慧建立起伟大的文明，同时也因自己的贪婪、杀戮而经受着这一文明惩罚的人们……黄气球所飘过的历史与地域，不仅仅构成了某种可供观看的外在对象，而就是我们身处其中的那个时间与空间；它所见证的一切意象和情感，也就潜伏在我们所有人集体记忆的深处，拨动着我们内在灵魂的丝弦。

阅读这样一部言及生命的作品，有的时候，我的目光会久久停留在书中的某一个画面上，去细致地品味和感受这里的每一个细节所具有的动人心魄的生命感觉，包括那些在战争中流血而亡的普通士兵，那个精疲力竭地扑倒在沙漠里的行路者，那漂浮于海面上和寄寓海岛的远游者，那随着泰坦尼克号的沉没而在冰冷的海水中挣扎呼号的落难者，还有那坠落在雨林中的飞机残骸，等等。尽管这一切都是以卡通和写意式的笔法加以呈现的，有时甚至伴随着明显的幽默感，但当我们把它们放在一起解读时，那种自开天辟地以来就开始铭刻在人类精神中的缥缈而又切实、痛苦而又幸福的存在感，便会不可阻挡地从画面间升腾起来。毫无疑问，这不仅是一本献给孩子的图画书，也是一部写给我们每一个人的生命的画卷。它综合了如此丰富多彩的意象与观念，以至于像一位西方读者所说的那样，它乍看上去有如"一团乱麻"，但我相信许多仔细阅读了这本图画书的读者都会由衷地赞叹：这是多么了不起的"一团乱麻"！

享受图画书
第三编
引进图画书鉴赏
第十三章
"风车之国"的图画
书美学

七、一本图画书的多重叙事空间

加拿大学者佩里·诺德曼在他的图画书研究专著《说说图画：儿童图画书的叙事艺术》一书中谈及图画书的图文关系时曾强调指出，在最优秀的那部分图画书中，图画与文字之间始终保持着密切的合作关系，它们彼此配合，相互补充，合力承担起作品的叙事任务，从而使其同时超越了单纯文字叙事的线性时间与单纯画面表现的静止空间，获得自己独特的艺术言说与表现能力。

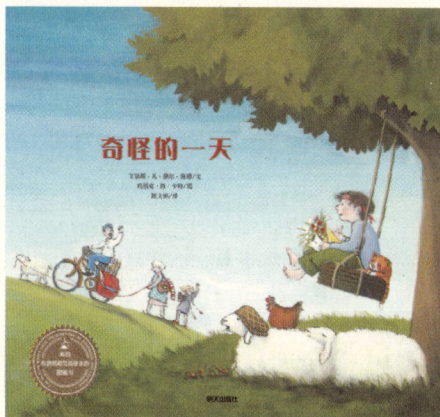

《奇怪的一天》封面

由荷兰作家艾瑞斯·凡·德尔·海德与插画家玛丽克·腾·卡特合作的图画书《奇怪的一天》，无疑是对于诺德曼此说的一个生动的文本诠释。在这部作品中，文字或者画面本身都不足以提供关于故事基本情节的完整叙说，只有当它们的叙述线索交缠在一起，共同构成一个复合的叙事体时，我们才能从这里获得一个完整的故事，并同时领略到它所带给我们的独特意趣。

事实上，图画书的第一个跨页就向读者交代了两条不同的故事线

《奇怪的一天》内页

《奇怪的一天》内页

索，它们被分别安置在这一跨页的文字和画面中。从作品第一段叙述文字中我们知道，一个大风天里，男孩杰克在焦急地等待着一封获奖通知邮件的到来。然而就在相应的画面上，读者期待中的男孩却没有现身；蓝天下，绿地上，除了觅食的绵羊和母鸡之外，只有一位送信的邮差，一个骑着脚踏车的女孩，以及一位拿着望远镜远眺的老人。文字和图画都没有告诉我们这些角色之间存在什么样的关联。我们会觉得，在这起首的一页上，作品的图文之间似乎还未结成某种显在的叙事同盟关系，而是静静地等待着某个力的作用来打破平衡，以赋予它们变化运动的能量。

　　但这个力事实上已经蕴含在画面中了。如果我们仔细观察，一定会注意到画面右方从邮差手上被风吹起的一个薄薄的信件。正是这封信和这个吹起的动作，构成了整个故事情节动力的来源。随后发生的一切是沿着第一页上已经预示给我们的两条线索展开的。一条线索被安置在作者的文字叙述中，它讲述了男孩杰克如何因为等不到期待中的获奖信件而感到失望和懊恼的散步过程；另一条线索则埋藏在画面中，在这里，除了跟随着一脸沮丧的杰克绕行了一圈之外，我们更见证了邮差在试图追回信件的过程中所引发的各种"事故"，以及步行经过其间的杰克无意之中恰好做出的补救行为。聪明的读者当然很容易猜到这封一路随风飞扬着的信件的内容。于是，当精疲力竭的邮差终于将追回的邮件塞入男孩家的邮筒时，一个我们期待已久的完满结局上场了：杰克不但如愿以偿获得了绘画比赛的大奖，也意外地收到了他无意中帮助过的那些人们的感谢，后者恰恰成为他所收到的最好的获奖礼物。

　　对于已经熟悉图画书图文互补叙事技法的读者来说，这部作品所采用的双线叙事并不令人感到陌生。它的另一个典型的文本范例，是许多国内图画书读者所熟知的《母鸡萝丝去散步》。然而在这部作品中，除了围绕着两条主线索所展开的图文叙事之外，作者也巧妙地设计了另一些可爱的情节旁枝，以此来增添故事的幽默效果，并使其叙事在总体上显得更为丰富和舒展自如。例如出现在各个画面上的那头顽皮好奇的绵羊，先是叼走了女孩手中的红色跳绳，继而趁着邮差上树的时候用两个前蹄穿走了他的皮鞋，最后还戴走了从自行车上摔倒在地的老人的格子毡帽。当它就这么头戴毡帽、脚蹬皮鞋却又一脸无辜地出现在杰克读信的画面上时，它所带来的喜剧效果是不言而喻的。此外还有"顺手牵羊"拿走望远镜的两只小鸟、从织围巾的老太太那儿叼走线球的虎斑猫等，都为作品增添了另一些细小而又别致的叙事枝节与幽默情趣。这些利用图画独特的多重叙事功能所设置的叙事细节使这部作品在日常生活的底子上隐隐透出某种恬静而又活泼的童话的气息，也在具有荷兰风情的原野和生活背景上，抒写了人与自然之间单纯天然的和谐。

　　值得一提的是，除了正文内页外，这部图画书的前后环衬、扉页以及封面封底同样参与了作品的叙事进程。前环衬上随风飞扬的白色信件与后环衬上夹在长杆顶上的信封，在极简的沉默画面中容纳了故事的基本情节。当然，只有读完了正文的故事，我们才能完整地理解这两个以天空为背景的简单意象的丰富内涵。与此同时，如果我们把作品的封面与封底展开来变成又一个跨页的画面，便会发现，与一般图画书不同的是，它并不是对作品中某一特殊场景的复制，而正是整个故事结尾的另一部分，从情节逻辑来看，它本来应该出现在图画书的倒数第二个跨页，现在却被挪到了封壳上。这就使我们在合上书页之后，仍然沉浸在对于其叙事的延伸想象中。所有这些看似不经意的设计为读者带来了诸多意外的阅读惊喜，它向我们展示了图画书艺术表现的丰富灵感，也使这部情节单纯的作品读来回味悠长。

附　编 ————————————————————————————

"首届丰子恺儿童图画书奖"评审始末

一

　　"丰子恺儿童图画书奖"是由丰子恺儿童图画书奖筹备委员会主办，书伴我行（中国香港）基金会有限公司协办，陈一心家族基金会、陈范俪女士赞助，以鼓励、表彰、促进全球范围内的华文优质原创儿童图画书的创作、出版、阅读为宗旨的奖项。第一届评奖工作于 2008 年 7 月启动，评奖范围为 2004 年至 2008 年间出版的华文原创图画书作品。

　　经过约半年时间的征集，筹委会共收到参评作品 330 件。其中中国内地 50 件，中国香港地区 90 件，中国台湾地区 190 件。在通过了筹委会组织的初评之后，158 本原创华文儿童图画书作品进入了决审阶段的评审。经过七天紧张的评审工作，最后，由余丽琼著文、朱成梁绘图的《团圆》（明天出版社、南京信谊儿童文化发展有限公司策划，信谊基金出版社出版）获得了本届丰子恺儿童图画书奖"首奖"；由张晓玲著文、潘坚绘图的《躲猫猫大王》（南京信谊儿童文化发展有限公司策划，明天出版社出版）获得了"评审推荐文字创作奖"；由周翔改编自北方童谣并绘图的《一园青菜成了精》（南京信谊儿童文化发展有限公司策划，明天出版社出版）获得了"评审推荐图画创作奖"；《我和我的脚踏车》（和英出版社出版）、《安的种子》（海燕出版社出版）、《我变成一只喷火龙了》（和英出版社出版）、《星期三下午捉蝌蚪》（信谊基金出版社出版）、《荷花镇的早市》（二十一世纪出版社出版，北京蒲蒲兰文化发展有限公司策划）、《现在，你知道我是谁了吗？》（和英出版社出版）、《想要不一样》（远流出版公司出版）、《池上池下》（天下杂志股份有限公司出版）、《西西》（海燕出版社出版）九部作品获得了本届"优秀儿童图画书奖"。

二

　　第一届"丰子恺儿童图画书奖"评委会由来自海峡两岸暨香港以及美国的八位怀有不同专业背景和阅读经验、具有不同文化眼光和审美趣味的评委组成。参与本次评审工作，对于我们每一个人来说，无疑都是一次非常难得的研读、思考和交流的机会。

　　初选入围的 158 部华文原创儿童图画书作品，呈现的是最近五年间（2004 年～2008 年）自海峡两岸暨香港华文原创图画书创作、出版的基本面貌。我们知道，图画书作为一种现代儿童图书样式，是在近代儿童图书及其插画艺术不断融合的基础上，在 20 世纪的欧美儿童文学界首先自觉和逐渐发展成熟的一个独立的儿童文学创作和出版品种。在东方，日本和我国台湾地区的图画书创作出版也于 20 世纪七八十年代以后逐渐成熟。近些年来，中国内地儿童图画书的创作、研究、出版方兴未艾，势头迅猛；中国香港地区的相关创作、出版也已启动。因此，从本届评奖入围作品的整体面貌和品质来看，可以认为，经过若干年来的探索、铺垫和积累，华文原创儿童图画书创作在整体上已经开始进入一个题材多样，并且具有比较独特的创意和风格，对图画书创作特质、规律的理解和把握逐渐加深，文学和艺术品质不断提升的阶段。换句话说，许多创作者对图画书的认识，已不再停留于草创时期常见的那种"文 + 图"的初级理解阶段，而对图画书的审美特性和艺术可能进行了深度的发掘和创造。

获得首奖的《团圆》讲述的是一个中国人十分熟悉的有关过年团圆的故事。作品依托民族和民俗文化的大背景，以一个孩子的视点，叙述了一个具有深厚历史文化和现实生活内涵、纯真动人的情感内容的故事。不过，作为一部图画书，这部作品的成功更在于作者和画家的成功配合与艺术处理，使作品显示了图画书作为"文 × 图"的叙事艺术的独特力量。例如，封面与环衬色彩、图案之间的呼应，一开始就为作品营造了一种温馨的叙事氛围；跨页图的处理、大图和小图的交替运用、所有小图均以圆形呈现，等等，都显示了作品在图像语言运用上的娴熟技法和深厚功力。而画家对于日常生活画面的独特捕捉和图像语言呈现能力，也使得整部作品气韵生动、充满张力。比如，爸爸去剪头发的画面，画家选择的是理发师一抖围篷，而"我"静坐一边、手持棒棒糖、专心凝望着眼前"陌生而又熟悉"的爸爸背影的瞬间，整幅画面在静与动的对比中呈现出细腻而富有表情性的情感张力，同时也很好地配合、丰富了文字部分的叙事内容。此外，在画面的细节处

264 | 265

享受图画书

附 编

"首届丰子恺儿童
图画书奖"评审始末

理方面，《团圆》也提供了许多可圈可点、耐人寻味的精彩亮点。比如故事开头："爸爸回家了。我远远地看着他，不肯走近。爸爸走过来，一把抱起我，用胡子扎我的脸。'妈妈……'我吓得大哭起来。"此时，爸爸对于一年未曾见面、年幼的"我"来说，无论在现实感受还是心理记忆上，都是陌生和模糊的。作品用一个整页来表现一家三口最初团圆的情景，此时，画家在画页的右上方，画了一幅挂在墙上的全家福照片，并别具匠心地让这幅照片四分之一左右的画面"落"在了整页画幅之外，于是，父亲的形象在画面中仅出现了半张脸。画家借此巧妙地暗示了虽然团聚，而父亲于"我"还是一个陌生人的生活和情感逻辑。到了故事的结尾部分，爸爸又要走了，墙上则出现了一幅完整的全家福照片，这一画面细节设计不露声色地传递了"团圆"这一生活事件所带给"我"的心理印象和情感体验，同时也透着淡淡的生活况味……这部作品最终获得了本届评奖的"首奖"，是不无道理的。

此外，《躲猫猫大王》将目光投向了智力落后儿童的生活。有评委认为，杰出的文字表现使这本图画书有了动人的灵魂，吸引、召唤、带领读者享受一场洗涤心灵的盛宴。由周翔改编自北方童谣并绘图的《一园青菜成了精》也是一部颇有创意的作品。有评委用"惊艳"一词表达了自己最初的阅读印象。另有评委认为，作者眼光独具地选择、改编了这首趣味十足的童谣作为文本，并用看似单纯实则功力匪浅的写意手法，结合现实与想象情境来创作；图画上青菜及各种蔬菜的姿态、动作活灵活现，并不刻意添加五官，拟人化的手法运用得十分巧妙、自然。安石榴的《星期三下午捉蝌蚪》以师生间的对话、红鱼和蝌蚪、另一组师生关系间的"鱼语"、叙述者的旁白、报纸文字、学生作业等多重叙事构成，并以蒙太奇手法，打破线性的叙事时空，体现众声喧哗的意味，被有的评委认为是本届参评作品中后现代风格鲜明，形式和格调十分难得的出众之作。

由此可见，本届参评作品中的许多佳作，的确表现了华语原创儿童图画书创作者们良好的文学、美术创作气质和才情，尤其是在绘画语言的创造和运用上，许多创作者进行了多样化的探索，在以图像诠释文字和以图像呈现新的叙事可能性方面，做出了许多令人印象深刻的尝试。

三

我们也发现，从总体上看，华文儿童图画书创作在不同地区的发展也呈现出了各自鲜明的个性和特色。

中国内地的儿童图画书创作在文字和图画方面往往融入了较多的民族文化元素，更多地表现出了对于传统和地域文化的吸收和倚重。王早早著文、黄丽绘图的《安的种子》以佛教人物和故事为题材，讲述了一个关乎心性和自然界规律的寓言故事。周翔著文并绘图的《荷花镇的早市》描述的是一段关于江南水乡早市的生活和记忆，画幅之间散发着浓郁的地域文化和生活气息。熊亮著文，熊亮、马玉绘图的《灶王爷》（明天出版社出版）、熊亮著文，熊亮、吴翟绘图的《京剧猫·长坂坡》（连环画出版社出版）也都是从中国传统文化中去获得灵感、撷取素材进行新的想象和创作的结果。内地图画书创作的这一重要特色，引起了评委们的很大兴趣和热烈讨论。

中国台湾地区的儿童图画书创作起步较早，对于西方图画书创作的了解和经验借鉴较为丰富，因此，在创意、类型、风格方面更为多样化，同时更注重对当代童年生活和情绪的艺术表现。叶安德著文、绘图的《我和我的脚踏车》叙述了"我"和"我"的脚踏车的故事，借助幽默的情节设置和漫画风格的绘图，生动细腻地表现了儿童心灵成长的愿望和轨迹。赖马著文、绘图的《我变成一只喷火龙了》则以儿童的情绪宣泄和情绪管理为题旨，运用极度夸张诙谐的手法，表现阿古力（英文"愤怒"一词"angry"的谐音）因情绪失控对己对人所带来的负面影响，并巧妙使用画面的拉页形式，表现主人公生气的夸张程度。童嘉著文、绘图的《想要不一样》，被评委认为是一部突破了常见的图画书答问和图像辨识格式的佳作，其原因在于，这部作品的图像取材，十分幽默和"不一样"，却又紧扣学龄儿童的成长议题，从心理层面真正贴近了儿童的心理世界。因此，中国台湾地区的儿童图画书创作在选材、表现手法等方面更注重对当代儿童生活和儿童心理的关注和艺术表现，在整体美学格调上具有更加丰富的儿童情趣和童年意味。

中国香港地区的儿童图画书创作与出版也已起步。中国香港地区出版和参评的不少图画书作品是由中国内地和中国台湾地区的作家、画家所创作的。不过也有一些香港地区本地作者的作品颇有特色，例如：由余思敏著文、何诗敏绘图的《比比的垃圾桶》（家庭基建有限公司出版）以我国香港地区社会为背景，教育小读者要爱惜玩具、珍惜资源。本次评奖，也令我们对我国香港儿童图画书创作的未来有了更多的期待。

此外，我们也发现了交流的必要性及其价值。获得本届评奖重要奖项的作品中，有一些就是由海峡两岸出版社携手合作，凝聚了两岸作家、画家、编辑的智慧和心血的成果。我们也相信，这样的评奖和交流，对于华文原创儿童图画书创作的共同提升与繁荣，对于未来更大范围的华文原创儿童图画书创作的发展，都将起到广泛而深远的推动作用。

四

五年间所累积和提供的文本，也可以引发我们对华文原创儿童图画书创作的诸多思考。首先，作为儿童图画书评审，我们非常重视图画书创作中儿童观和儿童经验的存在及其呈现。而事实上我们发现，一些作品侧重表达成年人的心思和愁绪，但明显缺乏儿童经验的参与和相应的艺术升华；某些以表现儿童生活和心理为内容的图画书作品，却常常表现出与真实的童年感觉的疏离与隔膜；成人化的主观想象和臆测，最终导致一些作品成为一种不可信的童年叙事。

其次，一些图画书在图文平衡、图文融合等方面还存在较大的不足。某些作品有不错的想法和创意，但绘画水平明显偏弱；另外有些作品则刚好相反，绘画水平不俗，却缺乏有力的文学基础支撑。作为一门图文结合的综合性艺术样式，很显然，只有图文俱佳并完美融合的作品，才能成为真正优秀的儿童图画书作品。

再次，以更高的标准来看，华文原创儿童图画书在图画书的整体创意方面，还存在较大的提升空间。这一判断的得出，显然是以当代西方优秀图画书创作的艺术水准为参照系的。当代西方许多优秀乃至顶尖的图画书作品所展示的艺术创意及其可能性，在很大程度上展示了图画书创作的丰富魅力。如果华文儿童图画书创作界能够以我们独特的民族文化积淀和丰厚的当代生活现实为依托，同时不断致力于提升华文儿童图画书创作的个性和创意，那么，华文图画书创作的前景和未来将会更加令人遐想和期待。

最后，尽管中国大陆的图画书创作近年来有了很大的提升，在本次评奖中也取得了突出的佳绩，大陆作者的作品囊括了本届评奖三个重要的奖项，但是与中国台湾地区比较起来，我们在整体艺术积累的丰富程度上还有一定的距离。例如，本届评奖入围作品共43种，大陆作者的作品共有9种，而台湾地区作者的入围作品达34种，这也在一定程度上反映了近年来海峡两岸儿童图画书创作的积累状况和丰厚程度。

五

本届"丰子恺儿童图画书奖"的评审工作，也是评委们各自的图画书理念、趣味和追求之间相互碰撞、激发、交流的过程。尤其值得一提的是，八位评委的学科背景涉及儿童文学、艺术（美术）和艺术史、外国文学、儿童图书馆、幼儿教育等专业领域。紧张的评审过程虽然辛劳，但大家秉持公正之心和艺术良知，彼此尊重和深入探讨，我深感，这是一次充满专业精神、恪守评奖伦理的工作经历，也是一个努力把"评奖的遗憾"减到最少的工作过程。

就我个人而言，各位工作伙伴的专业素养和工作精神，也使我受益颇多。评委会对许多重要作品的研讨是十分深入和专业的。例如，《团圆》

《一园青菜成了精》等作品都有中国大陆和中国台湾两个版本的文本参评，为了比较异同，有些评委对两种不同版本分别进行了仔细的对比和分析。明天出版社版（以下简称明天版）《团圆》的版权页印在了环衬之后的首面，而其上方是文字作者的献辞和故事开头除夕之日的日历，这样的组合对故事开端叙事的独立性和完整性是略有损害的。信谊基金出版社版（以下简称信谊版）的《团圆》则将版权页安排在故事结束后的空白页上，全文首页即开始了纯粹的叙事，首页和第二页的文图结合更加紧密、自然、完整，因此，在《团圆》现有的两个版本中，信谊版要优于明天版。而《一园青菜成了精》，明天版的封底还有一图，描绘的是各种小动物纷纷跃出的画面，既与封面形成了呼应，同时又带出读者对另一个热闹故事的期待，其构思颇为缜密和巧妙。而信谊版的封底则以空白呈现，失去了明天版封面安排所具有的巧思和意趣。因此，《一园青菜成了精》的两个版本中，明天版要优于信谊版。这些比较还说明，对于一本优秀图画书的最后完成来说，编辑的存在及其专业素养的介入有多么重要！

（原载 2009 年 8 月 5 日《中华读书报》）

一次"特别"的评奖体验

我参加过许多次的文学评奖，有全国范围的，也有地方教育局或少年宫组织的。可是这最近一次当评委，让我对评奖有了一些特别的体验和感触。

一

2008 年夏，首届"丰子恺儿童图画书奖"在中国香港向全球华文图画书界启动征集作品的时候，就吸引了很多人的眼球。在近年儿童图画书出版和推广愈来愈热的背景下，这个征奖面向范围广，"首奖"奖金数额高达 2 万美金，又在华文图画书界占得先机的奖项令人瞩目，就毫不奇怪了。

2009 年 5 月间，我收到了丰子恺儿童图画书奖筹备委员会发来的邀请函，邀我担任"首届丰子恺儿童图画书奖"决审阶段的评委。6 月 24 日下午 4 时许，我顺利抵港并入住位于沙田大涌桥路 34-36 号的丽豪酒店。走进 1271 房间不一会儿，电话就响了起来，是通知我去二楼一个临时的会议室参加评委碰头会。"这是什么效率啊！"我一面嘀咕着，一面向二楼的会议地点寻去。在内地参加评审，大家见面总要先寒暄一阵，叙叙友情，哪有一报到就直奔会议室打照面的！

评委会由八位来自海峡两岸暨香港以及美国的专业人士组成。中国海洋大学的朱自强教授、香港教育学院的霍玉英博士是老朋友了，中国台湾地区的柯倩华女士、刘凤芯博士，美国的李坤珊博士也是熟人。来自中国台湾地区的宋女士是知名的图画书研究专家，彼此之间可算是通过文字"神交"已久的同行。只有一位娇小的女士感觉陌生。介绍之下，才知道她叫谢嘉莉，是大埔循道卫理小学的图书馆主任，具有丰富的儿童图画书阅读指导经验。我暗暗想，这好像是一个不错的评委结构，学科背景涉及儿童文学、艺术（美术）和艺术史、外国文学、儿童图书馆、幼儿教育等领域，地域则覆盖四个国家和地区。简短的介绍之后，大家商定、明确了工作方向、节奏等事项，第一次碰头会就结束了。

158 册初选入围的图画书分装在三个大纸板箱里，整齐码放在房间的一角。前三天，安排大家分头集中精力读书，适时集中讨论，交流情况。我估算了一下，如果每天高效率地读书 8 个小时，一刻不歇，要通读这些作品，平均每一本书在手里停留的时间也只有 9 分零 7 秒左右。一些人可能会觉得，图画书文字少，三两分钟就可以翻完一本。这实在是不了解图画书的人才有的看法。许多好的图画书匠心独运，玄机无限，是需要反复揣摩和把玩的，更何况这是专业评奖呢，我得对自己的判断和选择做出专业上的理由和说明。好吧，只有一条路了，除了吃饭睡觉，把握所有的时间好好看书吧。好在筹委会事先已提醒各位评委关注近年来本地出版的图画书作品，加上图画书本来就在我们的专业阅读范围之内，所以初选入围的不少作品我都已经看过。

香港地区的文化就是不一样，评审期间主人并不管饭。不过，起初我并不知晓。第二天午饭时间，一直没有人来通知，

272 | 273

享受图画书

附 编

一次"特别"的
评奖体验

又不好意思去问，心里便想，开会倒是通知得蛮勤快的，也许竟不管饭？不过这样似乎也不错，何时去吃饭，一顿饭简单或复杂到何种程度，完全可以自己掌握。

将近一点钟，住在隔壁的自强打来电话。

"看得怎么样，饿了吗？"

"昏天黑地。没觉得饿啊。"我虽然惦记着午饭，但的确看得正起劲，没感觉到饿。

"那我们再看一会儿，一点半一起去午饭吧。"

"好嘞！"

睡觉的时间当然也要压缩的，我想以这样的作息规律的改变，来换取更充分的读书和思考时间，尽个人的能力来保证评审工作的质量。晚上11点多，真有点困了，不甘心这样就睡，我把一叠书抱到床头，靠在枕头上继续翻阅。终于抵挡不了倦意，不知何时昏昏沉沉地睡着了。

一觉醒来，发觉自己斜倚在床头，床头灯还亮着。一看时间，才凌晨3点半。扭扭脖子，感觉有点疼，可能伤了筋。好像并不严重，也就不去在意了。

这天上午，评委们集中讨论交流情况。我发现几位评委也面有倦容，心想，看来彼此彼此，谁也不轻松啊。

等到进入交流和讨论阶段，各位评委谈起作品来如数家珍、滔滔不绝，我越发意识到，每个人都是认真读了作品，有备而来的啊。

评奖读作品，这看起来天经地义的事，在如今我们的某些评奖文化中早就被抛弃了。有时候，一件参评作品只有极少数评委读过，大部分评委只是听听介绍、画个圈圈而已。外界看来阵容庞大的评审委员会，其实因为一些评审委员并没有在内心设置并坚守某种底线，最后的结果也可能因此而留下本来可以避免的许多漏洞和遗憾。

也许，有人会说，这毕竟是文字内容相对有限的图画书评奖。那么，当参评作品数量更多，篇幅更大的时候，除了评委的操守要求，我们可不可以在评奖的时间、流程、技术安排等方面，从评奖的制度设计层面，就为评委们好好读完作品，提供可能性和保障条件呢？

二

根据筹委会提供的资料，本届评奖共收到参评作品330件，其中中国内地50件，中国香港地区90件，中国台湾地区190件。从数量上看，中国台湾地区的作品显然占了大头。

这其实是与两岸图画书创作、出版的现实状况相符合的。自1996年以来，我曾经七次应邀赴台湾讲学、出席学术会议、从事短期研究等，对台湾地区自20世纪80年代以来图画书发展的蓬勃局面有所了解。可是，作为大陆参加此次评奖的两位评委之一，我得承认，自己的心里多少还是藏了一点想法：希望在恪守公平原则和学术良知的前提下，尽量介绍一点大陆图画书创作的进展和成绩。毕竟，评委会中，来自台湾地区的评委人数最多。

这一天，按照预定日程，要讨论确定50本入围作品。我很快就感受到，所有的选择和意见，都消除了私心和地域方面的偏见。严格遵守评审程序，秉持公正之心和艺术良知，彼此尊重和深人探讨，成为评委们自觉维护的评奖伦理。例如，对于中国台湾地区的参评作品，来自大陆的两位评委往往流露出情不自禁的喜爱；来自中国台湾地区的评委们，也常常会表达自己对于大陆作品的由衷的惊喜。那天在酝酿入围名单时，我提到了一部我个人十分喜爱的台湾地区的作品《那一年，我们去看电影》。我以为这部作品的文学基础很好，故事细腻流畅，绘画也颇有时代气息。台湾地区的评委则从历史感和细节方面对作品的不足进行了分析。这样的讨论，观点可以不一致，但评奖的地域利益或得失之争，已经荡然无存……

6月29日是决定本次评奖各项大奖最终归属的日子。随着讨论的深入，获奖名单逐渐浮出水面。《团圆》《躲猫猫大王》《一园青菜成了精》《我和我的脚踏车》《安的种子》《我变成一条喷火龙了》《星期三下午捉蝌蚪》《荷花镇的早市》等作品被大多数评委看好。最后，《团圆》荣获本届评奖"首奖"；《躲猫猫大王》《一园青菜成了精》分别获得"评审推荐文字创作奖""评审推荐图画创作奖"；《我和我的脚踏车》等9部作品摘得"优秀儿童图画书奖"。直到这时候，评委柯倩华女士才轻轻说了一句："要恭喜大陆的作家画家了。"

原来，本届评奖三个最重要的奖项被大陆的参评作品囊括，而且，这些作品的五位作者和画家来自同一座城市：南京；它们的出版单位也完全一样，均由信谊基金出版社、明天出版社出版（南京信谊儿童文化发展有限公司策划）。

不搞题材、风格、作者方面的照顾，也不搞出版社、地域方面的平衡，一切以文本为对象，以作品的艺术品质为依据。看到这个多少有些令我意外的结果，我从心底里为有机会参与和见证这样一次评奖而感到幸运。

也许，所有的评奖最初都是希望能够做到过程公平公正，结果具有公信力的；但是，要把这种愿望真正变成现实，我以为，路途可以很漫长，也可能就在我们自己的脚下。

当我在电脑上敲完这篇文章的时候，我的脖子、左肩和左手臂还在隐隐作痛，这是评奖期间高强度的阅读留给我的一份特别的"礼物"。不过，与这样一次评奖体验和收获相比，我觉得，所有的付出都是值得的。

(原载 2009 年 9 月 2 日《文汇报》，初次发表时曾略有删节)

童书创作的另一种语言

《彩绘童书——儿童读物插画创作》（中文版译名《剑桥艺术学院童书插画完全教程》接力出版社 2011 年出版，以下简称《彩绘童书》）是目前为止并不多见的一部专以儿童插图的艺术创作实践为讲授对象的专著。该书在扼要梳理了欧美儿童读物插画简史的基础上，重点就童书插图基本的创作技法以及相关的艺术知识，展开了结合实例的生动阐说。该书论述所及的主要对象是儿童图画书。不过与一般的图画书研究著作相比，这部著作的特别之处在于，它的作者马丁·萨利斯伯瑞本人也是一位童书插画家，与此同时，他还是英国首个童书插图硕士专业——剑桥艺术学院童书插图方向硕士研究生课程导师。该书正是在萨利斯伯瑞本人的授课实践经验基础上撰写而成的。这使得《彩绘童书》在观察童书的立场、意图、视角和内容等方面，都有别于此前出版的一些儿童图画书研究著作。

插图童书在欧洲有着四百多年的悠久传统，不过它真正的繁荣是 19 世纪中期以后的事情，尤其是现代意义上的图画书开始出现之后。整个 20 世纪，儿童图画书经历了一个可以用"艺术爆炸"来形容的发展时期，它所展示的童书插图在媒材、技法、风格、表现力等方面的丰富而又独特的潜能，使其迅速成为一个独具魅力的艺术领域，并吸引着越来越多的艺术工作者参与其中。

然而，尽管图画早已经被公认为童书创作的一种重要"语言"，但对于图画书插画艺术的内在肌理，大多数人所知仍然甚少。20 世纪后期以来，我们陆续看到了一批专以儿童图画书为研究对象的著作，但这些著作基本上都是从文学研究或儿童教学的立场出发，对图画书的相关艺术知识进行理论上的解析或者应用性的教学例举，而很少体现插画语言的视角。这里面有着来自客观层面的原因。正如萨利斯伯瑞所说，"大多数插画家都会避开著书谈论他们的作品，而总是乐于让这些画作自己来发言，其结果是，有关这一论题的大多数著作都出自那些受过文字而非绘画写作训练的作者之手"。显然，不同的研究背景和立场，其关注点也各有不同。比如说，针对图画书，许多文学研究者所关心的话题常常是如何从图画中解读出特定的言说意义，而不是考察图画自身的语言方式。然而，萨利斯伯瑞指出，插图艺术家并非以文字为创作中介，而是直接通过图画来进行"观看"和"思考"的。因此，对于图画书来说，理解图画自身的语言如何运作，在某种程度上或许比理解与画面相对应的文字内容更具有基础性的意义。

当然，《彩绘童书》的目标读者主要是那些已经或者有可能进入童书插图创作领域的绘画者，它的主要宗旨也在于对创作学习者进行童书插图技法的启蒙指点。作者萨利斯伯瑞强调的是，童书插图首先是绘画作品，但它又不仅仅是一般的绘画艺术。从图画的创作到童书的插图创作，并不像从桥的这头跨到另一头那样简单省事，它要求绘画者对儿童的特征、童书的性质等具备充分的了解，并将这份了解融入绘画技法的探索之中，由此生成童书特有的插图创意，并完成其独特的意义呈现。因此，在本书第二、第三两章，作者不惜花费许多笔墨力气来对儿童插画的构图、媒材和技法进行详细的介绍、解说和分析。在其后的章节中，这种解说还覆盖了不同年龄段读者和不同类型童书的不同插图技法，以及从封面、版式到字体设计的插图细节讲授。值得一提的是，所有这些唯有从创作实践中才能获得的经验，不但是作者本人创作和教学经验的小结，同时也是他通过与多位童书插画家的对谈而搜集到的珍贵素材。这使得本书不再仅仅是一本个人化的经验之作，也是一本具有一定广度的创作实践依托的研究型著作。

如何推进童书插图的当代创作实践，是萨利斯伯瑞最为关心的一个话题，但他深知艺术创作远非刻板的模仿跟进，因而也从不希求通过这样一本著作一劳永逸地解决童书插图的问题。对于这样一部带有鲜明的创作"宝典"性质的著作，作者在前言中却明确声明，该书"并不是一本插图指南，因为我不相信存在着一种专门适合或者宜于童书插图的作画方式；相反，本书的目的在于让读者更明白，如何才能使自己的创作臻于完满，及至达到出版的水平"。正是因为怀着对童书艺术面貌的这样一种"完满"的理解，作者在本书中所展示的并不尽是技巧性的分析，而是将绘画技巧视为图书整体艺术表达的一部分，并考虑到了它与童书其他构成元素之间的密切关联。比如在"图画书"一章，作者所谈论的不仅包括图画书的插图，更对书中画面与文字、画家和作家之间的配合关系倾注了特别的关注。

《彩绘童书》的英文版出版于2004年，其时，现代意义上的儿童图画书已经走过了一个多世纪的发展历程。书中的论述正是建立在一百多年来欧美图画书插图所抵达的艺术高度的基点上的。显然，对于起步不久的我国原创图画书事业来说，这样一部著作的引入本身就意味着一次及时而又重要的创作启蒙。该书就童书的插图绘制、排版、样书制作乃至出版推介所展开的系统介绍，能够为许多有志于童书插图事业的本土艺术工作者提供富于价值的启示。

　　它显然不仅仅是一本属于创作者的书。对于儿童图画书的许多阅读者和研究者来说，书中的论述同样提供了从图画书的绘画语言内部来解读这一艺术样式的另一种必要的视角；透过它，我们能够更清楚地看到图画在书中如何以自己的方式"说话"，从而更贴近地聆听每一本图画书意义的声音。我相信，不仅是童书插图的创作者，所有关心儿童图画书的人们，都能从这本书中收获不一样的启迪。

原创图画书，如何超越"学步期"？

在书籍形态和文本构成上，原创图画书的确越来越向世界水平靠近，但在内里的艺术表现上，许多作品所表现出的对图画书艺术的认识，仍然是十分稚嫩和浅薄的。

仅仅停留在主要是外在形式层面的认知上，原创图画书的艺术想象和施展空间始终是有限的。图画书亟需"深度"启蒙。

普及过后，图画书亟需"深度"启蒙

《中华读书报》：近年来，你一直很关注图画书在国内的阅读推广和艺术发展。最近，明天出版社出版了你关于图画书的专论《享受图画书》，这也是你个人的第一本图画书研究论著，是什么原因触发你写作此书？

方卫平：《享受图画书》是我从 20 世纪 90 年代开始接触、谈论、研究图画书至今，对这一文类思考所得的一次集中梳理。十几年前，我们这些儿童文学研究者最早开始关注图画书艺术时，或许没有料到，在国内，这一文类会在这么短的时间内得到如此广泛的普及和如此迅速的发展。从近年来集中在图画书领域的兴趣和关注来看，这一艺术样式无疑已经成为当代儿童文学出版界和阅读界的新"宠儿"，而这一过程又是与国内图画书的艺术启蒙事业同步进行并相互促进的。近几年来，以图画书为论题的研究论著开始陆续出版，从图画书的基础知识启蒙，到图画书的艺术特性研究，再到图画书在教学实践中的运用等，都进入了相关研究者的视野。

我很看重图画书的这一本土启蒙进程，也把自己认同为这一进程的积极参与者之一。与此同时，我也一直在思考这样一个问题，当我们对于图画书特殊的书籍形态、内部构成、接受意义、阅读方法等有了初步的全面认知之后，当本土出版的图画书在物质载体和内容样式的双重层面越来越趋于形式上的成熟时，在图画书艺术本体的层面上，接下去，我们需要的是什么？

我认为，我们需要一种更具"深度"的图画书艺术启蒙。这也是我在《享受图画书》一书中试图展开的一种图画书艺术的探讨方法。我在这本书中重点关注的问题有二：一是当代图画书的艺术探求；二是原创图画书的艺术发展。这也是我个人这些年来在图画书领域一直在思考和谈论的两个问题。

《中华读书报》：你所说的"深度"艺术启蒙具体是指什么？

方卫平：我所指的"深度"，是指关于图画书的文学故事、插图艺术、文化内涵的深度欣赏。这种欣赏不是简单、印象的阅读感受，而是能够在阅读中较为准确、全面地把握一本图画书在艺术层面的丰富性。图画书的"深度"艺术启蒙，就是要带领图画书爱好者一起进入图画书艺术的更深处，发现其一般形式之下更细致、更深层的艺术肌理。这一欣赏和阅读能力并不一定会随着图画书阅读数量的增加而自然提升，需要更深入的图画书艺术知识的储备和相应的阅读训练。

《中华读书报》：应该说，目前图画书在内地总体上还是处于一个比较初级的启蒙期，很多家长、教师乃至研究者对于图画书艺术的认识仍然是比较有限的。在这样的现实情况下，我们已经可以谈论"深度"启蒙的问题了吗？

　　方卫平：你提的这一个问题，也正是我想特别说明的一点。我所说的图画书的"深度"艺术启蒙，看上去似乎是当代图画书启蒙的一个后续话题，但从图画书的艺术逻辑来看，它并不是一个后发性的概念。就当代图画书的艺术探求而言，并不是说图画书的基本形态发展在先，艺术深度是后来的"锦上添花"，这两者其实是一体的。图画书作为一种特殊艺术样式的存在形态，从来离不开深度的艺术探求。只是因为我们自己的当代图画书传统起始得太晚，与世界图画书艺术的距离又太远了些的缘故，因此，我们在最初启动这一传统的时候，不得不从最基本的技艺层面切入，先来普及一些最易迁移的艺术知识，如图画书特殊的文本构成及其文图配合叙事的特点。目前，这一图画书知识的传播已经很广泛了，也对原创图画书的艺术面貌产生了很大的影响。与此同时，我们也看到，仅仅停留在这一主要是外在形式层面的认知上，原创图画书的艺术想象和施展空间始终是有限的。从这个意义上说，这一启蒙的要求已经被延迟了。

　　事实上，这里的深度也是相对于国内图画书艺术的总体认识水平而言的。与西方当代图画书的研究进展相比，我在这里所说的"深度"其实还是一种十分基础性的艺术启蒙。早在 1988 年，加拿大儿童文学研究者佩里·诺德曼的《说说图画——儿童图画书的叙事艺术》（以下简称《说说图画》）一书对于图画书的艺术分析和文化读解，就已达到了很高的理论水平。我们今天读这本书中的图画书论说，还觉得有许多需要消化的地方。相比之下，我们的图画书阅读能力的确亟待提升。这也是我倡导图画书"深度"艺术启蒙的出发点之一。

图画书艺术创新的大秘密

《中华读书报》：应当从哪些方面来推进这一"深度"启蒙呢？

方卫平：在《享受图画书》一书中，我尝试从三个层面来实践我所说的"深度"艺术启蒙。

第一是针对图画书的技术分析。与一般的儿童文学样式相比，图画书最大的特点在于它引入了画面作为叙事元素，对于长期习惯了文字阅读的普通读者来说，如何顺利地阅读画面往往是一个更具技术难度的活儿。

我在这里之所以谈"技术"而非"艺术"，是因为在我看来，要真正进入图画书的插图艺术，首先必须要了解其技术层面的语言，因为后者有如小说的语言一般承担着基础性的表意功能；与此同时，当代图画书的艺术突破也往往与其在画面技术上的创新相关联。《享受图画书》中有一章是专门谈论图画书中的视角升降技巧的，其中涉及的图画书文本，有的已有中译本出版，如《变焦》《由近到远 由远到近》等，还有些则尚未引进国内。我在这一章的论述中试图说明，当代西方图画书是如何从一种特殊的空间表现"技术"中吸收叙事的灵感，并把它转化为一种新的图画书叙事机制的。

《中华读书报》：一般认为在文学和艺术创作中，技术的层面始终是中介性的。

方卫平：但这个"技术活儿"很重要，因为它借这一技术手法的挪用打开了图画书叙事的新颖视角，同时，这个视角里还可以生发出丰富的美学蕴涵，比如由连续视角升降的画面叙事所带来的世界观和生态观的拓展。也就是说，在这些作品中，图画的技术性被转化成童书的文学性。这正是当代图画书艺术创新的一大秘密，亦即如何通过技术的中介，来寻求一种别出心裁的文学艺术表达。对于《变焦》这样的图画书来说，我们既需要通过对其画面技术的了解，来深入体会其叙事上的创意，也需要通过对其叙事方法的解读，来深入认识其画面技术的意义，而不是仅仅停留在对画面视角升降所造成的阅读趣味的言说上。

在当代图画书的阅读中，存在很多类似的技术话题，比如特定的插图技法（包括线条、色彩、视角、取景等）与作品叙事表现之间的内在关联，但这些还很少在我们的图画书欣赏中得到关注。与此相应，原创图画书对于画面技术的文学表现力的运用也有待开掘。

第二是针对图画书的理论探讨。这是指对图画书艺术的学理性探讨，是从理论建构的角度来考察图画书的艺术。一方面，特定的理论探讨有助于图画书艺术的深入解读；另一方面，图画书艺术探讨的进一步深化，必然也会涉及这样一些理论的话题，因此，它也可以被作为"深度"启蒙的一部分。

《享受图画书》中专论图画书中成人与儿童之间"权力博弈"的一章，是以图画书中成人与儿童的文化之争为明线，以图画书的历史发展为暗线，来探讨当代图画书的一种童年美学走向的。从不同历史时期的图画书对于童年禁忌题材的不同处理方式中，我们可以看到现代童年观的某种演进过程和未来走向，在这一过程中，童年禁忌的存在既成全了图画书中的童年美学，又是这一美学不断致力于解构的那个对象。这是当代图画书创作所面临的一个文化悖论。

《中华读书报》：类似成人、儿童权力博弈这样的话题，对于当前的图画书的艺术普及来说，是不是太专业了？

方卫平：与诺德曼《说说图画》这样的图画书研究专著相比，国内关于图画书的专业理论探讨还没有完全启动起来，我的研究也还只是一种理论建构的初步尝试。就一般的艺术欣赏来说，这一话题有一定的深度，但也并非与普通的欣赏无关。在图画书的欣赏和创作中，理解有关童年禁忌的上述文化悖论，大有助于我们读解和判断图画书内在的童年美学价值取向，认识和把握图画书中的童年美学表现方向，进而领会和发掘图画书的文化深度。

在图画书的基础理论领域，目前有很多值得去发现和建立的研究课题。但是由于它并不与当前流行的图画书阅读和出版事业直接相关，再加上其本身研究开拓的难度，所以不十分受到研究界的待见。但我认为这恰恰应当成为我们重视它的理由。今后我们的图画书研究能够抵达什么样的深度，在世界图画书研究界能够占据一个什么样的位置，主要还要看这个领域的成果。

第三是针对图画书的文本细读。这是我特别想提到的一点。图画书是目前儿童文学阅读的一大热点，目前针对图画书的评论文章很多，内地出版的图画书中，相关的评论性导读文章也很多。但是在这些文章中，印象式的阅读感悟居多，却很少看到针对一个图画书文本做深入细致的艺术解剖的文字。这些年来，我自己也写了不少这样的导读和评论文字。所以，我近年写图画书的解读文字，给自己定了这么一个要求：必须把一本图画书从头到尾仔细阅读多遍，在遵从自己真实的阅读感受的基础上，对作品的文字和插图文本进行一层层的细致解读，使文字的分析进入到故事和画面的深处，进入到图画书文本的深层纹理中。

《中华读书报》：你所说的图画书文本细读似乎包含三方面的要求：一是对于文本的反复琢磨，二是对于作品的深入感悟，三是坚实的图画书艺术知识支撑。这三个方面是不是可以进一步概括为：一种认真的态度，一种敏锐的感受力，一种专业的精神？

方卫平：对。在《享受图画书》的最后一章，我以一组荷兰图画书为对象来集中演练这一文本细读方式的操作实践。我最早看到这些图画书的时候，是它们在国内正式出版的前夕。我记得自己当时特别兴奋，不仅是因为看到这些图画书在艺术上所呈现出的丰富性和独特性，也因为它们中的某些作品对自己的图画书阅读能力构成了一次新的挑战。

比如其中的《跟我走吧》，表现的是一个孩子看世界的方式，作品通过特殊的视点处理，将孩子生活中的现实和想象奇妙地糅合在每一个画面上，如果不是仔细观察和比对前后画面，我们很难发现藏于其中的全部玄机。谈论这篇作品的时候，我试图将自己在长时间的反复阅读中所获得的对作品画面的表现技巧剖析、故事文字的叙事手法解读和作品所传达的童年美学蕴涵的理解，细致地描绘出来。

另一部图画书《黄气球》是一本比较复杂的无字图画书，画面内容纷繁阔大，又运用了特别的拼贴手法，每打开一个对页，我所面对的都是由各不相同的时间和空间场景结缀而成的一个大画面，画面之间没有文字的说明，也看不到显在的线索，这对图画书的读解造成了很大的难度。所以，读这部作品，我自己是一个个画面一遍遍地慢慢寻索着，来发现和建立其中的情节和情感线索。这真是一个很煎熬的过程，但也是一个充满解谜般的愉悦感的过程，它让通常被认为是十分浅显的读图活动，变成了一个在思维质量上毫不逊于文字的阅读过程。读解的过程中，我常常忍不住发出这样的赞叹：原来图画书还可以这样写，这样画！我一直认为，我们这些图画书的研究者，对于图画书的艺术认识也始终处在不断地被启蒙和自我启蒙的过程中。在这个过程中，对于优秀图画书的文本细读，正是一种重要的自我启蒙的途径。

原创图画书， 如何超越"学步期"

《中华读书报》：这些年来你很关注原创图画书的发展，并连续两届担任了丰子恺儿童图画书奖的评委，《享受图画书》的第二编就是围绕着原创图画书的主题展开的。"深度"艺术启蒙，对于目前原创图画书创作和出版的意义何在？

方卫平：我对图画书的"深度"艺术启蒙的想法，正是从我对原创图画书的思考中生长起来的。近十余年来在内地掀起的"图画书热"，我们都有目共睹。在这一过程中，原创图画书经历了一个十分关键的艺术苏醒期，也开始出现一些令我们耳目一新的优秀作品。

今天，人们对于图画书的这份热情还在继续升温。但是，与大量译介和引进的国外图画书相比，从总体上看，经历了当代图画书艺术洗礼的原创图画书，其前行的艺术脚步始终迈得吃力而又迟缓。在书籍形态和文本构成上，原创图画书的确越来越向世界水平靠近，但在内里的艺术表现上，许多作品所表现出的对图画书艺术的认识，仍然是十分稚嫩和浅薄的。

最近，我注意到一些原创图画书开始在叙事方式上模仿像《母鸡萝丝去散步》这样的作品，来探索图画书中文字与画面的双重叙事途径，但其作品恰恰反映了作者对于这一叙事技法的拘泥于形式的理解。通过在画面上安排另一条隐秘的线索，故事的叙事层次是得到了丰富，但这一增设的画面情节却显得生硬牵强又令人费解。究竟图画书中的文与图是如何各自拓展自身的艺术表现能力，其合作又是如何造成一种富于艺术性的文学结果的，对这样一些问题，我们的认识还是很不充分的。

从2008年起参与丰子恺儿童图画书奖的相关工作以来，我有两个很深刻的感受。一是我越来越觉得儿童图画书的确是一个充满魅力的艺术领域；二是我们对于这个领域的艺术认知的确还很不够。这里的"我们"包括我自己。我想，在对图画书艺术了解不够深入的情况下，我们怎么可能要求原创图画书在艺术上达到较高的水准？所以我要提出"深度"艺术启蒙的问题。我们对图画书的艺术认识和理解得越深，对这一文体样式的欣赏和创作基础也就越完善，越成熟。这对于原创图画书的创作和出版无疑具有根本性的意义。

（本文系与陈香女士的对话，原载2012年4月25日《中华读书报》）

后　记 ────────────────────────

　　图画书的创作、研究、出版、阅读推广如火如荼，构成了当下儿童文学和公众阅读生活领域的一大景观。这本《享受图画书——图画书的艺术与鉴赏》便是我个人在这一文化背景和阅读浪潮中，享受图画书这份时代赐予的文化飨宴所留下的一些相关的阅读和思考成果。

　　除了图画书理论的一般阐释外，本书中关于图画书的画面视角升降技巧、图画书中的童年禁忌与童年美学建构等话题，也反映了近年来我个人对于儿童图画书思考的某些重心所在。在具体文本分析方面，《寻回心灵的诗意》《华彩丽章的生命诗篇》《童年身边的远方》《一场时空与生命的旅行》《一本图画书的多重叙事空间》等篇章文字，是我在图画书文本的艺术赏析和深度解读方面所做的努力和尝试，希望能与读者朋友分享阅读图画书的心得和乐趣。

　　毫无疑问，关于图画书艺术的深度思考在我们这里还只是刚刚起步。这本著作的构架也透露了作者某些专业上的企图心和力有不逮的境况——对于我来说，关于图画书的学术探索显然也只是刚刚起步。

　　本书第一版 2012 年 2 月由明天出版社出版，当年岁末还曾意外地得了"冰心图书奖"（应该是出版社荐送的吧）。此次重版，除了个别文字上的修订，还加入了一些近年新写的图画书分析和赏读文字。

衷心感谢明天出版社重版本书；感谢各位责任编辑朋友为本书的出版所付出的心血和劳动。

感谢读者朋友与本书的相遇。

方卫平

2016 年 2 月 25 日

改定于浙江师范大学红楼